文
景

Horizon

社 科 新 知　文 艺 新 潮

述而批评
丛书

感受
即
命名

来颖燕——著

上海人民出版社

在批评的世界里激荡风云

——“述而批评丛书”序言

文学创作的进步与繁荣，离不开文学批评的推动。卢那察尔斯基说：“历来的情况是：恰恰由于著名作家和卓有才华的批评家的通力合作，过去曾经产生过、今后将产生真正伟大的文学。”受现实生活直接影响的敏感的作家，需要批评家帮助他们形成抽象的科学思维，需要批评家来发现其优秀作品、总结其创作经验、揭示并推介其创新创造的价值。而一个时代文学创作的趋势和潮流，也需要批评家用他们的前瞻和敏锐，来进行指向与导引。

揆诸上海文学事业发展的历史轨迹，我们可以说，繁荣的文学批评是上海文学版图上一道特别的风景，活跃的批评家是上海集聚起来的高能级文学精英，一代代的坚守和传承是上海文学批评生生不息的泉源。

近年来，上海坚持发扬重文学批评的传统，在发挥批评大家作用的同时，十分重视青年批评家的培养，为他们搭建施展才华的舞台，逐步形成了一支阵容较为齐整的青年批评家队伍。

这些批评家有的工作在作协，有的执教、执笔于高校或研究机构，也有的活跃在报纸刊物上。他们互通声气、互相激荡，通过出版专著、在报刊和各种文学活动平台上通畅表达，指点文学江山、洞察文学思潮、剖析创作得失。他们是多面手和跨界者，不仅在批评的世界激扬文字，还常常游走于创作的天地，直接实践于小说、散文、诗歌等各种文学体裁。他们视野开阔，兼容并蓄，在坚持中国文学批评优秀传统的同时，善于运用世界文学发展的新潮流和新标准，与时俱进地开展科学的、有见地的批评。他们不仅在上海，也在中国，甚至出现在国际文学交流的舞台上，代表中国、上海，与世界文学展开近距离的对话。他们和前辈批评家一起，为上海文学创作的创新、创造和繁荣做出了积极的贡献，也预示着上海文学批评发展的前景和未来。

为集中展示青年批评家群体的成就和风采，展示上海文学批评的发展与收获，上海市作家协会策划推出这套丛书。丛书由11位批评家分别选编代表自身水准的文章集纳而成，这些文章虽然多曾在各种报刊、专著发表过，但作为一个整体的重新呈现，必能产生不同寻常的组合效应。丛书的问世对于专业人士的意义不多赘言，而对于普通读者来说，阅读这些著作，也将有助于总览中国文学、上海文学创作的流变，深入掘发作家作品的精华，深切体验作家创作的用心，深刻感受作家作品的价值。

这套丛书以“述而”命名，也寓意着青年批评家对前辈的承继、接续和阐发，述而后作，使批评的传统在文学发展的长河里不断地被赋予新的生命。我们相信，丛书的出版不会戛然而止。今后，当有更多的青年批评家和更多的成果涌现时，丛书将及时地进行扩容。

伴随着波澜壮阔的改革开放，上海文学事业走过了40年不平凡的历程，如今和国家各项事业发展一样，进入了崭新的历史阶段。新时代，文学承担着新使命，也呼唤着一大批青年批评家在文学批评领域承前启后、继往开来。今后，我们将一如既往地重视文学批评，重视培养一代代的青年批评家，让活跃、健康、高质量的文学批评，始终与文学创作、文学活动，还有文学出版、文学翻译等一起，支撑起上海文学繁荣、发展的良好局面。

是为序！

上海市作家协会党组书记、副主席王伟

如是观

真画者

如是观

尘埃里的我们，染有现实最深的底色
——杨遥《补天余》

杨遥的小说大都将聚光灯投向没落在现世尘埃里的小人物，但吊诡的是，他面对现实的这种抓地和深入，又有着散淡的气质。在与现实的疏离和切近之间，他的小说载沉载浮。新作《补天余》中，这种矛盾和张力尤甚。这或是因为，比起之前的作品，《补天余》的情节更淡了——这个关于靠捡石头做投机生意的王二的故事，高低起落，无法圈点，甚至难以提炼和概述其间的转折和高潮。王二的命途进程，都是断断续续地从“我”跟王二的几次相遇来反映和推进的，但要命的是，“我”跟王二也只是萍水相逢，一切纯属巧合。一旦情节推进所依附的藤蔓如此飘忽，那就注定王二的故事是点断式的。事实上，这个潦倒的投机者的故事，就是“平”的——曾经做过其他小生意，发现捡石头也能赚钱后，就转了行。对于石头，他似乎懂一些，但俗气和精于小算盘的本色，从一开始就决定他不可能发家，只会更潦倒。

看来缺乏姿色的故事，实则染有现实最深的底色——无奈的，平淡的，落寞的，困扰的。通过“我”与王二的几次巧遇对王二经历的间接表现，隐去了王二作为第一被叙述对象，直接现身的许多机会，这构成一种引人联想的修辞和隐喻——多数人，都是在不为人知的地方，淡淡生活，他们个人的奋斗、挣扎、浮沉，终究要悄无声息地与尘土同归沉寂。而这巧合，用迈克尔·伍德的话来说，也是一个隐喻，它“不是为人物而设置的，而是为我们体验生命的秩序和无序设置的”。

《补天余》令人着迷的地方，并不只在于这往地下沉潜的力量，而在于与之对应的，有一种向上飞升的格调。“我”看似只是一个讲述者，但“我”与石头的渊源却有着耐人寻味的隐喻色彩。小说以古城的村子、古城墙和老戏台起首，“我”这个古村的老师，在学校放假时操场的摆摊上闲逛。当戏台上的戏唱到“雪花儿晒干我要二斤”时，“我”发现了王二的石头摊子；在选了几块石头回宿舍把玩时，越看越兴奋，觉得“它们带来种远方别样的气息”；而关于“补天余”这个看来古怪的文题，作者如是破解：“（我）兴奋之余睡不着，听见老鼠又在咬东西，便抓起本苏东坡诗集，随手一翻，看到‘突兀隘空虚，他山总不如。君看道旁石，尽是补天余’。顿时有种莫名的伤感，于是穿上衣服，来到戏台上。这时整个校园里的灯火都熄灭了，戏台隐藏在黑暗中，偶尔有种奇怪的声音响一下，像睡不踏实的老人。我隐藏在黑暗的戏台上，像没有观众的主角。下面的操场被月光染得一片雪白，远处是灿烂的星空，‘君看道旁石，尽是补天余’。‘补天余’，我用脚尖一笔一画写这几个字。”

“补天余”的提法，有一种遗世的古感，而石头，在此刻被赋予了象征的意义。杨遥的笔法是隐忍节制的——我们忍不住低头审视自己和四周，好像彼此都堪比这“道旁石”，但抬起头，又觉惘然。这种淡然让小说从一种永恒而抽象的关系来描写我们与这个世界的种种。这小说如印象派的绘画，细节处用笔触堆砌描摹，但终极目的是将这些笔触隐入大背景，以氤氲出蛰伏在混沌与清晰间的物象或是风景。

在侧面讲述王二贩卖石头的失败经历时，古戏台总是时不时地出现。它仿佛承载着作者的终极意念，我们向上望去时，他站在那里对我们淡淡地笑。入乎生活的琐碎，又出乎人生的哲理，这个平淡的故事，读来并不寡淡，反倒散出悠长的余味。

或许，这就是一些评论者认为杨遥的小说是指向现代主义的缘由——象征的意味被埋在现实的记叙中。杨遥的许多作品都是用这种风格围起自己的世界，他似在寻找一种自足，以对抗现实的虚无。只是有的作品，尤其是一些从第三人称角度叙述的作品，往往用力过猛，而一旦“象征”太过明确，作品的气韵反而会受损。杨遥比较成功的作品，恰恰都是“隐匿”功夫做得好的，借用哈罗德·布鲁姆的话，“表现一种与我们的世界相交的现实秩序，它既不完全和尘世相同，又和尘世相去不远”。这需要作者在意识与抑制间求得平衡。杨遥近期的作品，比如《雁门关》《匠人》《流年》，都将结局设得更为平淡，显现出他在这点上的自觉。

布鲁姆曾经在《短篇小说家与作品》中引过作家佩特的话：“如果不能每时每刻在周围人们中看出一些激情澎湃的姿态，在他们的才华的光辉中看到某种悲剧性的力量分歧，那么就像，在这冰霜和阳光交织的短暂的白天，在天黑之前就要入睡。”短篇小说的“短”是限制也是特点，它似乎总是偏好那些跌宕精彩的故事。但如果，一个短篇能显现切入凡俗生活的任何一段也可自成一格的能耐，让人体味到更深层的人生况味是平淡和普通，才是更终极意义上的象征。杨遥的一些短篇正有着这样令人钦羡的倾向，但这反过来也造成，短篇是最适合他的文体。

与人无限贴近的沉默
——周嘉宁《你是浪子，别泊岸》

读周嘉宁的小说，会感觉陷落在一个黑洞里，孤独，无助，同时坚强。爱尔兰作家弗兰克·奥康纳说："短篇小说最善于处理孤立的个人。"周嘉宁表达"孤立的个人"的方式，是转而向内，聚焦于人的内心世界。即使没有跌宕连贯的情节（事实上，她的短篇的大多数情节是缺损的，场景是倏忽而变的），我还是能感觉到一种强烈的画面感。这画面感缘于她小说深处流淌出的一种色调。

黑灰吗？这样的冷色调似乎妥帖着周嘉宁小说里的孤寂。然而明明，她的故事是热闹的。每一个人都过着独特而独立的生活。而她展现出来的是这生活的"横截面"。读她去年新出的短篇集《我是如何一步步毁掉我的生活的》，感觉是在看"公路片"的合集。虽然故事的发生地各异，并非都在旅途，却有着一种强烈的"不见前路，不知过往"的"在路上"之感。并且，常常戛然而止，仿佛突然将读者遗弃在某个路口。

这篇《你是浪子，别泊岸》让我感觉到周嘉宁在试图改变些什么。尽管小说所选择的主角小元本身就是一个飘荡无依的女孩子，天然适合安放周嘉宁以往所期传达的感觉，尽管小说依然延续周嘉宁常用的“我”作为叙述主体，却不再具有她以往的小说里给人的“若即若离”之感。

但我想，这“若即若离”之感不是周嘉宁主观上要舍弃的。因为故事的主体就是记叙“我”与小元的那几次若即若离的相遇和交往。只是这一次，这些“若即若离”是为了移步换景地串联起小元的生活和境遇变化。小元的故事不再无头无尾。

与故事同样完整和清晰起来的，还有周嘉宁在小说中所要表达的主题。“距离”“放弃”“被放弃”“位置”这些就像是关键词，不止一次地在文中出现。这让我感觉这篇小说的故事和人物依然是周嘉宁既往的偏好，但是，气象和色调却明朗起来。

我可以明白地触摸到周嘉宁的讲述背后蕴藉着怎样的主题思想——小元与“我”、小元与男友、小元与她的父亲、小元的父亲与母亲、“我”与朋友们……这些双双对对出现的关系，在小说中的分量有轻重，却都是为了探究人与人之间的距离或者说人在世界中的位置。我甚至觉得，从这些关键词中，我们的“完形”心理就多少可以触碰到这些思想。

这在既往周嘉宁的小说尤其是短篇小说中极其少见。

如果说她以往的短篇，更像是没有轮廓的“印象派”，需要读者调动自己的感官来还原物象，那么现在，她在意图让小说中的人、事、思想的边界清晰起来。

这种意识在她创作的第一稿《你是浪子，别泊岸》中显得更为外露。很重要的一处表现，在第二稿（现在大家看到的）中她曾提及的霍桑的小说《威克菲尔德》，也出现在第一稿中，只是位置不同——第一稿在结尾：

（小元说：）“……我想到了那篇小说的结尾。大概是讲每个人都在世界上有一个位置，个体与整体之间也被协调得十分微妙和妥帖，以至于个体只要离开自己的位置片刻，他就有永远失去自己位置的危险。嗯，但是吸引我的倒不是这个说法，而是最后的最后，霍桑给这些人一个名字，他称他们为——宇宙的弃儿。”

……

“我的爸爸啊，他不是什么了不起的浪子。他不过是一个被放弃的人。”（小说结束）

到了第二稿，这一处被移到了小说的中间，并且表达明显不同：

（小元说：）“我是说那个结局并不重要。……就像作者在结尾说的，每个人都在世界有一个位置，个体和整体之间也被协调得十分微妙和妥帖，以至于个体离开自己的位置片刻，就有永远失去位置的危险。所以最后作者给这些人起了一个名字——宇宙的弃儿。”

（“我”说：）“你是说他和大雄（小元前男友）有相似的地方？”

（小元说：）“不，不。当然不是。只是我们刚刚谈起了善良。”她突然沉默起来。

这其中的差异很可玩味。对作家而言，有时起意写一部小说，会有一个初始的原型意指。霍桑的小说会不会是周嘉宁一开始在构思这部小说时就定下的所要表达的主题元素之一？然而周嘉宁为什么要在第二稿中这么改动？她是意识到了自己勾勒的边线太浓重了，试图做的转变用力过猛了吗？

我还是喜欢她改后的格调。“她突然沉默起来”，这句话回复了周嘉宁小说独有的神秘气质，而不是第一稿那样赤裸裸地点题。

这些差异让我开始明白为什么周嘉宁以往的短篇明明色彩浓烈，传递出来的却是冷色调。她的小说的迷人之处就在于“沉默”。就像是莫奈的画，明明用色明快，但是最终的物象是溶化于大气之中的，所以会给人一种冷漠之感。周嘉宁以前的短篇无法让人明白无误地拿捏到她所要表达的主题，或者说其实她所要传达的就是这种奇异的冷漠感。用周嘉宁自己的话来说“明明想要与人无限贴近，却又忍不住惧怕亲密”。

当这一次，她的思想脉络清晰起来之后，所传递的复杂感觉被冲淡了。表达思想和传递感觉似乎是一对无法调和的矛盾。至于她为何要做出这些改变，我想或许是她不想再继续沉溺于内心世界的描摹，想走出来，想面对更广大的外界。如果是这样，如此的改变应该是一种在调试中的过渡。当然这只是臆想。

用小说为思想命名，恐怕是一件危险的工作，用米兰·昆德拉的话来说，“发现唯有小说才能发现的东西，乃是小说唯一的存在理由”。那么，在一部小说中能捕捉到关键词，究竟是否是值得庆幸的事情呢？

列车要开往何方？
——文珍《夜车》

文珍的内心有着浓重的“出走”情结，她笔下的人物常在一个陌生的环境中“醒来”——与人私奔、逃离既定安稳生活或是闯入一个人生新阶段。这恰如其分地回答了一个古老的问题——作家为什么写小说，我们又为什么读小说？因为被想去别处生活的欲望挟持。虽然素朴简单，但是颠扑不破。这个深入骨髓的情结，被文珍视作“藤蔓”，她就着这藤蔓，望向宽阔的天地，触碰不同的人生，收获丰饶的主题。文珍的难得之处在于“收放自如”。在故事开始的地方，投下一束光，光晕却一圈一圈四散开去——她惯于在现实的“此岸”设置明线，然后将取景器面对着“出走”途中的风景，捕捉勾画隐匿其中的情感和情节，而后一程又一程，稳妥地更迭、展开，呈现出已成过往的“彼岸”世界，所以她的小说“景深”丰富。比起许多“80后”作家过多地聚焦内心以至于自我重复，文珍小说的主题开阔却并不架空。

《夜车》是她的新作，从题目开始就应和了她一贯的特点。或者，可以理解为，她更清晰地了解了自己的特点。

在一辆连夜开往格达奇的火车上，身患绝症的丈夫“老宋”和历经感情创伤的妻子“我”结伴出行。文珍再一次显露了她切换镜头的娴熟技艺——伴着火车行进中的颠簸和忽明忽暗的夜灯，回忆一次次显现，老宋和“我”的前尘往事一点点完整。

在小说的主要脉络中闪回，自如地穿插、旁逸出其他的情节，正是文珍小说由细处切入却最终主题开阔的重要原因。比如《第八日》。在连续失眠了八天之后，顾采采与往生打了照面。“失人、失物、失恋”，虚妄的碎屑的往事袭来，那么真切又那么远，却像梦魇，在我们的身后投下阴影。而这些被穿插进主脉的，并非锦上添花的点缀，相反，常常令她的小说拥有了引人思量的纵深。

这一点在《我们夜里在美术馆谈恋爱》表现到了极致。虽然是小儿女离别前夜的题材，却与个人的追求乃至政治事件交融在一起。是交融，而不是嵌入，因为历史和时势没有被当作背景板。文珍的难得在于可以沉潜入微地游走在个体的“细”和时代的“大”之间，却不会让人觉得中间需要“桥”来过渡。她深谙“小大之辨”。

而这次，文珍更为大胆而任性地踏上了“夜车”。依旧游刃有余地在现实和回忆中切换，却没有再用力地与历史或是社会事件发生联系。但这并不意味她有所放弃。当个人与其生存环境之间更为密集地重合，任何交代或者点明，都会显得多余。文珍开始直面和直陈，这或许就是为什么这一次她会直接选择切中“出走”情结的“列车”来作为铺展故事的发生地，并且即使是以“我”为第一人称叙述，也还是会让人感到一种“不动声色”的冷静。似乎已经不需要再投入撕心裂肺或是苦思冥想的情感，现代人精神上的无助和无所皈依，已经满满地氤氲开来。越体贴和同情个体，才会越真切地触碰群体，历史或是时代的气息，此刻会不请自来。

但可惜的是，这一次，她太明确地标示出了“列车”的停靠地。在《夜车》的前半段，文珍延续了以往利落的切换和叙事风格——前事翻滚中，“我”和老宋在特殊的地点和时刻，领悟到了真情的千回百转，尤其，老宋曾经出轨。这让人一度陷入对于情感的困惑和辨识中。但随后对于这个故事走向的明示，却太过“用心”地填补了结局的空隙——老宋病逝，“我”与那个她在追悼会上相遇，“我”从她口中得知，老宋在我们之间的情两难……小说和人生的魅力，常在于猜得到开头，猜不到结尾。而糟糕的是，文珍的这次填补，完全在我们的意料之中。这让我想到一个情境：“在希腊戏剧里，当剧作家设法让情节无望地纠缠在一起后，有时会求助升降机一类的设备，让一个神降临到舞台上，让他来施与奖惩，解决剧情。”（托马斯·福斯特语）我想文珍可能在情节的处理上走到了一个难以解决的境地，于是启动了“升降机”。但这并不妨碍她葆有复杂而模糊的故事内蕴的努力，所以在完整地交代了情节之后，她还是将小说最后定格在了一声叹息中——“关于老宋到底最爱谁这个问题，我们所有人都再也无法知道真相了。也许连他自己也不是那么清楚。但是事情已经这样，爱啊不爱啊赢啊输啊什么的也没那么重要了。人世间有些事情往往就是如此。”

在文珍最为驾轻就熟的“镜头切换”技巧中，留白的处理至关重要，它统摄着小说的节奏，也决定着小说的魅力。而结局的处理更是如此。唯有在明暗冷热交错的空白处，人生况味的细节才会被感知和触摸，如她大爱的那两句《桃花扇》唱词：“暗红尘霎时雪亮，热春光一阵冰凉。”过度的清晰会让小说窒息，文珍并非对此没有意识，只是在情节的处理和对其背后意蕴的发掘中，脱了节。

列车要开往何方？这个问号最好的归宿，就是不要被终结。

“慢腾腾”的生机勃勃
——舒飞廉《行人》

初读舒飞廉的《行人》，犹如望向一幅田园牧歌式的油画，恬淡宁静的乡村远景中充盈着丰饶的细节，近景处，宝伟一家和村舍邻里们的身影跃动着，却并不游离于周遭的情境——他们更像是剪影，被这片土地包裹着。

《行人》的故事围绕着宝伟要出远门一事展开，待到掩卷，沉淀下来的并非情节主干而是种种琐碎：宝伟内心的纠结、家人和邻人的反应、村庄里的各色景致……仿佛这剪影和风景千百年来就是这么不可分割地共处着，其中氤氲出一种“慢腾腾”的气质，虽鲜有起伏和波澜，故事及其讲述方式却都是贴近大地的，让人嗅到袅袅炊烟的味道。

“慢腾腾”并非意味着叙事节奏的迟缓，其背后潜藏的是鲜活的生命能量。这奠定了小说虽淡化情节却依然生动抓人的格调——它注重对于整个小说情绪的审视，语词间互相磕碰，活泼灵动，但用词又是朴实别致的。作者有一种自信，自信于只要忠实地追溯自己的感官，就能够引领读者感同身受地进入他笔下的世界——魏瞎子的签筒就在我们的耳边哗哗作响，让人"又惊惶，又沉醉"；坟地里那又冰又滑的青蛙和蚱蜢让人心里猛一惊，像真的触到了它们的湿冷……舒飞廉自信的根底在于他深谙只有不为了讨好读者而去做半吊子的想象才能真的让叙述诱人，所以虽然通篇是第三人称的客观叙述，却有着生机勃勃的热忱；虽然没有动用方言，但那融汇着口语和文言、古老和现代的文风，是特属于舒飞廉的，蕴藉着他对于乡土世界的独特理解。正因此，舒飞廉的焦点虽常在于细节上的摩挲，流露的却是一种不经意的真诚，他努力地还原着自己真实的经验，虔诚地将自己的生命与自然万物融汇。

不过努力有时会因为太用力而露出刻意的痕迹，舒飞廉偶尔还是禁不住要让自己"出场"去诠释人物的心理，小说的整体感也会被一些"出戏"的描述打断，譬如形容被蜂子蜇了的魏瞎子是"中了欧阳锋蛇毒的绿林豪客"。作者丰沛的生命能量在此处旁逸出来，尽管他另一更为大家熟知的创作领域是武侠小说，但这样的窜入还是会惊醒沉浸在小说中的读者。埃科在谈到小说创作时说，必先创造一个世界，"随后千言万语便会自然涌现"。小说独特的韵致与作者特有的语言风格是互为依傍的循环，舒飞廉意识到了这点，但还未发展成更为自如的语言风格，达到让他笔下的世界更为混融的"段位"。

许多看似是现实摹本的田园风景画，常常是出自画家积累的诸多乡村景色的“副本”。自幼生活在乡间的舒飞廉与这片土地建立起的情感中有着独一无二的密码，所以他积累了大量的“副本”——创作了诸多乡土题材的散文。比起他同一题材的小说，这些散文才更像真正的田园牧歌式的风景画。或许是因为那些作品更为明确的纪实性，舒飞廉在其中尽情地沉溺：在回忆中重温往事，再造纯净而不可侵犯的“田园梦”，因而让人读来会陷入一种单纯的愉悦，但回头又觉得散文中的那些风物被定格在特殊的光晕之中，反倒有些“隔”。

当他开始用这些“副本”来创作乡土题材的小说时，在整体风格的把握上当然是驾轻就熟的。但重要的不同点在于，小说中，他开始抬头面对更广阔的世界。比如《行人》讲述的是一个村民要走出村庄的故事，我几乎觉得这个情节是作者自身的影射。他让小说中的风物开始与现实情境有了互动，而非只是被“摆拍”的风景，从这个意义上而言，《行人》缩短了再现记忆与感知现实世界的距离，有了些许风俗画的意味。

但是这样看起来充满时代气息的情节依然不能破坏这个唯美的乡土世界，因为他并没有致力于将社会图景揽入自己的田园画，好让小说显得波澜壮阔——他有自己坚守的文学立场，始终清晰地明白，这个村庄并非要表现社会变动的舞台，它的根底始终还是文学性的。这才是导致这个短篇拥有“慢腾腾”的韵致的深层缘由。他的这种不妥协，让人想起李欧梵对沈从文的评价：他（沈从文）的“乡土小说既带有自传性色彩，又有与文学之地的想象性纽带”。

乡土世界对于舒飞廉而言，也是这样一个具有“文化意味”的所在，所以乡村在他的小说中绝非背景，而是与所有的人物和情节纠缠在一起的主体。尽管小说中依然处处可见作者对于过往的记忆和眷恋，但已不再局限于对“乡愁”的表达——在虚构的世界中，作者更为自由地将现实和过往并置，从而到达了一种更高层面的真实。

用自己的方式，讲述未经的年代
——张悦然《茧》

很久没有长篇问世的张悦然，最近推出了《茧》。《收获》主编程永新的一句评语，点出了张悦然此次的突破，当然“突破”在某些时刻暗指着过去的遗憾：“青年作家不仅挑战自己，更挑战历史和记忆。这部《茧》一定会改变人们对八零后作家的整体印象。”

对于写作群体进行代际化的划分，得出的特点常常会以丧失个体丰富性为代价。张悦然既往的创作具有着“80后”作家惯有的“内向性”，但她的“内向性”又有着属己的特征——虽然也执着于个体的世界，却并不依托于切实的经历或是经验，用她的话来说：“与现实关联很小，就像我自己搭建的一个空中花园，很美，很梦幻。”而当她开始放宽视野，将取景器面向已成云烟的历史时，却反而开始接地气——试图写一段带着体温的往事。

《茧》讲述了两个生于1980年代的年轻人李佳栖和程恭，

冥冥之中产生了交集，之后却意外地发现两人的祖辈就有着千丝万缕的恩怨纠缠。双方的爷爷，一个是功成名就的院士，一个是人事不省的植物人，二人的命运交错，却暗藏着一个惊天的真相……于是，两个年轻人追寻着前人的足迹，试图靠近真相，但最终的命运还是逃不开先人遗留下来的罪与爱的影响。《茧》的写法很特别，李佳栖和程恭分别以叙述者的身份，交替出现，只是在各自的叙述中还预设了一个诉说对象——“你”，这意味着，程恭和李佳栖又交替着作为对方的聆听者出现。他们诉说着各自的经历，与对方相关的，或是无关的。就在这第一人称和第二人称交互的叙述回合中，他们二人与家人复杂的纠葛以及前辈的恩怨开始慢慢显出轮廓，而恩怨的背景年代——“文革”时代的气息也就此氤氲开来。

这种偏于书信体的文体，是一种有意味的形式——这是张悦然靠近自己没有亲身经历过的历史的特有方式——第一人称，让我们有直接代入感：在不同的章节中，“我”有时是程恭，有时是李佳栖。我们会自动地随着章节的演进，站在程恭或是李佳栖的角度，感同身受于他们各自的情感和体验。这种交错的认同感，在最后二人命运的秘密浮出水面时，将小说的内在冲突推向了极致。并且，第一人称的叙述，看似是真实的代言，却同时有着明显的局限性——“我”只能知道部分的事实、视线必然是受限的。但这正有利于小说人物探寻真相时的抽丝剥茧。而同时伴随出现的第二人称“你”，又将我们推远，我们刚刚认同过的对象，此刻已经变换为听众的位置，这种拉近后的推远，有效地营造了小说的“饥饿感”——让读者不自禁地要接洽起许多细节，并且，将其间的缝隙填满。张悦然曾经谈到，她在这样一个虚构的故事中，融入了许多真实的个人经验和童年记忆，小说中的许多地标都有原型，甚至故事中的重要情节——“钉子事件”也是她听来的故事。虽然整个故事是想象出来的，但张悦然要探究的是落在现世尘埃里的情感挣扎。现实的细节，以及我们一开始在书中捕捉到的少年的朦胧情怀、成长的琐事和烦恼，都是张悦然熟悉并且自信的切口，她选择了一个自己亲近的角度，轻轻地但是自信地靠近那个已经被无数人描述过的年代，去触碰一个更宽阔的题材和世界，她够机智也够从容。

或者，更深一层说，张悦然的重心并不在于描绘那个历史年代，在这个虚构的故事中，她聚焦的是人性真实的弱点和困境，那段历史（除了“文革”，《茧》还触碰了后来的改革开放、经济热潮等）是被裹挟进来的背景——张悦然尝试要在特殊的背景中触碰人性的维度，历史便这样不请自来了。当然，用想象的方式体验历史，其局限性几乎是肯定的，但是与历史相关的小说的要义，也许并不在于是否能真的“还原”。我喜欢张悦然笔下那些过去的年代，仅仅是因为面对这些，她找到了自己的叙述方式——说到底，对于写作者而言，小说就是一个容器，永远无法脱离如何安放自己的命题。

无处不在的“不可思议”
——许舜杰《不可思议的左手》

“像是一个不可思议的早晨，我发现了我不可思议的左手。”格调鲜明的小说往往在一开头就显露自己的底色。许舜杰《不可思议的左手》的开头很有点卡夫卡《变形记》的意味——一觉醒来，怪诞诡异的事实便成了一个普通人前世和今生的分水岭，并且由不得人抗拒挣扎。

这个出生在台湾的“80后”作家，一直在尝试形态各异的小说，但不论是描写俗世生活还是奇幻世界，他的小说总是在一开始就晕染着淡淡的哲学意味。

这一次，许舜杰要借着这“不可思议”的左手抵达他的意念彼岸，但处理方式却打破了我们的预设：本是怪异惊人的经历随着不经意的语气被淡化了，虽然从一开始定下的基调仍是荒诞的，但是我们没有被即刻抛入一个无所适从的境地，一切都还没有偏离轨道——

一位退休后的老者，在一天清晨醒来后突然发现自己的左手异常灵活。尽管右手的功能并未丧失，但是左手功能的出挑让人觉察到原先对左手的忽略。当然，小说的重心在于这种变异所引发的心理变化：它勾起“我”对过往的记忆，也让“我”开始重新审视当下生活的境遇——与儿子、儿媳的关系，对孙子的感情，对婚姻的感觉……

一切波澜不惊地徐徐展开。左手的改变固然诡异，但比起卡夫卡笔下人整个变成甲壳虫，荒诞指数显然要低得多。正因此，这“不可思议”似乎离日常生活并没有那么远，我们于是可以渐渐相信生活中可能并且确实充满了这样的“不可思议”。

写小说的高手，需要有让读者自动放弃怀疑的能力，自愿地进入他所营造的世界，即使明知虚构。此刻，读者需要这个特殊的氛围让自己触摸某些在清醒时无法感知的生命线。而当作者将取景器面向了看似荒诞的幻想世界，离地面有多近，便成了这部小说是否还能打动人的关键。荒诞并非真实的反题，而是作者接近现实的特殊途径。普鲁斯特说：“小说家的创举，就在于想到用一个等量的非物质的，亦即我们心灵所能领会的部分，来替换心灵无法洞察的那些部分。”

平日里被忽略的身体机能，此刻突然跳脱正常的生活轨迹，于是平日里隐形的角落慢慢显露。但一切都没有“乱”，作者的叙述平和冷静——尽管“我”大受其扰，却还是瞒着家人，苦苦思索左手变异的原因。生活还在继续，家人无一察觉，而

“我”的关注点也慢慢从探求原因转而陷入这场变异带来的对往事的回忆和反思……

这样的处理，避开了对于荒诞情节的刻意和用力渲染——那样往往会将小说变成寓言：寓言的童话和说教色彩，会将读者悬置在通往理解象征意味的途中。许舜杰恰到好处地将象征的意味埋没于生活的平实和琐碎中。更重要的，他让一种似有若无，却无处不在的神秘气息弥散在日常的生活中。看不见的秩序支配着我们的生活，然而谁又能保证这些秩序一直如常运转？一种深层的恐惧和无助暗藏在按部就班的生活背后。

一切都被掩于浓郁的生活情致之下，于是，我们慢慢辨识出作者笔下世界的地标是台湾。尽管文中没有出现具体的地名，甚至也无关于方言和语气，却还是掩不住浓重的地域气息。这气息来自于一种对当地生活的深深认同——浸润已久，于是深染其意味，于无知无觉中散发开来，也令这样一个本该荒诞的故事兼具个体和普适的张力——发生在个体上的奇异事件，因此被离析出来，在哲学意味的层面上恍然抵达了某种抽象层面，一切如此近，又如此远。

我喜欢作者将这样一个荒诞情节降落在凡俗现世中——小说的背景若被抽空，那“放诸四海而皆准”的抽象意味便会加重。但若背景是具体而微的，那么干脆而坚实的“议题”就会掩埋进生活的尘埃中，背景和前景如血肉不可分，这“不可思议”的事件于是与这个世界融合无间。这种“合一”让人开始困惑，这个世界的属性，究竟归结于荒诞还是现实？

这一质问正触到了我们力图厘清却总是无可奈何的生命命题——现实与荒诞间的界限，永远是一个谜，“不可思议”其实无处不在。

那些不曾记载的名字
——张翎《劳燕》

《劳燕》的封面上印着它的英文译名*A Single Swallow*，孤独而决绝，似乎更符合小说主人公阿燕的命运和性格。这是一个女子与三个男人间的纠葛和传奇，因为以抗日战争为背景，而更显回肠荡气。日本人的入侵，让阿燕家破人亡，身心重创。与她曾有婚约的刘兆虎，一心想去参军，音信杳无。阿燕辗转跟随美国传教士比利学医，并因此结识了美国援华军人伊恩，而她的虎娃哥（刘兆虎）正是伊恩部队里的学员。看似柔弱的阿燕，骨子里却蓄满了坚韧、智慧和力量。于是，在这错综的关系中，三个身份、背景各不相同的男人，在那个特殊的年代，被阿燕身上那不同层面的魅力所俘获，但最终又因为各种原因离开阿燕。在他们的世界里，阿燕有着不同的名字——阿燕，属于和她从小一起长大的虎哥；斯塔拉，属于救她性命，并从她身上感受到生命的纯洁和能量的牧师比利；而温德，则存于伊恩的世界，在他眼里，这是一个自由勇敢如风的女子。

然而，有的小说，是经不起概述的，那样会隐去小说本身太多的锋芒。就像上文的归纳，不论如何努力地要做到得体到位，一面对洋洋洒洒的作品，终究还是显得苍白和普通，不足以让人意识到这是部多么慑人的作品。用“慑人”一词，是因为整部小说的架构和叙述角度的特别，它们让这个故事在其内容之外，更散发出意味深长的感染力。

小说以牧师比利的自述起首。平静的口吻，慢慢讲述自己的过往，关于来历，关于如何从家乡美国来到中国。然而，当懵懂的读者跟随波澜不惊的叙述一路往下，以为这是一则普通的“回忆录”，却突然发现，比利已经死了！这是比利的亡灵在回忆生前轶事！一切变得扑朔而抓人。而勾连起故事的线索，是比利、伊恩以及刘兆虎在日军投降那天立下的死后魂魄在月湖相聚的盟约。所以，比利之后，伊恩和刘兆虎的出现，意味着他们也相继而亡——他们的亡灵来赴约了。这是一个多么荒诞又耐人寻味的设计。就这样，小说以他们三人交错的自述为主脉，又间或杂有关于那个年代的文献资料，或是转换至画外音般的第三人称叙述，各种声音纷至沓来，复杂而又丰满。但在蔓生的藤蔓中，最终的核心明晰了然，那就是三个男人与阿燕在抗战背景下的相遇直至战后的跌宕命途。

从不同角度或是不同人物的叙述来多视角地描绘主题人物和事件，是小说叙述中并不鲜见的策略。然而这一次，作者的独到在于她依傍的是三个死者的讲述。本该诡异的叙述，格调却又那样平和，平和得就像我们在听邻居讲述昨天回家路上的见闻——尽管他们与阿燕的故事，分明搅扰在抗战岁月的烽火里，惨烈而惊心动魄——正是这样的平和，一下子拉近了我们与那段特殊岁月的距离。战争的硝烟背后，我们看到的，是让人动容的人性力量。或者说，正是残酷绝望的战争，让人性深处的丑恶和良善不可遏制地暴露出来。而命运将这三个男人编织进阿燕的人生，似乎正是为了显露她不凡的生命底色。

埃科曾经谈到，在阅读小说时有一个基本法则，即柯勒律治所谓的“悬置怀疑”——明知书中是个想象的故事，但不可因此认定作者在说谎。“我们接受虚构约定，然后假装书中所述都曾真的发生过。”而能将读者裹挟入小说的虚构世界的，必定是作者超然的叙述技巧以及能引发共鸣的故事内核。《劳燕》做到了，这个虚构的故事有着太多真实可感的细节：关于爱情的美好和幻灭的，关于苦难来临时的绝望和希望的，关于那场永不能忘却的战争的……有意思的是，作者有意动用了许多真实性的元素，比如伊恩的家书以及报纸对伊恩的特写，似乎是想证明那个故事曾经真实存在过，但分明，以亡灵之口来叙事的手法从一开始就在提醒我们，虚构是这个故事的宿命。正是这样的似是而非所产生的张力，让这未曾真实发生过的一切，有了体温，我们于是在阿燕流离辗转的故事中越陷越深。

小说中甚至还出现了伊恩的军犬和阿燕的狗之间的爱情故事，并且以狗的口吻来叙述各自跟随主人的见闻，当然，要义在于从侧面抖搂阿燕的行迹。但此刻，既然生死无界，人与狗又为何不可通灵呢？

越是明知虚构，却越容易感同身受，甚至是对于这两条狗的讲述。我们被封闭在作者虚构的世界里，但就着作者指引的方向，看到了太多真实。这个虚构的世界超越了许多的边界，用埃科的话来说："添加了新的人物、特性与事件到这一整个真实的宇宙"，因而"一个虚构的宇宙并不因故事结束而终结，反而无限期地延伸"。

这个用最荒诞的手法写就的故事，最终指向了一种更深层面的真实——那是神秘的、永恒的，关乎人类乃至整个宇宙终极命运的。所以，国界也好，生死也罢，乃至不同的生物族群，都不过是这终极命运的一环。而我们每个人，正如书中所写"对命运的强悍和个人的无助都毫无所知"。阿燕和刘兆虎、比利、伊恩，他们也许真的以某种方式存在过，一如小说最初发表在《收获》时的题记："谨将此书献给那些纪念碑上不曾记载的名字。"

真实与虚构的博弈
——梁鸿《梁光正的光》

梁鸿是一个会讲故事的人，她的故事从来都与家乡梁庄有关：从非虚构文本《中国在梁庄》《出梁庄记》到介于虚构与非虚构之间的《神圣家族》。这一次，她把频道调至“虚构”，创作了长篇小说《梁光正的光》。

这是一部让人在“入戏”和“出戏”间不断往复的小说。梁光正是一个虚构的人物，这一早就是被言明的，我们于是可以抱着一种宽容和看戏的心态来面对他和他的人生——他要寻亲，寻根本没有联系的远房亲戚，寻曾经对他有过点滴恩惠的故人，寻曾经带回家、改变了自家命运的女人……这些不靠谱的故事，因为被贴上了“虚构”的标签而获得了自由延展的天地。但另一方面，梁鸿的笔法延续了她创作非虚构文本时的格调和姿态——抓地写实，看似平静但言之凿凿。这让人有那么一些时候，会恍惚地忘记了小说与现实的边界，陷落在梁光正的故事里，为他唏嘘，为他着急，仿佛他是一个真实的存在。

就这样，梁光正的故事让我们一路在“真实”与“虚构”的博弈间载沉载浮。这样的交替产生的眩晕感，最终演变成一种悖论——梁光正的人生，看起来滑稽、不靠谱，让人想骂他有病，却又在某些时刻让人着迷和佩服：他死守自己的尊严，不惜得罪村里的权势，惹来大祸；在面对凡俗人性的时候，他有着自己“胡来”的理由，女儿给他的那句评语：“父亲一生热爱女人”，尖刻，又无可厚非；在众人都觉得没有必要做的事情前，他有着自己的坚持，譬如要对没有血缘关系的小峰尽责……没有办法为他下一个断语，这是怎样的一个人，因为他总在做一件看似有着善恶定性的事情时，又拐向了另外一边。

但其实，梁鸿对梁光正有着明显的情感倾向——她赋予梁光正的形象以“光芒”，这光能照亮他自己和周围的人——这样的人物低到尘埃里，却不曾被尘土掩埋，尽管很多时候，他没有所谓的自知之明，却从来没有丧失对生活以及那些搁在心里的人的热爱，即使这热爱会显得多余而不受待见。

詹姆斯·伍德在《不负责任的自我》里写道：“读者也许不总是知道为什么一个人物要做某事，或者可能不知道如何‘读’某一段；读者觉得，为了找到这些东西，他必须设法与不可靠的人物打成一片。……这个现代读者，光荣地投身于小说人物一样的复杂而自由的维度。”没有人会否认梁光正的处世逻辑是混乱乃至不可理喻的，但当我们试着靠近他时会惊觉，有时，真实会压倒伦理，拓宽道德的谱系。梁光正的儿女为他还不完的风流债而困苦，但又想“父亲对‘爱’的理解和通常人不一样。对父亲而言，对自己亲生子女的爱，就像动物的自然本能，是谁都有的行为，不值得一提。对他人的爱，则是一种道德行为的展示，是对人的品行的衡量。他之所以一生都热衷于对别人好，是因为那是他的道德标准，是最低的道德限度，是他为人的重要标志”。儿子勇智的这段话，是为梁光正的行为做解的画外音，只是最后还是话锋一转：“谁知道呢？也许父亲只是热爱女人而已。”

小说就这样不断在“庄”“谐”的两端晃动。虽然梁鸿有时在“庄”的那头用力过猛，以至于意图暴露太过明显，但也正说明，梁鸿在为她的小说寻找现实的支点，她得为梁光正构建逻辑，好让他在现实的土地上立足。但这样的写作姿态，并没有隐去梁光正故事的喜剧色彩——梁光正对自己和世人有着期待，他身边的人对他也有着期待，只是这两种期待属于两个维度，犹如虚拟和现实之间的裂隙，笑点就在这样的裂隙间产生了——“当一个或几个人物仿佛走出书中，对非虚构的现实或直接对看客说话，喜剧就开始诞生”（詹姆斯·伍德语）。于是，又一对悖论出现了——这出喜剧意味渐浓的戏，我们越往下读，却越不复有一开始的看客心态。看似世俗的喜剧，看起来不靠谱的梁光正，因为葆有了人性另一面的坚韧脱俗，而带有了宗教色彩的不可侵犯和慈悲。这是梁鸿要的效果，正如封面上梁光正的头像，总让人觉得适合在教堂里出现。

从非虚构到虚构，梁鸿始终在探究写作中“虚”与“实”的关系。小说的虚构性，正给予了作者极大的空间来辗转安放自己对现实的体悟。因而，小说最为善于编织和激化现实矛盾。而如何编织，怎样激化，蕴藉着作者对小说的理解。梁鸿在后记里说：“小说之事，远非编织故事那么简单。它是与风车作战，在虚拟之中，把散落在野风、街市、坟头或大河之中的人生碎片重新勾连起来，让它们拥有逻辑，并产生新的意义。”她坦言，在这部小说中，只有父亲的“白衬衫”是纯粹真实，未经虚构的。虽然这件真实的白衬衫在最终的文本里出场的时刻非常有限，但依然可以感觉到对于这件白衬衫的理解主导了梁鸿对于小说核心情节的设计。“为了破解这件闪光的白衬衫，我花了近两年时间，一点点拼凑已成碎片的过往，进入并不遥远却已然被遗忘的时代，寻找他及他那一代人所留下的蛛丝马迹。”（《梁光正的光·后记：白如暗夜》）白衬衫是固执的尊严的象征，勾连起真实和荒谬的两极。梁鸿笔下的虚构故事，比起她的非虚构，更为生动而坦率地提醒我们，人的内心深不见底，真实的根须会在想象力无法抵达的地方悄悄蔓生。这就是为什么梁光正的身上集聚了那么多不靠谱的事情，却反而会闪出光芒，也是为什么许多人认为梁光正的形象无法归类的原因。

尽管梁鸿以对个体的关注来抵抗人物的类型化，但独一无二的梁光正还是与周遭那些视他为异类的人们有着深层的共通性——他们其实都是“独一无二”的，这些“独一无二”聚集在一起构成了“梁庄”特有的气质。梁鸿描摹的是具体的梁光正，却触到了梁庄的整体肌理——村子的“背景是由最开放、最普遍、永远不可能被完全解答的问题构成。在那里，便是公认的神秘”（约翰·伯格语）。而归根结底，这神秘来自人性。

向心与离心之间
——读何立伟新作

詹姆斯·伍德曾对本雅明“每一个伟大的作品都消解了一种文类或者开创一个新的文类”的观点进行补充，认为如果一个作家的几部作品即使不都够得上伟大的标准，但只要迥异于彼此，就是一种独特和自我消解。[1]何立伟的新作《昔有少年》和《水流日夜》，格调有别却又同气相连。作家在创作追求上的发散与回归，是个让人流连和着迷的话题。

《昔有少年》讲述一个文气又执拗的少年与父亲、玩伴间的往事记忆。这是一个典型的属于何立伟的短篇。

少年是主角，但他的确切名字“三毛”，却只在同伴们的呼唤声中出现过两次，其余皆以“少年”的指称出现。而周围的小伙伴，猴子，小胖子，姜妹子，则都有名有姓，闹腾蹦跶。这形成一种反差——“少年”像是一个具体又抽象的存在，游

[1] ［英］詹姆斯·伍德：《私货》，冯晓初译，河南大学出版社，2017，第300页。

离出小伙伴们构成的清晰可感的背景。这让他鲜活地存在于那一刻，那一刻不曾随岁月逝去，而是散发出入定的光辉。

这鲜活又入定的感觉，是一种暗示和指向。《昔有少年》自起首就开始建构这样的氛围，而作者采取的叙述姿态则不断延续并累积这一氛围。小说从第三人称的视角叙述，却没有让读者笃信这个视角惯常意义上的全知全能。反而，读者常常觉得没有固定的座位——有时在听画外音，有时却又分明听到少年的自述。汪曾祺多年前在论及小说的作者与读者的地位时，曾言“短篇小说的作者是请他的读者并排着起坐行走的”[1]，何立伟用自己的方式为此做了注脚。

> 他父亲打了他。当过兵的父亲打人都喜欢用军用皮带。
>
> 让人恐怖的不是皮带抽打在身上的痛，是那种在空气中的呼啸声，那种即将到来的扎实的肉响。
>
> 他母亲同父亲吵了一架。因为母亲心痛儿子。母亲说湖南话，父亲说河南话。在两种混乱尖锐的声音里，少年躲进了自己的小屋，捂紧了耳朵。他白皙的背上同屁股上是一条一条的青紫。
>
> 他没有哭。伤了脚和被皮带抽，他都没有哭。
>
> 去年也是夏天的夜里，他在蚊帐里偷偷读过一本禁

[1] 汪曾祺:《短篇小说的本质》，原载天津《益世报·文学周刊》1947年5月31日第43期。

书：《牛虻》。他喜欢那个亚瑟。他要做那样的一个男人。睡在床上，把双臂枕在脑后，少年常常想象自己就是亚瑟的模样。

这段讲述父亲与少年关系的文字，代表性地展现出小说叙述的灵活。"空气中的呼啸声"和"即将到来的肉响"，是作者的客观描述，也是少年的直观感受，因为"让人恐怖的不是……，是……"的句式，没有"少年觉得"之类的描述介入，不知不觉就把读者推向了前台，跟少年站在一起面对即将到来的风暴。因此而生的恐惧感，变得直接而淋漓。于是，"他喜欢那个亚瑟"的心情，不必多余的解释。作者的叙述，让读者进入少年的视角，理解他对父亲的感情，同时又出乎这个视角，看到少年母亲的抗议，看到少年的倔强。

这教人想起詹姆斯·伍德在论及小说叙述的秘笈"自由间接引语"时的兴奋："多亏了自由间接体，我们可以通过人物的眼睛和语言来看世界，同时也用上了作者的眼睛和语言。我们同时占据着全知和偏见。作者和角色之间打开了一道间隙——而自由间接体本身就是一座桥，它在贯通间隔的同时，又引我们注意两者之间存在的距离。"[1]

时而是置身事外的讲述，时而又像是故事中人的独白或是

[1] ［英］詹姆斯·伍德：《小说机杼》，黄远帆译，河南大学出版社，2015，第7页。

意识流。在描述少年与姜妹子似有若无的情愫时，这种更迭愈加自如。与姜妹子初遇时，“少年从街上过身，眼前突然有个黑影飞来。少年反应快，一把在空中捞住，原来是一只羽毛的毽子。一个妹子走拢来，一闪一闪的刘海，一闪一闪的眼瞳，就是铁匠铺里的姜妹子”；打架后，少年一身狼狈，不想意外遇到姜妹子，之后“少年眼前浮出姜妹子的脸来。当然还有她的目光，那目光里满是惊讶。她惊讶什么呢？”乃至最后，姜妹子因为那场运动受铁匠父亲牵累而被押走后，“少年想完了父亲，又想起了姜妹子。姜妹子的老家在哪里呢？肯定，也是在这样的乡下，也有这样凄凉的黄昏。铁匠一定挨打了。他额角上一定也有父亲那样的血包。姜妹子不会挨打吧？”……

作者有时会简短地标明“少年说”或是“他想”，但更多的时候，没有提示和引号，作者自动隐退，将自己的声音暗藏在了少年的声音里，“叙述似乎从小说家那里飘远了，带上了人物的种种特征，人物现在似乎‘拥有’了这些词”[1]。作者的作用力被分散了，但依然会时不时地提醒我们他的存在，“一闪一闪的刘海”和“一闪一闪的眼瞳”，是作者也是少年眼里的样子。我们在旁观者和亲历者间转圜，小儿女间那羞涩懵懂的表情于是历历如在眼前。

这样的处理正适合这样的故事——没有大起大落的矛盾冲

[1] ［英］詹姆斯·伍德：《小说机杼》，黄远帆译，第6页。

突，说起来故事的核心就是少年与父亲、姜妹子以及一众伙伴的细腻情感，连纠葛都谈不上。一切都是淡淡的，欲说还休，欲冲不破。这样的温和并不妨碍这个故事的动人——当美好的平静猝不及防间被打破，无奈和汹涌的变故因为波澜不惊的讲述而更显刺眼。自如转圜的叙述手法，时而让读者与少年一起经历美好与变故；时而又恰到好处地适时让读者抽身于“少年”的视角，退回到旁观的位置，摆脱“第一人称”视角的限制——这些时刻，作者不再想让人“感同身受”地轻易靠近少年和他的记忆。这样的注视下，那个时代及其往事显露出一种有距离感的“平常”，犹如被定格的泛黄老照片，让人怀恋和嗟叹，却无法再代入——当我们的注意力集中到对那个时代的全景认知上，《昔有少年》那特有的扣人心弦悄无声息地蔓生开来。

当故事的情节特征与叙述策略相契相合，它们就会相辅相成。所以，《昔有少年》给人以浑然之感。这种浑然带着“古意”，慢慢地走向了一种象征——命运的跌宕沉浮，是生命的常态，作者要展示的就是这种常态。

这种对于常态的着意表现似有悖于一般对于短篇小说的理解——篇幅的限制往往令其天然偏爱截取生活的断面，而这截面又多半是矛盾冲突的高地，我们等待着与高潮的会面，并且明知之后一切会戛然而止。

但何立伟的短篇却没有这样明显的抛物线。《昔有少年》在短短万字内统摄了一段完整的人生经历，并且这段经历蔓生出了它本身的时间段——我们可以从少年的往事记忆中推测出少年和他伙伴的人生底色，尽管不能预见到他们的具体结局，却也可知他们就此踏上了殊途，那殊途之中会永远刻有这段岁月的烙印。汪曾祺和李陀都曾言及何立伟的小说受到唐人绝句的影响，他引为解人："我是喜欢唐诗，尤喜绝句，五绝二十个字，七绝二十八个字，短得不能再短，但每每是一幅历史的图卷，浩浩沧桑，尽寓其中，意蕴深长"，"以小场景写大历史，以日常生活见白云苍狗的唐人绝句，给了我莫大的启发。"[1]但何立伟的"以小见大"的绝处，在于并非激烈地写就，而是趋向一种"平远"的淡然。就如《昔有少年》的故事，概括起核心情节不过三言两语，却以一种独到的氛围暗示出人生的命理——人生从来就是从相聚到离散的过程，而我们都隶属于一个庞大的情节，"知道开始却难料结局"是宿命。

何立伟曾言及自己在小说语言上的追求：重新挖掘汉语言的美好，"让每一个文字皆能释放具体的感觉"，"使文字更具汉语的神韵，蕴着更多的潜台词同审美信息"。何立伟的用力刚刚好，他的格调是泰然的。《昔有少年》的遣词，节制而内敛，在看似的不经意间让整个小说在言短与意长之间求得平衡。而潜台词的蕴藉和具体感觉的释放，也因为叙述角度的自如转圜而

[1] 何立伟：《唐人绝句式的小说》，载《文汇·笔会》2017年9月20日。

得以实现。因而，小说的语言不再游离于其他元素，它同情节、叙事技法、内蕴，交织在一起，丰富且丰满，随之被激活的，是因为无法言表而被压抑的那部分人性。

有意思的是，何立伟的中篇新作《水流日夜》，却显出另一派景致。

比起短篇《昔有少年》，这个中篇的切入要“诱人”得多：“我那天正在楼下花园里散步，接到了一个陌生号码的来电。”利落的交代，让人意识到一场好戏开场了。

带着疑虑，我们跟随主人公“我”一路向下——记忆倒带到多年前，大学时代“我”上铺的兄弟坤哥的情事纠葛。

第一人称“我”的叙述角度，天然受限。但曲折的情事让人同情，且尽管是由“我”来讲述，情节的诸多转折和推进却是通过多人的对话来实现的。这让人很容易就遗忘了这一局限而去选择对“我”呈现的坤哥的故事深信不疑：坤哥与女友小钟，相爱情深，却因为造化弄人彼此错过。当有机会重新在一起时，坤哥已娶妻生子。但他为了真爱，一直在两难和矛盾的境地煎熬。时隔多年，终于如愿可以抱得美人归……

如果说《昔有少年》有着出尘的气质，《水流日夜》却是一头栽在了尘埃中。它浸染着世俗的烟火气，其中的纠结贴近人性，也富有小说化的生趣：一段最初美好的爱情，总是充满磨难而走向混乱和尴尬，然而真爱的力量在最后总会守得云开见月明……正当我们以为已经慢慢走出迷雾，无论如何最后是有情人得偿所愿、大戏就要落幕时，小说“嗖”的一下换挡了，回到了开头的那个电话，情势急转直下——那是小钟打来的电话，她要“我”劝坤哥别再纠缠她。由此，“我”突然意识到坤哥和小钟之间并非原先想的那样是因为爱而纠缠多年。美好的愿景被撕开一角，随着不断在两边了解情况（依然是对话居多），小钟和坤哥之间的种种矛盾一再打破“我”对他们关系的预设，撼动了“我”以及“我”所带动的读者们的立场——之前，对于坤哥对后来的妻子小唐的种种不义，乃至为了离婚的不择手段，我们都在说服自己以真爱的名义理解他们。但此刻，这想象出来的美好渐渐崩塌。当然，这崩塌是渐进的——我们听坤哥的解释，听小钟的抱怨，努力分析他们的是非。但一场忙碌之后，碎成一地的鸡毛让人疲惫——感情没有是非，对错也没有理由。

这个以单线叙述的故事，除了倒叙，几乎没有动用特别的技法，语言上也没有特殊倾向的经营。但作者的高明在于，这种不动声色成功地让我们追随“我”对坤哥和小钟感情的判断，又跟随“我”一起陷入错愕和怀疑。同情之后的反思，来得更为沉痛。这沉痛的后果是，“我”（故事叙述者）和“我们”（读者）的眼界从之前的融合开始疏离——我们翻身上台，重新意识到一开始因为同情而被遗忘的第一人称叙事视角的局限。

何立伟总是有办法让人意识到叙述上的局限——无论是本以为全知全能的第三人称还是一开始就让人不设防地陷落的第

一人称角度。通过不同的方式来呈现不同叙述角度的局限，殊途同归地显露出何立伟对于世事的通透练达。因为通透，也就荡涤了形式上的计较——“正是凭借理解力的生动和灼热，他们迟早会涤尽所有非天然适合它的东西”[1]。因而，何立伟不理会通常情况下，因为篇幅而带来的限制——对一波三折、高潮起落的演绎，没有出现在他的短篇中，反而在中篇里淋漓呈现。

这让人意识到，篇幅的限制并非小说的宿命，风格的截然，也不妨碍作家心性的统一。即使如《水流日夜》这样的凡俗故事的平常写法，往深处望去，依然可以隐隐感到何立伟的诗性气质。

尽管《水流日夜》看起来嘈杂琐碎，完全有别于《昔有少年》内敛朦胧的诗性氛围，但何立伟的处理很沉得住气。这让《水流日夜》变得完整——除了有一个诗意的名字，小说并未出现任何关于文意和主旨的提示，那样的提示会突兀，会让小说失去平衡。当最后，经历过一路的乱糟糟，面对不知最终结局的男女主角时，“时光如流水，没有什么不会改变”的领悟才终于浮上我们心头，那是生活以自己的形状显现出来的本质。此刻的何立伟将诗性深埋泥淖之中，只在文题中显露出缥缈的指向。

虽说，汪曾祺没有读到《水流日夜》，但我私心猜想，他会看穿何立伟埋藏在其中的诗性：“一个小说家才真是个谪仙人，

---

[1] ［美］哈罗德·布鲁姆：《文章家与先知》，翁海贞译，译林出版社，2016，第186页。

他一念红尘，堕落人间，他不断体验由泥淖至清云之间的挣扎，深知人在凡庸，卑微，罪恶之中不死去者，端因还承认有个天上，相信有许多更好的东西不是一句谎话，人所要的，是诗。一个真正的小说家的气质也是一个诗人。”[1]

前人曾将希腊人思想上的两种趋向概括为离心的和向心的。前者在“未受牵制的想象力不休的游戏里，向外抛去；欣喜于明亮和色彩、美丽的材质、处处是翕变的形式、诗歌、哲学”[2]，后者则要维持粗朴、俭约的风格。

离心的和向心的，何立伟的写作姿态虽非对此的严格呼应，却是广义上的迁延和同构——他的小说中或隐或显的诗性，让他的作品底色相近，但并不囿于同一气质。《昔有少年》和《水流日夜》虽非他的代表作，但也因此，才正显出他的创作常态。回头再想，《昔有少年》的姿态向内闭合，因而它的诗性氛围浓烈且具有着吸附的力量，而《水流日夜》则向外发散，因而它那诗性的主旨让人后知后觉。这也是为何，两则小说的主人公们的最后结局都未可知，我们反倒觉得《昔有少年》是完成时态，故事完整，而《水流日夜》里，当最后小钟说出她的不祥预感时，我们也会觉得这事没完。

对于何立伟而言，这种离心的发散和向心的回归始终并存在他的小说中，当然，也存在于他的画、他的散文中。佩特

[1] 汪曾祺:《短篇小说的本质》。

[2] 参见［美］哈罗德·布鲁姆:《文章家与先知》，翁海贞译，第211页。

曾经把风格看作“一种感受模式，一种全然回应整个性格的姿态”[1]。何立伟不是专业的画者，他是在直白地用画笔触碰文字不可抵达的地方，自由地安放自己的心性。如果说《昔有少年》让人对其画中的世俗和戏谑意味感到惊讶，那么《水流日夜》则是一种接续和补充，显露出作者内心深处的秘不示人——琐碎的，接地的，讽刺的，但其中的诗意依然影影绰绰，不曾被掩埋。

[1] ［美］哈罗德·布鲁姆:《文章家与先知》，翁海贞译，第204页。

顺乎心性的文学世界
——关于孙颙和他的文学创作[1]

因为编这本《孙颙创作评论研究集》的缘故，我跟孙颙有了比较深入的交流和接触。这让我对“文如其人”一词有了更深的理解。

孙颙担负着众多的社会角色，但我想，他最基本且最钟爱的身份，依然是作家。尽管因为种种现实的限制，他只能在业余时间写作，但这似乎加深了他对文学的挚爱和对创作的欲求。文学创作于他，是一个顺乎心性的天地。在这个天地里，他听从自己内心的声音，因此，他的创作随性自然，而他的个性和特点——宽厚、率性、博闻、善思，也都一一体现在了作品中。他的作品，是明其心、见其性的。

1978年，孙颙考入了梦寐以求的华师大中文系。那个年代，学生创作的风气还远未形成，但他似已发现自己对于文学

[1] 此文系《从〈雪庐〉到〈漂移者〉：孙颙创作评论研究集》序，华东师范大学，2014。

创作的倾心，那种创作的冲动来自内心的召唤。他就此踏上了文学创作之路，一晃这么多年白驹过隙，他几乎从未停歇。

对于孙颙的创作，最为显著也是公认的一个特点是多样化——他的作品体裁从小说到散文、时评，题材从知青文学到城市文学，在创作手法上他更是多方尝试。但这样的多样纷繁并没有给人以杂乱或是刻意之感。事实上，这正体现着孙颙对于文学和生活不变的探索和热情，也与他善于思索的特质休戚相关。所以，虽然“多样”，但孙颙的创作存在着一条看似毫不相干其实却有内在联系的线索——他的才能在于总是能写出符合他其时所思所想的作品。

这从他不同人生阶段的创作往往会关注不同的内容、探究不同的主题可见一斑。

《冬》探究的是青年一代在“文革”中所经历的困惑、反思和觉醒，是孙颙早期反思历史、追溯往事的代表；《雪庐》《烟尘》和《门槛》三部曲，则在一个宏大的结构下，勾勒出几代知识分子的命运沉浮，集中体现了孙颙关注的知识分子题材；《拍卖师阿独》中，孙颙根据自己的生活经验塑造了一个在现代社会打拼的人物典型；而《漂移者》又把触角伸向了在上海生活的外国人……

稍加分析，就会发现一个有趣的现象——每当他熟稔了一种题材，就会在这个当口转而一变地去尝试一个新的领域。而这正反映出孙颙随着年龄和生活阅历的改变，关注点和兴趣点的变换，他顺乎了自己爱尝试新领域、关注新事物的心性，将创作与自己的人生阅历结合在了一起。就像他自己说的，《冬》的故事其实是他当年自身思想转变过程的同构，《雪庐》的题材与自己的家族史有关，但其中包蕴的感情则完全是自己个人的——在那个阶段，他所寻求的是知识分子的安身立命之所，在《雪庐》乃至后来几部以知识分子为题材的小说中，他的寻找似有了结果。《拍卖师阿独》《漂移者》记录了他在生活中接触到的元素和原型，而当我读到他多年前的短篇《摊牌》时，更是称奇——故事中所写的桥牌高手和对于桥牌的理解，一看就知是源于他自己多年对于桥牌的琢磨！米兰·昆德拉曾说，文学人物是“实验性的自我”，而“作者通过一些实验性的自我（人物）透彻地审视存在的某些主题”。孙颙正是将自己“化”在了他的文学作品中，于是这些不同的文学人物其实代表着他的某一面，他的作品隐含着他某一刻所要探究的主题。

创作“多样化”固然有利有弊，正如有的评论家担心这样的尝试会令他的作品不能成其系列，或是在某一个题材上挖掘得不够深入。但这样的创作特点又恰恰让孙颙能不拘一格地感知和捕捉到新的时代特质，所以他的作品总是充满着浓厚而鲜明的时代气息，或者说有着某种引领和先知的作用。比如当年的《冬》可以说是最早反映“文革”的文学，而《拍卖师阿独》和《漂移者》在题材上的开拓性也是显而易见的。

多样化的创作特点造就了孙颙的“广度”。就像有媒体所总结的，他是一个思想者。其实，他最可贵的还不在于“能思考”，更在于“敢思考”。这在他的《思维八卦》里得到了淋漓尽致的体现。正如有评论认为的，他的作品常常思考一些人生基本的大问题，而一般人往往对此却步，觉得不必或是不敢对此进行自己个性化的探究，但其实人有时是需要一些终极性的思考视野的。他因此而创“思辨散文”一体，在我看来，他是寻到了一种与自己的风格特色十分相契的创作形式。

在与孙颙的接触中，我真切地感受到他对这个世界充满着好奇和思索。我甚至觉得他的骨子里有着中国哲人“混沌”的气质和智慧，能从不可见处发现许多可见的关联，从而到达对这个世界认知的又一高度。正如在最近的一次演讲里，他会从围棋联想到小说和绘画创作开始时作者对人物和笔墨的布局，会从计算机的0和1的符号，想到中国的八卦。而他对于诸多经济问题的观察和思考也是作家群中鲜见的。他笔下的世界常常呈现出别样的意趣，让人充满惊喜。

除了融会贯通的广度，孙颙作品的另一特质是其中对于人性的认识和眷顾。

不论他的作品的题材和体裁如何丰富，我总是能从中见到宽厚的包容力和深刻的洞察力。他早期的小说中刻画了一系列的青年形象，但细读会发现，越到后来，他对于人物的刻画就越复杂，而不只是扩大其一面将之作为扁平的典型，特别是对于有些人因为所处的特殊时代而造成的性格上的扭曲表现出一种理解和宽容；又比如《拍卖师阿独》中，他虽然一直有意将阿独塑造成一个从不“作假”、不为世俗污染的刚正形象，却也让他在最后因为一些特殊原因而越过了自己的底线。

这些处理让他的作品散发出人性的光辉和深度——人性从来就是复杂而不能截然论断是非的，如果作者能用一种真实的眼光和宽广的心胸去关照这个世界中的个体的处境，便常常会塑造出丰满的人物形象。而孙颙在这方面的造诣，是日臻深厚的。正如荷尔德林所说，“谁曾见过那最深刻的，谁便爱那最现实的”。正是因为孙颙对现实生活的不断观察和善于思考，他的作品才会随着时间的积淀越发显出复杂性和包容力。

所以，孙颙在其宽厚的外表下，还蕴藉着更多面的特质——他热情拥抱生活，但思考的问题却常常是冷静而严肃的，他很宽厚，但是对于复杂的世态并非涉之不深，他的文风质朴，却让人觉得其中别有深意……这些看起来有些矛盾的特质，使他的作品耐人寻味而有生命力。

对这个世界多方探索的广度和对于人心世情深刻的认识，与孙颙本人的特质密不可分。凡阅读他这一路走来的作品的人，定能感受到他的作品是他心境和人生经历的影子。我想，他对于文学如此挚爱，或许也是因为文学对他而言是一个可以慢慢搜集、探索、袒露自己内心世界的平台。“弥尔顿出于同春蚕吐丝一样的必要而创作《失乐园》，那是他的天性的能动表现。”（马克思语）孙颙何尝不是？文学创作是顺乎他心性的，所以这一路走来，他有过集中的创作期，也有过相对的中断期，但从来没有停止过对于文学的追求，用他的话来说，“那是不能停的，即使没有具体的创作，我也要不断地积累、沉淀”。这么多年，他一直靠着手中的这支笔默默梳理着自己人生的脉络。相对于许多职业作家而言，他的写作时间很有限，但正因为写作对他至关重要，所以他会觉得“每天晚上回家即使再累，若能写上哪怕五百字，这一天也没有白过”。

研究这样一位创作与为人如此相得益彰的作家，搜集他的创作之路的痕迹是深有意味的。于是，便有了这本或可借以一窥孙颙及其文学世界的研究评论集。因其为人的率性和创作风格的多样不拘，这本集子更注重资料的规整和梳理，分为“文学创作评论选”“孙颙谈文学艺术”“孙颙印象记”“孙颙作品选读”和“孙颙创作年表”五个部分，试图从他者和作家本人的视角来呈现孙颙的文学世界。在“文学创作评论选”和“孙颙印象记”部分，可以发现这些年关注孙颙及其创作的不仅有文学评论家，更有其诸多的师友、同事乃至民间的书评团体。纵观这些文章，会发现它们解读的角度更是迥然：从文学人物的原型分析到故事结构的处理，从叙述手法到思想主题。孙颙的多样，为大家的解读提供了一个开放性的舞台。“孙颙谈文学艺术”部分，是孙颙平日里写就的随笔小文。书法家不经意间书写的便条常常是其造诣精华的自然流露，而孙颙的这些小文，正可见他素日的所思所想和创作风格，亦可与他的小说、散文创作形成同构。在“作品选读”部分，孙颙特别选了一些自己认为比较重要，却常常不那么受关注的作品。至于为什么会选这些作品，或许是因为，其中有孙颙最真实的影子，或许是因为孙颙想展现出为大家所忽略的一面……这实在也是很有意思的发掘过程，有待我们重新思考。

当然，这些资料的搜集过程真也体现出孙颙的个性——他每每都会说，哎呀，这或那篇资料我没有留备，因为我实在太大条，太不注意自己的资料积累了。但正因此，这部集子也染上了孙颙的个性，就如他和他的作品是一个整体一般。

而这几个部分的规设，让我想到了西方著名文论家艾布拉姆斯在《镜与灯》里提出的文学批评有作家、作品、世界和读者四要素的论点。集子的这几个部分，正从不同方面涉及了他所提到的这四个要素。虽然肯定有不少资料或是选编上的缺失，但希望它能成为一幅具有不同景深的画作，让读者可以见到一个真实而立体的孙颙。

作为诗人的批评者

张定浩的文章有一种独特的“吸附力”，能让人沉入他的世界，追随他的思想，待得掩卷，有一种恍然的感觉，却并不因此而丧失自己的判断——他只是为我们打开了一扇新的窗，让我们接近自己的心。在文学批评的圈子，他可算得上是一种“另类”的存在。

一次因为工作的关系问他要简历。给来的资料，比起其他我收到的“干净”许多——“1976年生，毕业于复旦大学中文系。笔名waits，写诗和文章，现为《上海文化》杂志编辑。”

作为一个文学批评者，他是在当下的“学院体制”之外的，因而他的存在有着别样的纯粹性和丰富性。这种存在形态似乎没有什么标签可贴，但也因此让一个看似陈旧实则常新的问题重新浮出水面——文学批评的存在形态。这一拷问面对着既定现实，也探究未来可能的方向。

作家阎连科曾专门撰文《作家与批评家》，来调侃作家和批评家之间的纠葛：“作家与批评家不是同行中的朋友，更不是一个单位中的一对情人。他们是被文学捆绑在一起的一对冤家夫妻，过不得，散不得；和不得，也离不得。”[1]虽然言辞犀利，却也直击时弊要害，并且揭示出文学圈和批评圈的间距——尽管中外文学史上并不乏文、论俱佳的作者，但通常情况下，大多数的文学创作者依然被视作与批评者泾渭分明的两个族群。只是张定浩属于时下为数不多的写诗为文又兼事批评的那类。我们固然可以从他的批评文字中觉察到诗歌的气息，固然可以说作为诗人的张定浩和作为批评者的张定浩，互为底色和支撑，但实际上，他首先是一个诗人，其次才是一个文学批评者。

他或许觉察到了这点，并且努力保持，但我更倾向于认为他的诗心是天生纯然的，他的诗意是浑然整体的特质，以至于他所有的文章，诗、随笔乃至批评，都沾染了这种气质，他的“批评气质”就这样“养”成了。

说到“批评气质”，似乎是比文学创作风格更难形成的“气场”。张定浩曾经有一段概述文学批评界现状的话十分精到：

> 我们仿佛置身一个食物品种非常有限但餐具种类异常丰富和混乱无序的自助餐厅。在这样一个餐厅，出现了两种高级用餐指导者。
>
> 一种是餐具狂。对于他们，如何用一些新奇有趣的餐

[1] 阎连科：《作家与批评家》，载《解放日报》2014年4月15日。

具处理食物，会比品尝食物本身更有乐趣。他们有的用齐泽克来搅拌余华，有的用德勒兹来剖析孙甘露，有的用萨义德来盛放《小团圆》，还有人挥舞着没有完全掌握的德里达四处乱扎，另一群人围着波德里亚和拉康，在研究使用方法，至于海德格尔和黑格尔，已经落满了灰尘，无人问津，那是太老土的餐具……“纵向切起来很顺手”，或者，“过于光滑不易夹取”。这些挥舞刀叉的餐具狂作出的类似表述，看似在探讨食物，只是不知这样的探讨是否的确有益于我们对食物的了解。

不过，也许是餐具狂过于引人注目，作为反拨，就有了另一些餐具憎恶者，他们采取手抓食物的方式，并不断地做出如下具有煽动性的表述:“这个底层窝窝头深入灵魂”，“那个传统匹萨击中心脏”，“这块都市牛排里闪烁着时代精神”……

——《论经验》

这段近乎尖刻的文字却不得不让从事文学批评的人低头审视自身。或许正是因为这些“用餐方式”的程式化，或者这些“餐具”本身的模具化，削弱了诸多文学批评者本身的气息。但文学批评是另一种文学创作，出色的文学批评是要具有一定的“区别性特征”的，是那种叫人读了便知是谁写的，而不是湮没在茫茫“餐具”之下的。

张定浩的诗性，正促成了他的“区别性特征”和“批评气质”。

在他为数不多的文学批评中，“经验”可算得上是一个关键词。在上文引述的描绘“餐厅”乱象的文字后，他写道：“其他大多数普通的用餐者，为了品尝到美好的食物，除了运气之外，他们唯一能信赖的，只有属己的经验。”

他主张以“经验”丈量和评判作品，将“经验”作为一条在当下纷繁嘈杂的批评界突围的路径，让人想起艾略特关于“诚实的批评和敏感的鉴赏，并不注意诗人而注意诗”的主张。这直接造成了他在面对许多大师级的作家时，有着平等对话的位置和对接空间，从而“不畏浮云遮望眼”。

当然，这也会招致怀疑：批评者个体的经验和主观感受是否就可作为判断依据？鲁迅的那句“好处说好，坏处说坏”在此刻难免陷入了相对主义的泥淖——你凭什么说好，凭什么说坏呢？

这个问题，多年前的英美新批评派就已经有过诸多论战和著述，这一阅读路径所达成的终点是否是谬误的，本身是开放性的问题。但这不能抹去鲜活个体感受的重要。事实上，捕捉直白的阅读感受一直是文学批评的首要基础。

哈罗德·布鲁姆曾说：“有多少批评家就有多少福斯塔夫。”这句话毫无疑问会让人想起那句“一千个读者有一千个哈姆雷特”，但它们并非同义反复。批评家与读者的不同在于，他们的判断更应该或是必须建立在自己的经验积累之上的，而非空泛或任性地下断言，换言之，是要有“眼光”的。我曾经听过一位艺术评论家谈到要评判一件艺术品，就要具有一种“视觉教养”——这尊雕塑的这根线条的弧度只能如此，弯一分或直一分都会破坏美感。但是这其中的尺度如何拿捏，只有依靠大量的艺术鉴赏经验。张定浩显然深谙其中之道。他在《职业的和业余的小说家》中写道：“我们是有很多的批评家，但他们或者是古希腊神话里的强盗普罗克拉提斯的后裔，用自己的床去丈量别人，将长人锯短，将矮人拉长；或隶属于先射箭后画靶的神射手家族，因为不事先设置具体而微的目标，他们射出来的形容词和概念永远都是准确有力的。因而我们唯有自己摸索，而任何技艺的门径都在于实践，以及实践中的否定性纠正。”

这一实践，于张定浩是一项孤独而个体的工作，“对独特自身的深度探索，最终指向的却总是普遍的人性”。因为，关注个体经验的核心，是对于生命根本问题的尊重。

他曾经跟我提起，其实并不喜欢写批评文章，那样好像是要达成一个结论。我理解这话的意思，他的心性其实是自由随性而不适合去写“大字报”的。然而当他真的要直面一部作品时，还是显露出一种锋芒，但这锋芒并不是为了批判或引起关注而存在，他是慎重的，更重要的，是真诚的。

他认为，哈金的《南京安魂曲》虽然具有余华所谓的“纪录片般的真实感”，但如果重大历史事件在小说中的位置过于核心，那么“小说本身在成熟性和独特性这两个方面都会出现缺陷”，因为“对于记者和史家，重要的是事实；但对于小说家，重要的则是个人”；韩松的《地铁》陷入了一种二维的类型写作，赋予太多细节以象征性，但“对小说家而言，没有一个抽象的群体，没有一个抽象的地狱天堂，只有个体，千姿百态栩栩如生的个体”；格非虽然声称他关心的是“在这样大的历史背景当中，这个个人是什么样的”，但还是如漫画家那样将诸多符号贴在了他在《春尽江南》中塑造的诗人谭端午身上：“作者让我们看到，诗人这个族群就是这么个模样，他们被时代抛弃是注定的，成为失败者也是注定的，而失败是成功之母，失败的诗人最后会拿起笔，写一首告别过去的挽诗，然后开始写小说，就像谭端午最后一样”……

“谁是心里藏着镜子的人呢？谁肯赤着脚踏过他的一生？”（周梦蝶）这是张定浩喜爱并且向往的人生。这教人明白，写出这些如锥文字的张定浩，为何在面对安徒生、卡尔维诺、E.B.怀特的童话时，又会显露另一派温情的风貌。这看似悖论的两端，都以坦诚而天真的诗心为根，并蒂而生则更显出诗性世界的真实和丰富，如不少诗论所认为的，将逻辑上不相干甚至是对立的词语并置，会产生意想不到的碰撞和意义。

波德莱尔曾说：“完美的批评家即其倾向和愿望最接近公众的倾向和愿望的批评家，即混淆功能和种类而给所有的人指定一个唯一的目的的批评家，也即在一本诗集中寻求完善道德心的途径的批评家。”[1]张定浩的文学批评的起点正在于对自我内心的追随和审视，这为他的文学批评注入了一股底气，也让他的观点有着“釜底抽薪”的力量。而融入诗心的文学批评，注定要践行王尔德提出的“最高层次的批评的真正实质，是自己灵魂的记录”。所以即使是在对某些作品提出疑义时，他可以冷静而坚定，并无专横或是卖弄的“火药味”。在他看来，“批评何为”的命题，关乎的是对于真实感受的把握以及对于假象的焦虑：“尼采说，‘苏格拉底认为，假想一个人具有一种他实际上并不具有的美德，这是接近疯狂的行为。这样一种假想显然比与之相反的对一项绝对恶行的疯狂迷恋还要危险。因为对绝对恶行的疯狂迷恋还有治愈办法，而前者则会让一个人或一个时代一天天变坏，也就一天天不公正’。对我而言，也许评论写作唯一的意义和动力，就要在尼采的这句话里找，并且努力说出那些因为种种原因‘大家都不说’的东西。”（《假想的煎熬——对苏童〈黄雀记〉的一种解释》）他称自己的文学评论集为《批评的准备》——他希望能清理文学现场，哪怕成为一个道德上有洁癖的人，也要葆有如罗兰·巴特在他的《小说的准备》中所显示出来的“对自身灵魂和爱欲的无尽欲求”。

张定浩的文章很“好看”——流畅生动，即使深入线团也

[1] ［法］波德莱尔：《1846年的沙龙——波德莱尔美学论文选》，郭宏安译，广西师范大学出版社，2002，第67页。

能轻盈地找到线索求得归属，没有因为对于理论术语的挪用而导致的架空和死寂感，这恰恰说明那些理论与他的亲近。而他推导结论的方式，是极为仔细和朴素的文本阅读，这是最具说服力的。

在评论马原的《牛鬼蛇神》时，张定浩仔细比对了马原在三十年前写的《零公里处》与《牛鬼蛇神》（卷0　北京）之间的细微改动，在许多个乍一看完全相同的句子中找到差异——“这改动是极其细小的，同时又是非常精心的。……正如涂改痕迹的手稿可以最真实地展现作家秘不示人的文艺观，从《零公里处》到《牛鬼蛇神》北京卷的变化的痕迹，似乎也可以最真实地呈现马原对于小说和自我的认识。”

我要说的是，这种面对文本的方式也最真诚地呈现出张定浩对于自己批评者的身份及其存在状态的认识。

艾略特曾经在那篇著名的《传统与个人才能》中说：“诗人的心灵实在是一种贮藏器，收藏着无数种感觉、词句、意象。”这似乎是对张定浩文中那些精妙隐喻或是形象论述的注脚——他在评论苏童《黄雀记》的一文中写道：“那只黄雀在几个房间里来回飞舞，翅膀被墙壁挡回的痛苦渐渐转化成心安理得的生活，它开始习惯眺望远处的螳螂和蝉，并一次次在假想中吞咽它们。”在评张炜的《你在高原》一文中写道：“张炜早年写过一本名叫《古船》的小说，某种程度上，阅读《你在高原》的感受，就有如目睹一艘几十年前的沉船，终于被打捞上岸，立在新世纪的海边，以它的体量，和锈迹斑斑，以它在价值评估时必然引发的、诡异又熟悉的辩证法，以它散发流溢的‘中年人的辛酸’，一起挠动着我们。”在论到余华以马尔克斯的《百年孤独》中就有许多报纸上津津乐道的事件和话题来回应对他的《第七天》的质疑时，张定浩写道：“似乎，余华有一点点阿Q面对小尼姑光头时的委屈和不屑，为什么和尚摸得，我摸不得？为什么马尔克斯能把新闻事件写进小说，旁人就不能？”

这些闪耀着狡黠智慧的论述，充满着敏感的想象力，显露出张定浩的气质，缠绵的诗性，锋利的触角，交织着敏捷和体贴。以其诗人的敏感，他明白“只有赋予语言极度的精确性和透辟，诗人和哲人才能意识到，才能使读者也意识到，其他不能用语词包围的维度”[1]。

这当属张定浩的叙述策略，但在他的叙述策略背后有着更深的理念——对于细节感受的关注并不遮蔽他所期达成的愿望：“对作品呈现出一个整体式的判断”，“批评也就不再是一件批评家玩耍的智力游戏，而是有能力面对普通读者的。”而这种呈现方式是属于作为诗人的张定浩的。

周作人曾经用密点着色的印象派图画靠观者的眼睛去搅拌画面上的红蓝黄三原色而生成图像这一技法，来比喻读书的境界：“自己体会出来的书中情事格外生动，没有古今中外的间

---

[1] ［美］乔治·斯坦纳：《语言与沉默——论语言、文学与非人道》，李小均译，上海人民出版社，2013，第104页。

隔。”而诗人所提供的，便是让读者自行搅拌的空间，来引诱属于个体的现实。

张定浩期望唤起读者的感情，他会表明自己的态度和倾向，但绝不是灌输给他们一个结论。换言之，他期望用那些鲜活的表述引领读者伸出自己的触角，去发现那些在之前的阅读中被忽略的或者是隐约闪现却终究无法言明的感受。他的这种言说方式很有些漫谈的意味，自然随意，层层推进之外忽地截断众流。他推崇“倾盖如故”的处世读书方式，并且将他的书评集命作《倾盖集》——看似自然流淌、随性而为的文字，暗含着他对于文学之道、生命之道的敬畏和追求，以及对于语言局限性的认识。

《既见君子》是张定浩钟爱的一本集子。他多年磨一剑，在37岁的年纪出版了他认为的真正意义上的第一本著作，而他的个人气质在其中显然更为浓烈。这部集子虽然谈论的是过去时代的诗与人，却明晰地诉说着属于张定浩的当下和内心。如他在引子中所说:“不是做文学批评，也不是做考据翻案。”他一开始就明白自己此刻做的是借着“他人的酒杯”浇“自己的块垒”，但这“借”和“浇”又必须摆正自己的位置，看到诗歌的流变及其时代，而非一味地“自由理解”。

他喜欢谢朓的“别后能相思”中的“能”字，因其“让之前所有摇摆阴郁的诗意转化成一种真正的轻盈，让相思这件辛苦平常的事情变得焕然一新，变得无比令人期待”；他说到一篇怀人的文章中将陶渊明的“安得促席，说彼平生”写成了“安得促膝”，而那个被怀念的人如果知晓，也许要“从地下跳起来，因为她对文字和空间实在都是敏感的，大概忍受不了膝盖与膝盖的碰触”……这些直接细腻的感受，读来让人会心一笑。“爱憎之情自我，离合之理自天”（黄侃语），这些文字中深重的个人意绪及其介入自我和现实的倾向，赋予了这些小文鲜活的魅力。但这并非他的终极目的，事实上，他最希望的是唤起我们对于这些古典诗心的亲近感，而非只是与他的具体感受产生共鸣。《既见君子》的书名，有大义存焉。

“汎汎杨舟，载沉载浮，既见君子，我心则休。”这诗句贴切地勾勒出张定浩在未见“君子”之时的忐忑不安。“君子”硬往实处说，是隐含在这些诗歌中的理想人格和人生感悟，但究竟是什么却是不可言表的。张定浩想见“君子”，但并不是要求得“君子”的具体教诲或是指引，“君子”在他心里本就不是可以框限的观念和教条，他要的是“目击道存”，直面这些诗歌，让心灵宁静，以获得让自己踏实和幸福的力量。这样的心性和理念隐化成了他的文学批评的底色——作为一个批评者从诗、从小说中得到的体验，固然希望读者感同身受，但在终极层面上是不可言传的。这是一种对于生命根本问题的体悟，在张定浩的文学世界里，这种体悟外溢在了他的表述方式上。

元好问、袁枚等诸多文人都著有《论诗绝句》，以诗解诗，或许是最为合宜的让人靠近诗歌的方式，而“本雅明决心将文学批评变成抒情的形式，变成产生意象的镜子”[1]；作为批评家的波德莱尔和苏珊·桑塔格体内必然裹挟着诗人和小说家的特质。张定浩似也在进行着如何让读者更天然地接近文学的尝试。“诗歌里需要忠实和准确的，不是意义，是被唤起的感情”，这是张定浩写诗时的呓语，也是他对自己的文学批评的期许。

似乎很难为《既见君子》找到一个文体上的归属——随感、诗论还是小品？归属也许并不重要。这或可唤起对于文学批评在文体混融上的可能性的讨论。

乔治·斯坦纳曾对于一些作品的无法归类表示欣喜：“在它们之中，散文与诗歌、戏剧声音与叙述声音、想象与纪实等传统分野是完全没有必要，甚至完全错误的。……它们的表现形式自成一体，按照自己的生存方式改变了我们对于意义应该如何交流的看法。”[2]《既见君子》显露出文体混融的特质，尽管这种特质在张定浩的其他文学批评文章中，还只是隐约闪现，但这尝试的路径应该会越见明朗。法国批评家米歇尔·莱蒙曾评价法国作家奈瓦尔的“才能在于能创造一种与自己风格特色十分相适应的形式。小说体裁的概念被他冲破了”[3]。张定浩是那种

[1] ［美］乔治·斯坦纳：《语言与沉默——论语言、文学与非人道》，李小均译，第103页。

[2] 同上，第100页。

[3] ［法］奈瓦尔：《火的女儿》，余中先译，漓江出版社，2000，第6页。

“跟着自己的心写作”的人，在我看来，这种诉求的最高境界，当是对于文体乃至其他诸多约限的冲破和跨越。

因为热爱诗歌，张定浩也常译诗。在众多评判诗歌译文水准的妙语中，他最服膺雪莱的原则：“译文在读者心中唤起的反应，应与原文唤起者相同。”而在文学批评领域，这样的原则也当顺延——文学批评应在读者心中唤起与文学作品一样或者说独立的反应，而不仅仅是被捆绑的，它可以获得相对独立的存在。

萨特曾这么评价作为批评家的波德莱尔：“（他）是从不忘记自身的人。他看着自己看见了什么；他看是为了看见自己在看；他观看的是他对树木和房子的意识，物件对于他只有透过他的意识才能呈现，显得更苍白、更小、不那么感人，就像他透过观剧镜看到它们似的”。

于此，我们当可见文学批评的本质就是一种“观看”作品的方式，每个批评家都有自己的方式，而“观看之道”的主观色彩可以通过独特的观点，但更深层地则是通过独特的气质和文风体现。

我们可以想象，文学批评在摆脱了与作家作品的纠缠而获得相对独立的存在后的景象——人们意识到，文学批评是且仅仅是一种“观看”方式。批评者可以用符合心性的文字将面对作品那一刻的真实自我置入其中，继而带着距离来反观那个自我；而读者可以从中获得一种观看的角度和训练，形成“独立的内在声音”[1]以多维地审视作品、内心乃至生活。一切都是鲜活而未知的，“没有预先设定的形态和语调，没有预先设定的疯狂程度和隐喻逻辑”,“一切从零开始”[2]。张定浩的意义在于呈现给我们一种诗人“观看”作品的方式，并且意识到要保持这种方式的个体独特性——“只要有呼吸，有看的眼睛，这诗就常在，并给你生命”（莎士比亚十四行诗第18首）。

张定浩曾用过一个叫“撄宁”的笔名，取自《庄子·大宗师》:“其为物，无不将也，无不迎也；无不毁也，无不成也，其名为撄宁。撄宁也者，撄而后成者也。”意指身处纷乱之中，依然内心平静。以此自勉，说明他意识到自己心性中“载沉载浮”的一面。张定浩的作品虽然在风格上呈现出矛盾和嬗变，但其底色是一脉相承的——对于个体丰富性的尊重，对于生命根本问题的体悟和敬畏，对于开放性表述的追求。对此他有着某种极其自觉的追求，又因才气横溢而显露出“通过一切赏心悦目的东西得到慰藉”[3]的倾向，以至于他的文字给人偏于精巧的感觉。这种精巧固然可以使文章充满“趣味”，却也有削弱文学内在力量之虞。他或许正在努力寻找一个能渡他的渔父，在

---

[1] ［美］哈罗德·布鲁姆:《神圣真理的毁灭——〈圣经〉以来的诗歌与信仰》，刘佳林译，上海人民出版社，2013，第35页。

[2] ［美］乔治·斯坦纳:《语言与沉默——论语言、文学与非人道》，李小均译，第106页。

[3] ［法］波德莱尔:《1846年的沙龙——波德莱尔美学论文选》，郭宏安译，第78页。

这载沉载浮的舟上指给他“君子”所在的方向，但如果有一天他的文字可以更多地抛却外面的“风雨琳琅”，从心所欲甚至朴拙粗糙也能尽现他的诗心、达成他的批评主张时，他会发现，渔父就是他自己。

史铁生曾说：“写作，法无定法，唯一不变的是向自己的心魂深处去观看，去发问，不放过那儿的一丝感动与疑难。”对于兼事批评和写作的诗人张定浩，这句话或可形容他在当下和未来所走的路。“法无定法”，所以充满丰富的可能性，让人期待，但可以肯定的是，他要永远做一个诗人。

李碧华：人魅如妖的奇情女子

李碧华是我喜爱的畅销书作家。她让我意识到，畅销与深度并不总是成反比，大众爱的文学，自有其值得玩味的道理。每次读李碧华的作品，心里都会有种过瘾但心悸的感觉——诡异凄艳、冷僻刁钻，让人害怕又迷恋。

李碧华在当今的香港文坛，早已尽人皆知，但她却极少出现在公众的视野当中，没有八卦新闻爆料，更鲜有人注意她的容貌、年龄，这在炒作成风的香港，有点不可思议。她似乎就在那里，任人揣度，依然故我。正如她自己说的："别那么好奇我的面貌，我是那种摆到人群里，不容易特别被认出来的样子，没什么好描述的。和外界的人和事保持适当的距离，对我来说是好的，不老记挂着自己的影响力，不去想有多少人正在看你写的文字，不至于动不动就把自己当成苦海明灯，方才真可以潇潇洒洒地写。"

在纷纷扰扰中，力求寻得心境的平和，去体会世间的百态，这或许也是李碧华作品常常让人觉得没有那么多的世俗烟火气的原因。只是，她的远离烟火，并非是描绘那些世外桃源的故事。事实上，她作品里从来不少纷扰的人世纠葛，但这纠葛写得入木三分，且又离奇，离奇到带着种妖气。据说，李碧华生长在一个大家庭里，祖父以前在乡下很有钱，曾经娶了四个老婆，还有妾侍。父亲做的是中药一行，住的是祖父的物业，所以李碧华从小生活在那种楼顶很高，有着木楼梯的旧式楼宇之中，听闻过很多旧式的人事斗争。想来也许正是这种环境和残余的记忆为李碧华提供了创作的素材和灵感。

如果抛开表面对于复杂的人世纠葛的深刻洞悉，会觉得李碧华作品的底色却是繁华后的落寞，就像一幅精致繁复的织锦，已被弃置，但旧日的光鲜耀人仍然依稀可见。这种繁华落尽后的曲终人散，让人不禁想到了李碧华生活之地——香港。她的文字似乎带着香港特有的气息——繁花旖旎，醉生梦死，纸醉金迷。但，一转身，却敌不过在世间飘荡和无根的命途，苍凉和悲哀油然而生。

一方水土养一方人。香港的气息似乎渗到了李碧华的作品里，那些繁华而落寞的影子在其间影影绰绰——冬儿最后回望蒙天放的那一刻，程蝶衣不疯魔不成活的一生，青蛇看透世间凡俗情义之时……无论她笔下的是现代人抑或只是神话中人，似都已染上了一种特殊的混杂着沧桑旧事和现世人情的气息，那样的气息又似只属于香港这片看似无根，实则沧桑的土地。

李碧华是公认的“写情”高手，被誉为“天下言情第一人”。但她的作品，却全无既往所读言情作品的甜腻——即使是吟诵生死相许、惊天动地的情爱，她也会在其中揭露人性的复杂甚至卑劣，剥离出些情爱之外人性的弱点，诸如自私、嫉妒、诱惑、贪婪、背叛，而非一般的言情小说那样一味构建一幅甜蜜温暖的人生图景。

所以，李碧华所写的“情”，自也不限于男女之情——对于人性的犀利洞察，赋予了她的作品足够深厚的底蕴和气度，一切情，都是在人性中纠缠，在人性的善与恶里，爱恨交织，残忍并且无奈，但似乎并没有对与错的对峙。这样开阔的气度和诡异的角度，让李碧华在我的字典里的第一标签是“奇情”。

就是这样一位才情绝高的奇情女子，最让人叫绝又困惑的是她常常会将万种柔情掩藏在桀骜不羁的野性之下。她的这种野性，令她善于通过颠覆经典来撰写传奇。

虽说李碧华不是重写经典的第一人，但令人称奇的是，她尤擅借旧有的传说来书写现代人的心态，继而得出与正典文本相异的故事结局和结论，于是，她的作品往往会具有一种让人觉得既熟悉又陌生的张力，令人充满了好奇与阅读的欲望。就如《青蛇》故事取自《白蛇传》，却俨然在诉说现代人因为无法抗拒情欲的诱惑而导致的错综复杂的情感纠葛。在李碧华的颠覆下，一个原本颂扬真情的传说却解构了真情——无论是夫妻，还是姐妹，都不再可以信任，可以托付，而小青终于也发出了

“这世间真情何在”的感慨。这样的感慨惹得你我都禁不住低头探看深藏在自己心底的情欲。

就这样，李碧华在这些看起来乖悖艳异的颠覆背后注入了现代人的悲喜情愁，更注入了一个女人特有的细腻而真实的意绪。于是，即使她的作品常会以一个宏大的时代为背景，却依然让我感觉到其笔下人物的心绪并不遥远和虚幻，而是真实、有温度的。即使是历史上确有的故事，如川岛芳子，在李碧华的笔下也充满着其身为女人被命运和政治玩弄的哀怨，让人意识到或许这个被世人唾骂的女间谍也曾在绚丽和惨痛间不断失落和寻找真实的自己。

除了颠覆经典，李碧华更是上天入地地编织着她的奇情故事，于是人鬼同途，轮回不已。比如《潘金莲的前世今生》，比如《秦俑》。而《胭脂扣》更是堪称巅峰。女鬼如花回世间寻夫的故事，让人唏嘘。尽管很多人会在其中读出属于特定时期的香港人对于身份归属的焦虑，我却在其中更深刻地感受到了属于一个痴情女人的无奈、哀怨和倔强。即使如花对于以往香港的回忆正契合了当时香港社会的怀旧潮，那也更多地属于旁人的解读和比附。李碧华或许无意在作品里影射香港的现实，却在骨子里浸淫着香港的气息。只是这一切终究还是以“情”为出发点，于是对于香港旧事的怀旧意绪不仅随着如花回忆当年在阳间的遭遇而发，更是傍着她内心的那份旧情而生，故而这女鬼寻夫的故事尤显荡气回肠。我常暗自想，这样的故事搬上银幕，便也只有张国荣和梅艳芳这样同样染着香港特有气息的人物能够演绎出其间的华丽和落寞。至今闭上眼便能想见那梅艳芳饰演的如花在悠悠地唱着粤剧的样子，哀怨而绮丽。

人魅如妖，只是李碧华的妖冶之气并非全是因为她编拟着前世今生的鬼魅故事而得，她的许多惯常的散文或是纪实之作，比如《烟花三月》，也一以贯之地有着她固有的气息。本来，“妖魅”与故事情节无关，与李碧华本身有关，如李欧梵所说的：“她其实已不自觉地继承了宋明话本之烟粉加灵怪的传统。”正是这逼人的“妖气”，使得李碧华对世间的情有着惊人的洞察力和近乎残酷的直白揭露。

李碧华本身就是一个传奇。她笔下那些充满悖论，却耐人寻味的故事，仿佛永远在低吟浅唱着世间说不明、道不尽的爱恨情愁，点醒着现代人挥之不去的孤独和焦虑。

暧昧的“非虚构”

20世纪60年代中期，美国作家杜鲁门·卡波蒂基于新闻报道创作了小说《冷血》，并将之定义为“非虚构小说”。“非虚构”和“小说”这两个看似天生背反的词被戏剧性地并置在一起，致使这个概念从一出场就带着暧昧的光晕，而这光晕波及了整个“非虚构文学”乃至“文学”的场域——与其说卡波蒂创造了一个新的文体概念，毋宁说他直陈了虚构和非虚构因素在文学中的纠缠交错。

2010年《人民文学》杂志开设“非虚构”专栏，“非虚构文学”之名在国内主流文学界越来越受到关注。多家出版社策划出版“非虚构”系列图书，许多杂志也陆续加入到开设“非虚构”专栏之列。但一种文学类型的显形，并非从无到有。很多时候，它的身形一直都在，只是因为新命名的出现，某些“区别性特征”被重新聚焦，乃至放大。长期以来，国内非虚构文学的枝蔓已盛，只是在主流文学圈内，它是以国人熟知的报告文学、纪实文学等样态存在着。这直接导致在之后漫长的岁月里，对它们之间的差别何在的质疑声不断。尽管并没有走向越辩越明的境地，但纷争伴随着非虚构文学创作势头的不断壮大，并且促发人们重新考量文学的特质。

2000年开始，作家杨显惠陆续发表了“命运三部曲”——《夹边沟记事》《定西孤儿院纪事》和《甘南纪事》，引发的关注和反响，似在水面激起的层层涟漪。这不仅是因为作者将取景器面向了出于各种原因被遗忘的真实的历史角落，更是因为这些文本引人入胜——情节的谋篇转圜，细节的拿捏描摹，令往事可追，触手生温。“命运三部曲”的体裁被界定为“纪实性小说”[1],与卡波蒂的“非虚构小说”异曲同工。只是“非虚构”的提法，更为决绝地站在了“虚构”的对立面，透露出强调作品“真实性”的决心。

如何界定和对待文学艺术中的“真实”，是一个古老却永不过时的话题。从追求形似到追求内在情感体验，历来的文学艺术都不断消解和熔铸着“真实”的定义，而经由虚构还是非虚构的路数抵达真实，更是法无定法。虽然，各种文学类型的属性对“虚构”或“非虚构”有着天然的偏好和倾向——譬如，散文用米兰·昆德拉的话来说“是现实的一种面孔，每日的、

[1] 参见杨显惠、邵燕君:《文学，作为一种宣言》，载《上海文学》2009年12月号。

具体的、即刻的面孔，它在神话的对立面”[1]，而小说则是公认的最具虚构“气质”的文类——但这与谁更接近“真实”无关。虚构的小说实则对“真实”有着更深的诉求——人物、情节、世界都可以虚构，然而若其背后没有真实的意绪、经历、困境支撑，小说的内在生命力就会苍白虚弱，更无法让读者“放弃怀疑”，选择相信小说家的讲述，进入小说家营造的“真实的谎言”。就如美国但丁专家辛格尔顿所说：“《神曲》的虚构在于，它不是虚构。”[2]

在最近的一次访谈中，杨显惠谈到自己当初给“命运三部曲”起名时在“记事”和“纪事”之名上的斟酌——“《夹边沟记事》特别讲究真实，我记的是真事，所以用言字旁的记。到写作后两部书的时候，我就更讲究艺术，虚构的成分就有了……这个时候，就用绞丝旁。小说也可以叫作纪事，比如孙犁的《白洋淀纪事》”[3]。这无意之中暴露了杨显惠对“文学如何抵达真实”的实践和调试。小说所赋予作者的自由，或许更可通往事实背后的“真”，用杨显惠的话来说：“我想通过小说写出人的命运，让它有一个开头、结尾和悬念等，来揭示生活中

---

[1] ［法］米兰·昆德拉：《被背叛的遗嘱》，孟湄译，上海人民出版社，1995，第22页。

[2] ［美］哈罗德·布鲁姆：《神圣真理的毁灭——〈圣经〉以来的诗歌与信仰》，刘佳林译，上海人民出版社，2013，第44页。

[3] 杨显惠、张晓琴：《写作是一个悲喜交加的过程——杨显惠先生访谈录》，“非常道传媒”，2015年7月21日。

的‘核’。”[1]

有意思的是，杨显惠和那位将“非虚构小说”一词推向风口浪尖的杜鲁门·卡波蒂都曾谈到新闻报道一类纯纪实的作品。在杨显惠看来，要向新闻报道学习“剪裁的技巧和简洁的文风”，但“追求严格意义的真实性会限制作者的个人态度和倾向性”[2]。卡波蒂则信心满满地认为小说与新闻报道同样可以客观超然，在谈到自己的“非虚构”作品《听到缪斯的声音》时，他说：“我并不认为这本书与我的虚构作品的风格截然不同。《缪斯》是不折不扣的新闻报道，而一旦从事新闻报道，你的身边就充斥着未予置评的暗示——你不能用写小说的方法达到一针见血的审读。不过，我想要做纪实报道的原因之一，就是要证明我能把自己的风格应用到新闻事实里去。我相信我的虚构方式同样是客观超然的。”[3]显然，在他们眼中，如何接近“真实”已然跳脱了虚构或非虚构的框限。

无独有偶，青年作家梁鸿也经历了在“非虚构”和“虚构”写作之间徘徊的征程。她最初受到关注是因为《中国在梁庄》。这部记录作者家乡梁庄现状的著述，在大量的采访和资料收集的基础之上，更力求还原事件的原生态——大量的当事人自白

---

[1] 杨显惠、邵燕君：《文学，作为一种宣言》。

[2] 同上。

[3] 《杜鲁门·卡波蒂》，黄昱宁译，《巴黎评论》，人民文学出版社，2012，第7页。

显露出其时其境的浓重氛围。这种让当事人发声的方式在非虚构创作中常被奉为圭臬。美国人类学家奥斯卡·刘易斯所著的《桑切斯的孩子们——一个墨西哥家庭的自传》将这种写法贯彻到了极致：桑切斯家的五个成员（主要是四个孩子）各自讲述身处墨西哥城贫困阶层的他们在拉美大城市的贫民窟中长大成人的经历。自始至终，作者奥斯卡都没有在作品中现身，似乎只是承担了将音频转为文字的集结工作。同样，张新颖在《沈从文的后半生：1948—1988》的说明中写道："我追求尽可能直接引述他（沈从文）自己的文字，而不是改用我的话重新编排叙述。这样写作有特别方便之处，也有格外困难的地方，但我想，倘若我是一个读者，比起作者代替传主表达，我更愿意看到传主自己直接表达。"[1]让事实本身说话，伴随着隐去叙述文本的技法和形式、让事实变得透明的理念，体现着作者的严谨和责任，也给予了读者足够的解读空间。这无疑是抵达真实彼岸的上乘之法，但并非唯一有效的途径。事实上，尽管这样的方式有意让叙述者成为"在场的缺席者"，但任何写作都终究是修辞性的——将"录音机"搁置在哪里以及何时按下开始和结束键深有意味。

2013年，继《中国在梁庄》后，梁鸿又创作了《出梁庄记》，同样沿袭着田野调查的路径，追踪那些离开梁庄去往全国各地打工的老乡们的遭遇和命途。中国社会的变迁裹挟着个人时运的漂

[1] 张新颖：《沈从文的后半生》，载《收获》2014年春夏卷，第207页。

移，在那些细致入微的采访和记述中一点点展露。然而，她新近创作的《云下吴镇》（自2014年10月至2015年9月在《上海文学》连载），却不再沿袭原来的轨道而开始显现出在文体嬗变上的自觉："写梁庄，我觉得非虚构是最合适的表达形态。但当想到吴镇人物的时候，我觉得非虚构不足以表达，我想展现他们内心的精神空间。所以我在写吴镇的时候用了一个新的方法，介于非虚构和虚构之间"，具体而言"在写作的时候，我尽可能真实地写这个小镇的形态，但是我整个笔墨是着眼于人的存在。小镇人的精神形态才是我想要表达的。每一篇一个故事，每一篇一个人物，每一篇都是新的语言、形态和结构，之间也有一些关联"。[1]在梁鸿看来，吴镇人的精神形态，隐匿于散落在现实中的大量而繁杂的事件和细节中，要接近他们真实的存在样态，就要在这些线索中寻找焦点，并且重新提炼剪裁，聚拢凝练成既真且幻的人物形象。于是，作者调整了叙述的维度——对呈现原生态的诉求转向了对情节的编排、语言的打磨和人物形象及其内心世界的文学性描摹，不变的则是角色确有其人，故事背景真实可触，教人想起玛丽安·摩尔的话："想象的花园里有真实的癞蛤蟆。"与原型足够接近，又足够疏离，这其中的张力所造成的现实的不确定性，让人着迷。此刻，读者已经不只是被牵引着去关注作者笔下所呈现

[1] 此为梁鸿在讲座《如何重返现实——从"梁庄"到"吴镇"》（2015年3月8日，国家图书馆总馆北区学津堂）中所说。见"腾讯文化"：http://cul.qq.com/a/20150317/016636.htm。

的内容，同时也会被表现技法和结构吸引。在虚构与非虚构之间摇摆以探究一种新的文体，因为作者需要用属己的，或者说前所未有的表达方式去接近现实。虚构和非虚构的因素在文本中已经无法剥离。虽然，作者依然不是真实事件发展中的人物要素，但我们可以明确地意识到他在主宰着这个故事；他在现场，在呼吸，而非隐形于幕后。当然，事实在握的同时动用小说的创作思维，用小说的架构来介入现实，更是一种极致而彻底的尝试。卡波蒂和杨显惠们踉跄但决绝地在亦真亦幻的世界里寻找着现实的路标。

这种有意跨界的“非虚构”创作，对于普通读者的致命吸引力在于“好看”。是否能深入普罗大众，是鉴别文学生命力的颠扑不破的标准。伍尔夫特别推崇约翰逊在《格雷传》里的一句话：“能与普通读者的意见不谋而合，在我是高兴的事情；因为，在决定诗歌荣誉的权利时，尽管高雅的敏感和学术的教条也起着作用，但一般来说应该根据那未受文学偏见污损的普通读者的常识。”[1]未受污损的普通读者们，会对“非虚构文学”表现出特别的关注和热情，当然首先是因为作者能用读者乐见的方式进行著述。这种“好看”，不仅取决于作者的文学造诣，更因为“非虚构文学”对于个体特别是普通个体的尊重和关注——对于细节和个体的刻画，让每个人都觉得自己拥有了被理解和关怀的可能，琐碎低微的生活霎时被照亮；但根底上，

[1] ［英］弗吉尼亚·伍尔夫：《普通读者》，刘炳善译，北京十月文艺出版社，2015，第1页。

还是因为大众对于那些“非虚构”内容的需求与日俱增。

一直觉得为文学定义是件让人绝望的事情，只因其边界模糊，任何概括都会显得单薄。但雅克·德里达的论断却触到了要害：“我们称之为文学的东西……指的是允许作家说他想要说或能够说的一切，同时受到保护。”

似乎因为有着“虚构”的庇护，作家们得以自由言说。但时至当下，能让人激荡震撼的往往是标榜为“非虚构文学”的作品。它更像一种宣言，要脱去“文学”的定义赋予其的护甲，赤裸裸地呈现现实。当然，从来都没有绝对的自由，但“非虚构”的魅力在于，它更直接而高调地让我们看到了接地的依据——即使是现实主义小说，也无法拥有这种让人信任的气质。

乔治·斯坦纳认为西方小说有没落的趋势，因为“20世纪西方社会的剧变，使得新的现实比任何小说中的现实更为惊心动魄”[1]。中国也面临着相似的境遇：社会的转型、阶层的变动、城乡的矛盾……比起在虚构和变形的其他文体中去寻觅这些现实的影子，直面和直陈当然更为切中要害和酣畅淋漓。在这个意义上，“非虚构文学”尤其是被划入“非虚构小说”的那些作品，重点依然在“非虚构”而非“小说”——它们只是需要小说乃至文学的技法来满足形式和表达的需要。或者说，它们依然在文学的范畴之内，逃不出如来的手心，依然还需要以技

[1] ［美］乔治·斯坦纳：《语言与沉默——论语言、文学与非人道》，李小均译，上海人民出版社，2013，第9页。

法来裁剪一些什么，从而能继续“说他想要说或能够说的一切，同时受到保护”。但这种需要，令我们必须承认“非虚构文学”的“虚构性”。即使是意图直陈原生态事实，这“虚构性”也依然存在，此刻它隐现为作为文本叙述者那与生俱来的不可避免的主观性——特别当作者葆有一种他者的陌生化眼光时，这种主观性的存在便更为凸显，他们的目光会捕捉到久处其境的人们所习焉不察的角落。这也是为何当一批外国作家投入到叙写中国的“非虚构”创作时（比如何伟的《寻路中国》《江城》，张彤禾的《打工女孩》，迈克尔·麦尔的《再会，老北京》），会有评论认为，他们发现了一个不一样的中国。

“非虚构”站在了“虚构”的对面，却不是“虚构”的反义词——太多的“灰色地带”，被暧昧地划归入了“非虚构”的阵营。它的概念因此鲜活而不断生长，不断有新的文本个例补充，却无法被定格。“理论是灰色的，生命之树常青”（歌德语）。而“非虚构文学”领域出现的文体上的交织和混融，正显现出“文体的根本生命有更顽强的隐秘通道”[1]。这是一种表征，暗示着文学新生的潜能。“非虚构”与“虚构”、“纪实”与“想象”，它们也许不必也不能界线分明。当文学的表现形式自成一体，我们才能清醒地入迷，以不同的存在方式贴近不同层面的“真实”，而这真实不再虚妄。

---

[1] ［美］乔治·斯坦纳：《语言与沉默——论语言、文学与非人道》，李小均译，第100页。

“在一个世界里感受，在另一个世界里命名”

给文学作品配插画，如同让两个彼此熟悉又界线分明的阵营短兵相接。世人对这场博弈大多怀有“成见”——文学作品是独大的主角，“配图”的重心在“配”字上，其风格特点该忠于文学作品。多数情况确也如此。但细想这“大多数”中鲜有出挑到让人凛然的例子，却反而是王尔德的《莎乐美》与比亚兹莱的配图——这个与“大多数”相悖的个案，散发出历久弥新的光芒。

王尔德与比亚兹莱的这次合作可以称为一次“事件”，有着跌宕起伏的情节，更具有象征意味。

维多利亚时代，王尔德的出现本身就是一种象征。他的一生饱受争议，人们既爱他需要他又唾弃他。颓废主义和唯美主义在他的身上深刻而自然地交融着。他提出“为艺术而艺术”的主张，并且用一辈子的时间实践这一主张——再没有如王尔德的一生更能体现颓废和唯美双重意蕴的个案了，他真实的人生具备着超越小说的戏剧性。

在王尔德的心里，极致的美和纯净之中可以开出妖邪的小花。尽管其时对于美的定义盛行着中产阶级狭隘的市侩标准，但这小花却深深扎根在人心深处，并且招摇出最本真和赤裸的人性，他希望借此脱离现实生活的龌龊险境。于是他选择“莎乐美”的形象来创作自己的第一部戏剧，并将莎乐美从一个听命于母亲的杀人工具析出了原作，化为一个因为爱不得而砍下爱人头颅的美艳、性感、充满诱惑却残忍至极的妖女。他妥帖并且肆意地将自己附着在莎乐美的身上——莎乐美对于爱人约翰之美的沉溺，对于约翰那无畏到变态的爱，以及对感官刺激的追求和自身欲望的放纵，是王尔德内心乃至现实人生的同构，如他在诗中写道，自己是“诱惑的嘴唇和被诱惑的生活”[1]。然而，如此强烈的美和爱燃尽的那一刹那，即使死亡也难以销蚀幻灭和颓废。莎乐美的死仿佛是王尔德人生的谶语。

1893年，《莎乐美》的法文版出版后，年轻的比亚兹莱深为震动。王尔德的《莎乐美》仿佛暗合了他内心的密码，他预感到这个剧本是显露自己的艺术天分和生命体悟的独特舞台。他几乎是不可遏制地很快就为其高潮部分创作了那幅著名的“约翰，我吻了你，我吻了你的唇”的插画。王尔德得见之后，大为激赏。比亚兹莱于是受邀成为后来《莎乐美》英文版的插

---

[1] ［美］理查德·艾尔曼：《引言：王尔德，作为艺术家的批评家》，［英］奥斯卡·王尔德：《王尔德全集——评论随笔卷》，杨烈、黄杲炘译，中国文学出版社，2000，第19页。

画作者，系统创作了十余幅插画。然而这一次，王尔德对比亚兹莱的工作表示了不满，两人的关系也急转直下——比亚兹莱的绘画事业和人生就此走向低谷。他因为风格独特的《莎乐美》插画而声名大噪，也因为这“独特”不为世人特别是“雇主”王尔德所接受，而落入深渊。就像以往的许多天才一样，比亚兹莱的生命轨迹成了一条“抛物线”，为《莎乐美》创作插画成为了他人生的转折点。

王尔德的不满是有根据的。

首先，王尔德认为自己的作品中充满着鲜明的色彩感，而比亚兹莱只选择黑白色调，二者间显然是一种违逆。然而黑白之调并非如其表面那样只能表达黑白两色。中国素来有“墨分五色”之说。在比亚兹莱的处理中，简易的色调在强调的对比之下引人遐思，反而泛出意想不到的“色彩感”。

看《莎乐美》剧本中的这段描述：

> 希律：“哦！你准备着赤着脚跳舞。那好极了！那好极了。你的小脚儿一定会像白鸽一样。它们一定会像在树枝上舞蹈着的小白花儿一样。……不，不，她准备在血上跳舞了。你看鲜血溅了这一满地。”[1]

[1] ［英］奥斯卡·王尔德：《莎乐美》，田汉译，安徽人民出版社，2013，第157页。

比亚兹莱为这一幕配图《肚皮舞》。画面的下半部分以全黑色做底，莎乐美的双脚在上面显得异样的雪白，以致让人感觉到四周的黑色散发出血腥的气息。同样让人遐想的还有莎乐美的唇色——那苍白面容上的唇该充满着怎样烈焰般的诱惑！比亚兹莱对于莎乐美的头饰以及鞋子上的花纹等处的细节描绘，因为用了白描的手法，让画面的色调在黑白的强烈对比之外有了一种妥协的过渡。但画面整体自简单中泛出的丰富，让这个场景在妖媚中滋生出恐怖的意味。

比起直接的赋彩，在看似单调的画面中感受色彩的过程总是更为真切而令人着迷。“珍珠白”“血红”或是“炭黑”，这些色彩因为有着实物的图示为前缀才能“带感”，因为说到底，色彩的千差万别无法穷尽，所以根底上是无法言喻的。而极繁和极简间常有着怪异的张力，如果画面只用黑白两色，表面上是遮蔽了这色彩间的细微差异，实则却是将对差异的拿捏和感受的色卡交到了观众的手里。比亚兹莱深谙其中之道，他的黑白二色，引诱观者催动自身的感受力和想象力。于是，在色彩上的节制，虽然表面上违逆了王尔德的预想，却在另一种层面激发了《莎乐美》戏剧场景的色彩感，提醒我们发现“无法言喻”之处。

比亚兹莱的画笔将我们引向文字背后的暗角，在那里，看似与文字表面相悖的内核散发着魅惑的光。

“我们在一个世界里感受，在另一个世界里命名。”（普鲁斯特语）[1]黑与白，绘画与文学是泾渭分明的不同世界，却可以互相激发、成为彼此“无法言喻”处的寄托。

比亚兹莱与王尔德何尝不是这样两个相生相悖的世界。

1895年，王尔德因为同性恋的罪名入狱，比亚兹莱深受牵累。尽管此前已经不再与王尔德交好，但此刻人们似乎一下子意识到这位不受王尔德认可的插画者的插画，与王尔德的文学作品一样“伤风败俗”。

“伤风败俗”的潜台词是“变态”。色情、恐怖、怪异、淫荡……王尔德与比亚兹莱的艺术和人生似乎都浸淫在这些为“正常人”不齿的词中。但“变态”其实只是“非常态”，从“非常态”的视角出发，往往会滤掉世间的虚伪和庸常，触动人性深层那些惊世骇俗却真实到底的角落。细究比亚兹莱“变态”的根由，或在于他的“病态”。这位短命的天才终生被病魔折磨，七岁时就染上了肺病，不断咳血，最终在世间只待了二十六个年头。但时刻忧心时日不多的心境让比亚兹莱的生命与艺术获得了无人企及的交融。现实中的病态深深沁入比亚兹莱的画风——纤细，孱弱，却有着销魂蚀骨的妖娆和美丽，他成了他病态处境的化身。

而对于王尔德而言，“病态”一词充满悖论：“如果不是一种人们无法言说的情感和思想，那么病态是什么？大众都是病态的，因为大众不会表达东西。艺术家从不病态。他表达一切。他

[1] ［法］雷吉斯·德布雷：《图像的生与死——西方观图史》，黄迅余、黄建华译，华东师范大学出版社，2014，第31页。

身居他的主题之外，通过主题创作出无与伦比的艺术效果”。[1]从这个角度而言，比亚兹莱虽然身体“病态”，精神上却拥有着可贵的“健康”——他以一种纯净大胆、无所顾忌的方式来表达自己阅读《莎乐美》时“无法言说”的感受。“畸于人而侔于天”(《庄子·大宗师》)，“病态”于此是一种赤裸裸的真挚。尽管最后连王尔德也忍受不了这样“无所顾忌”的真挚，但看来“不合”的二人实则有着最深层的共鸣。

让人感慨的是，最初正是这“病态”促使比亚兹莱走入了黑白画的世界——死亡阴影的无处不在，让比亚兹莱时刻感到一种逼仄和压迫，他必须寻找一种能尽情并可取的方式来释放自己的艺术天分，绘制过程繁复的画种如油画等显然不是好的选择。并且，黑白画的特点正可隐匿起比亚兹莱在绘画基础和学院素养上的欠缺，要知道，在他二十岁为《亚瑟王之死》配图之前，还只是一名银行职员，绘画不过是业余爱好。正如晚年的马蒂斯选择剪纸而放弃其他画种的创作的最初缘由是体力不支，只是最终的事实证明，剪纸艺术的特质因为与马蒂斯对于造型和色彩的理解相契，而成就了他新的事业高峰。同样，比亚兹莱并非只是出于现实考虑而被动地选择了黑白画。

德沃夏克曾提出要理解一个时期的艺术，就要了解这个时

---

[1] ［英］奥斯卡·王尔德:《社会主义制度下人的灵魂》,《王尔德全集——评论随笔卷》，杨烈、黄杲炘译，第306页。

期的精神史。[1]比亚兹莱所处的19世纪末的西方，交织着美和丑、进取和颓丧、禁欲和放纵的“世纪病”的气息四处弥漫，光鲜的外表下根脉却已羸弱。内心越淫荡狂野表面却越正经贞洁，从“缺席的”发现“在场的”，这种大环境的病态，造成了其时文学艺术上不堪一击的“繁华”。比亚兹莱，这个没有任何流派和渊源的初生之犊，以一己之身，触摸到了这种特质，并且“任性”地用属己的“黑白画”的方式表达出来。

比亚兹莱的内心其实对于色彩极为敏感。去世前一个月，他还在给友人的信中提到贝诺佐·戈佐利的画，称其为“最辉煌、最吸引人的画”[2]。这位意大利文艺复兴时期的画家的作品，正是以绚烂的色彩见长。但对于比亚兹莱而言，唯有“黑白画”能表现自己内心对于多彩世界的理解，就如同修拉用点彩的画法、透纳通过光的折射来描绘世界一样。在表现诡异和怪诞的主题上，“黑白画”有着天然的优势，而细腻、纤弱而敏感的比亚兹莱更是深深地触摸到“黑白”背后的暧昧和怪诞，赋予了其层次丰富的“病态”：黑白深处仿佛有空间无限，包裹着无数的秘闻。他的黑白画面不仅不单调，反而有种华丽感。在色彩的世界里感受，在黑白的世界里表达，却生成了耀人眼目的效果。黑白画于比亚兹莱，是一种“有意味的形式”，贴合了他的

---

[1] 参见［美］马克思·德沃夏克：《作为精神史的美术史》，陈平译，北京大学出版社，2010。

[2] ［英］比亚兹莱：《比亚兹莱：最后的通信》，张恒译，新星出版社，2010，第247页。

生命特质，继而成为他拿捏时代精神的独门武器。

绚烂色彩的内核，却可能是另一种安静和单纯。比亚兹莱可以黑白绘绚烂，而王尔德则证明了反之亦然。他的许多作品，都给人以色彩浓烈之感，尤其是他的童话作品——《快乐王子》中王子塑像上那闪耀着的蓝宝石眼睛和满身的纯金叶子，《夜莺与蔷薇》中那朵被夜莺之血染红的蔷薇，一击必中地在人心间留下印痕。但王尔德的内心并非如他给人的感觉那样斑斓，而是更接近“纯色”。

他笔下的人物大多有着极端的性格——《道林·格雷的画像》中的主人公为了美而放纵欲望，至死不改；即使转变也会走向另一端——《自私的巨人》中的巨人一旦醒悟自己因为自私而致使春天不再降临自己的花园，便从此慷慨仁慈。王尔德还常会将两个反差强烈的形象并置，由此产生的鲜明对比，更显出他性格中非此即彼的特质——《快乐王子》中，王子塑像一开始光彩夺目，王子也快乐无忧，在目睹世间悲苦并施舍完身上的宝物后，塑像黯然无光，而王子也从此愁眉紧锁。种种极端和对比，几乎没有中间地带。对美极致追求，极致到对恶有着幽灵般的崇拜，令王尔德毕生都带有“放浪”和“后退”的情绪，他的作品“称赞这两种情绪，平衡它们，或玩乐它们”[1]。他表现出来的“罪恶”和“妖邪”，根源于对人性之善的

---

[1] ［美］理查德·艾尔曼：《引言：王尔德，作为艺术家的批评家》，［英］奥斯卡·王尔德：《王尔德全集——评论随笔卷》，杨烈、黄杲炘译，第8页。

渴望——其时其境，世人称道的“善”多是“伪善”，而谴责的“恶”却可能是赤裸裸的本真，他要揭下这温情脉脉的教条的面纱。所以，在他从光鲜得志的风云人物，转而成为阶下囚、受尽凌辱时，在法庭上依然慷慨无畏。世人眼中的“丑闻”，在王尔德是人之本能的显现，是对于维多利亚时代社会的挑战——之前他用文字，此刻他用行动。即使在人生的最低谷，王尔德依然自我，用他的话来说：“真正的人格是由罪恶造成的。”

这样的极端，是王尔德生命的底色，所以即使他的外在看起来多变妖冶，他的作品看起来斑斓五彩，但这种极端正是因为他的天真，他那“无所谓道德不道德”的主张，实则是出于对于人性无条件的理解和尊崇，用博尔赫斯的话来说：“王尔德尽管有恶习和不幸，却保持着一种不可摧毁的天真。”[1]

比亚兹莱与王尔德在对于世事的“任性”上如出一辙。十九岁时，他面见英国著名艺术家莫里斯，因为不被看好而伤心撕碎自己的画作。就在同一年，另一位著名艺术家布里恩·琼斯却对比亚兹莱的作品表示了高度的赞赏，他立即深受鼓舞，去往威斯敏斯特美术学校学习绘画。他的心思如此透明，当他遇到自己仰慕的惠斯勒却遭受冷遇后，居然一气之下画了画来讽刺惠斯勒的妻子。他甚至将王尔德的形象置入了他的《莎乐美》插画中……命途不同的二人，同样放肆地演绎着“人生如戏”的真谛，尽管

---

[1] ［阿根廷］博尔赫斯：《关于奥斯卡·王尔德》，《探讨别集》，王永年、黄锦炎、陆经生、潘仲秋译，浙江文艺出版社，2008，第95页。

一个看起来五彩斑斓，一个看起来单调纯净。在这个意义上，比亚兹莱的黑白画不是从视觉的直观感受上，而是在精神内核上更切近了王尔德的本质气息。

王尔德对于比亚兹莱插画不满的另一条重要理由是认为其太偏于“东方主义”。但事实上，尽管王尔德对于《莎乐美》的风格有着“拜占庭”式的预设，但他并不排斥东方风格。相反，他对于装饰性艺术的推崇是出了名的。在《作为艺术家的批评家》中，他说道：“装饰性艺术审慎地拒绝了视自然为美的理想，还拒绝了普通画家的模仿手法，通过这种拒绝，装饰性艺术不仅让心灵做好了接受真正虚构作品的准备，还在心灵中培养了一种形式感，而这种形式感正是创造性成就的基石。”[1]

艺术形式本身具有“言说”的本能，所以王尔德迷恋艺术在主题之外的美感。装饰性的风格在某种程度上，可以摆脱思想的存在，却能更直接地触动人们的感官。由此被激发的情感，说不清，道不明，却是一种“本质性”的境地[2]。

而比亚兹莱对于画面装饰性和扁平化的追求，正是以一种近乎鬼魅的状态拿捏住了王尔德心中那种因为爱而走向极端甚至邪恶的感觉。

---

[1] ［英］奥斯卡·王尔德：《作为艺术家的批评家（之二）》，《谎言的衰落——王尔德艺术批评文选》，萧易译，江苏教育出版社，2004，第172页。

[2] 参见［法］茨维坦·托多罗夫：《走向绝对——王尔德，里尔克，茨维塔耶娃》，朱静译，华东师范大学出版社，2014，第2页。

比亚兹莱所绘的《莎乐美》中，有诸多裸体或半裸的形象，并曾有小画被禁。他因此被认为强化了王尔德的《莎乐美》“有伤风化”的特征，在王尔德入狱之后成为众矢之的。但比亚兹莱的插画所产生的效果并不仅仅停留在直接的感官刺激上。因为他的装饰性风格有别于“现实主义”，使得人们能适时地从逼真的感官刺激中抽离出来，转而关注画面在主题之外带来的直观感受。人们吵吵嚷嚷，仿佛被扯去了体面的衣服而怒不可遏，但最后发现比亚兹莱的插画虽然充满了“性”的主题，沉淀下来的却不是粗俗和下流，而是一种净化后的神秘感。这种层次丰富的神秘感正是王尔德的《莎乐美》的深层底色：黑白与爱恨之间，有着某种共振，走向极致并不意味性质发生了背反，而是同一层面的两个极端。黑白之间再无其他色调的插入，白的极致就是黑，恨也不是爱的反面，而是因为太深刻的爱而走向了另一极端。到了王尔德笔下，恨更是可以摧毁一切。比亚兹莱对此所选择的转译方式，显然更为抽象，而在王尔德看来：“在抽象的理念艺术中，时代的精神可以得到最完善的表达。”[1]这也是为何拉斐尔前派和装饰性艺术运动会共时发生，并且直接影响到以王尔德为首的19世纪后期的唯美主义。

比亚兹莱插画的装饰性风格的构成中，线条也是不可或缺的重点。他那流畅灵活的线条，显示出古希腊的瓶画和“洛可

[1] ［英］奥斯卡·王尔德:《谎言的衰落》,《谎言的衰落——王尔德艺术批评文选》，萧易译，第41页。

可”时代所具有的变化而纤弱的风格[1]。而这“纤弱”无处不在地隐匿在王尔德那放肆而偏执的欲念背后。更重要的是，比亚兹莱的线条有的详尽细腻，有的则简练概括。这种在细节和整体间自由游走的态势，正契合了王尔德的《莎乐美》的神秘倾向与自然主义并重的格调。

这导致了我们惯常理解中的文学与绘画间的关系发生了逆转——通常，作为视觉艺术的绘画往往被认为会将文学作品中抽象的形象具体化，其代价是限定了读者的想象空间。王尔德也曾表示对于插画的轻视，“因为它们没有激起想象，却为想象划定了明确的界限”[2]。但比亚兹莱的“游走”无视这些“界限”。他可以对画中人的发丝或是发饰细致描摹，白描的手法宛如剧中人就在眼前，却又可以在同一画幅中大块面地省略细节。这种对比之下产生的既具体又虚幻的效果，不仅没有局限文字本身的空间，反而更诱发读者们富有个性的“想象”——王尔德曾经将比亚兹莱的画比喻成苦艾酒，散发出奇怪的罪恶的诱惑力，能诱惑出人的潜意识自我[3]。比亚兹莱在插画内容上同样实现了这种在自然主义和神秘主义间的游走。他用写实的白描来刻画剧中人，甚至以此来塑造并不曾在王尔德的剧本中出现的

[1] 参见正子：《比亚兹莱的黑白传奇》，［英］比亚兹莱：《比亚兹莱：最后的通信》，张恒译。

[2] ［英］奥斯卡·王尔德：《作为艺术家的批评家（之一）》，《谎言的衰落——王尔德艺术批评文选》，萧易译，第131页。

[3] 参见余凤高：《莎乐美：历史和艺术》，复旦大学出版社，2008，第95页。

魔鬼或是小丑形象。这些一看便知是虚构出来的人物，却有着现实的细节，不再是抽象的符号。它们带着自然的体温，因而愈发可怖。正因此，比亚兹莱的《莎乐美》插画，就如丢勒的《启示录》插画那样，“不但没有弱化原作的想象力，反而强化了它”[1]。而比亚兹莱不仅“强化”读者的想象，同时也“强化”自己在创作插画时所持有的主观性。这可说明，为何比亚兹莱的插画中会出现一些与原作无关的场景——他解读的《莎乐美》“将记忆中有关远古的地球和月亮女神与左右于宇宙和大地、淫猥和亵圣之间的世纪末女性命运的漫画化联系起来”[2]。

“任何强烈情感的欲望，都应由其相反的情感来发泄。”[3]无法穷尽和企及的境地，唯有以“有限”和“节制”来表现。所以，太过浓烈丰富的色彩，或许只能归为至简的黑白，就像从现实切入无边无际的想象世界，才会寻找到支点而愈加宽广。

这是文学与绘画对彼此互不妥协的延展，也是王尔德和比亚兹莱关系的隐喻。

王尔德丰富而敏感的灵魂对于文字与绘画之间的勾连深有感触。在《笔杆子、画笔和毒药》一文中，他颇为认同英国历

---

[1] ［美］马克思·德沃夏克:《作为精神史的美术史》，陈平译，第81页。

[2] 余风高:《莎乐美：历史和艺术》，第94页。

[3] ［美］理查德·艾尔曼:《引言：王尔德，作为艺术家的批评家》，［英］奥斯卡·王尔德:《王尔德全集——评论随笔卷》，杨烈、黄杲炘译，第10页。

史上著名的集作家、画家和罪犯于一身的传奇人物温赖特的观点："如果一个不喜欢米开朗基罗的人谈及他对弥尔顿的热爱，他不是在欺骗自己就是在欺骗听众。"[1]事实上，王尔德也坦言，自己会将莎乐美的形象和整部剧本染上华丽神秘又罪恶的气息，是受到了19世纪法国新浪漫主义画家莫罗所作的莎乐美系列绘画的影响。但比亚兹莱的插画显然将文字与绘画之间的关系推向一种互相激发而非互为阐释的极致。有意思的是，多年以后，中国诗人冯至因为看了比亚兹莱的画《梦》，而创作了诗歌《蛇》。文字与绘画间的纠缠和循环如此千回百转。

"约翰·伯恩赛德在《亡命之舞》（*The Asylum Dance*，2000）第四章《旷野》（Fields）的'其他生命'一部分中指出：'你打开灯时，要快/你将看到黑夜的存在/正如我父亲所说/抓住/事物的其他生命/一瞥之前/深陷其中。'"[2]

阅读文本，就如开灯时。那一刻，"可以'看到黑夜的存在'，因此你也可以看到或看不到任何事物。并且，更为重要的是，看不到的事物与看到的事物一样重要。"阅读，注定有着太多似是而非的"无法言喻"之处。对于王尔德的这部《莎乐美》，乃至他的小说、童话、散文，文字上的阅读似乎都会导致一种残余，用德曼的话来说：这是因为任何阅读都不能"断言

[1] ［英］奥斯卡·王尔德：《笔杆子、画笔和毒药》，《谎言的衰落——王尔德艺术批评文选》，萧易译，第74页。

[2] ［英］安德鲁·本尼特：《文学的无知——理论之后的文学理论》，汪正龙、李永新译，河南大学出版社，2014，第207页。

达及了一个文本的决定性的比喻维度”。[1]比亚兹莱的画，在一个全新的世界里让我们体会到了这个难点。在王尔德最初送给他的《莎乐美》签名本扉页上写着：“献给奥博利：献给除我之外唯一一位懂得七层面纱舞是什么并能看见那常人无法看见的舞蹈的艺术家。”二人惺惺相惜，只是后来王尔德发现比亚兹莱过于独立——他一意孤行地用自己的方式引诱了本属于王尔德的莎乐美。两人关系的矛盾和变数，标识出他们在灵魂深处的对接，同样的脆弱敏感，同样的骄傲自恋，同样的追求完美。

正是因为骨子里的相近，王尔德注定无法忍受比亚兹莱的光芒超越自己。既然，比亚兹莱不愿为自己的剧本所束缚，那么王尔德担心自己的作品反过来成为比亚兹莱插画的注解而大发雷霆也是情理之中的了。

在比亚兹莱死后约半个世纪，意大利艺术家瓦伦蒂·安吉洛采用波斯风格，为王尔德的《莎乐美》再配插画。画面华丽精美，连装帧都极为考究。虽然王尔德自己无法得见，但这一次的配图被认为更符合王尔德作品的气质。然而，这“贴切”的配图却只表明画者要沉入王尔德世界中去的决心。但刻意地在同一世界中表达，又能抵达多少“无法言喻”处呢？无怪比亚兹莱的作品在王尔德的《莎乐美》上留下的指纹，更令人刻

[1] 参见［英］安德鲁·本尼特：《文学的无知——理论之后的文学理论》，汪正龙、李永新译。

骨铭心——在一个世界里感受，在另一个世界里命名，他们谁也没有成为谁的附属。

“有时人们说艺术家生命中的悲剧在于他不能实现自己的理想，但是发生在大多数艺术家身上的真正悲剧，是他们过于彻底地实现了自己的理想。因为一旦理想被实现，它也就被剥夺了奇迹和神秘感，于是就变成了它自身之外的另一理想的新出发点。”[1]王尔德和比亚兹莱正是两个相似却不相交的倔强的悲剧，让人想起歌德的话：“希望从他们头上划过，就像星星从天空坠落。”

[1] ［英］奥斯卡·王尔德：《作为艺术家的批评家（之一）》，《谎言的衰落——王尔德艺术批评文选》，萧易译，第132页。

“没有绘画我也许走不了那么远”
——从黑塞的画与《荒原狼》谈起

柯罗曾经说过：“永远别去画什么，除非有什么有力而特别地唤起了你的目光与心灵。”对于那些拿起了画笔的作家们，比如泰戈尔、纪伯伦、雨果……以及更多不为世人所熟知的，我相信，他们一定受到了特别的召唤。尽管他们大都半路出家，技法不能跟学院派比肩；尽管他们很多人在画布上的热情和成就常常被他们纸上的成功所掩盖，但在他们的文学和绘画作品之间，一直存在微妙却持久的关联。

莱辛在18世纪写下《拉奥孔》，宗白华在20世纪50年代写下《诗（文学）和画的分界》……文学和绘画之间的勾连和界分，一直以来呈现出耐人寻味的开放性。而在惯常的思维模式中，出自于同一人之手的文学和绘画作品是同根的，会呈现出一种相似的面貌，散发出一致的气息。就如法国学者让·波米埃所说的，作为画家和诗人的波德莱尔常常将神秘主义的理论运用于他的诗和美术作品中，“使之处于一种既擅长抽象又擅长造型的天才的控制之下”[1]。但是，也有一些特例，比如赫尔曼·黑塞。

这位敏感善思的德国作家，在1921年写下了《荒原狼》。这是个读来让人觉得阴郁的故事。自认为是“荒原狼”的哈里·哈勒尔误入人群，却时刻感觉到身上有着“人性”和“狼性”的对峙，那“有思想、有感情、有文化的世界，被驯服的被升华的天性”和“野性的野蛮的阴暗的世界，未升华未开化的天性”总是充满着矛盾又包围着他，让他一方面鄙视市民生活的平庸，一方面又难以忍受自身生活的孤独——他厌恶纵欲放荡的生活，却无法剔除自身的欲望，他渴望与人相处，却无法说服自己与世人同流合污，最终这样的矛盾竟然在音乐和感官的享受中得到化解……

似乎能一言以蔽之的故事主干，在黑塞的笔下慢慢铺展开来，让人想起庞德那句著名的“湿漉漉的黑色枝条上的许多花瓣”。没有复杂的情节和错综的人物关系，整部小说几乎都浸淫在“荒原狼”灵魂世界的纠葛中，蔓生出层叠繁复的枝丫。

从这部作品的谋篇布局来看，黑塞选择从不同的层面来展现“荒原狼”的灵魂：“我”以出版者的身份写序，来描述“荒原狼”在“我们”这些普通市民眼中的形象。接着是“荒原

[1] ［法］波德莱尔：《1846年的沙龙——波德莱尔美学论文选》，郭宏安译，广西师范大学出版社，2002，译文序。

狼”哈里·哈勒尔的自传，叙述者变成了哈里本人，其中还穿插着哈里无意之中得到的那篇《论荒原狼——非为常人所作》的论文，这似乎在暗示着，孤独的“荒原狼”或许并非只此一头。“自传”似乎是哈里对自己在这座小城中所遇所感的记录——访友、在街头游荡、与女友约会……但显然，哈里记录这些的意义并不在这些散落一地的琐事本身，而在于其间时刻伴随着的对于自我灵魂的检视和剖析及其带给我们的感觉：孤独，无聊，敏感，忧郁，这些感觉这样近又那样缥缈……小说结尾的魔剧院一段，可视作这部淡化情节的小说的高潮，哈里的内心万花筒似的旋转出无数个分身，一切都在这里交汇，一切又都是泡影。在这样的高潮中，哈里似乎得到了救赎，但对于他最后究竟是否能如愿寻得彼岸的不朽，黑塞还是留下了省略号。

但即便是如此丰富的层次和口感，小说也并没有将荒原狼的灵魂剖析得一清二白，反而让人更觉此中深意不可穷尽。每一次重读《荒原狼》，我都会有一种“被黑塞带走”的感觉。一如雅克·巴尔赞所说：“对伟大艺术的体验使一个人不安，像一种深层的焦虑对另一个一样……这是重重的一击，人从中慢慢地醒过神来，它使人按照只能逐渐明朗化的方式变化。”[1]

---

[1] ［美］埃伦·迪萨纳亚克：《审美的人》，卢晓辉译，商务印书馆，2004，第52页。

如果让我用色彩来形容《荒原狼》带来的感受，冷色系和暗色调是肯定的了。只是，我同样清醒地感觉到自己在读这部作品时的“隔阂”——他流露在字里行间的颓废和痛苦背后，似乎隐去了什么，又好像他在一些地方留下了记号，却没有揭开谜底。事实上，除了震撼，这部小说中的很多细节也让我困惑，比如，哈里和赫尔米娜都曾多次提到的“回家”意指什么？莫扎特的身影，又为何总是在小说中挥之不去呢？

读《荒原狼》后的很多年，偶然看到了黑塞的画作。

第一次接触他的画，我并没有意识到这是黑塞的作品。目之所及就能打动人的绘画，常常会在感官上独具撼人的个性。坦白说，初看黑塞的画，并不能感受到这样的力量。他的作品大多是水彩画，描绘的对象大多是如画的风景——明丽温暖的色彩，简单的构图，让人可以感觉到阳光正和煦地洒下来，却显得太过平静和普通。这与黑塞的文学作品给我的感觉实在大相径庭。当然，黑塞在某些阶段所写的散文或是诗歌，与这些画作的情调是一致的，事实上，他也曾将他的诗、散文和画集结为一册出版，却完全不能让人联系起他的代表作《荒原狼》。每一位作家的创作历程仿佛是一个小宇宙，即便会有风格的嬗变，但主导创作的原始根基不会动摇。于是直觉，“荒原狼”与这宁静的画面之间似有隐匿而深微的联系。

翻看黑塞的画作久了，渐渐能感觉到这平静基调背后的暗流。黑塞在四十岁时才开始画画。据说，那年他看见一朵木莲花，“就此着迷，以致他拿起画笔一直未放”。但这样的灵光和机缘显然有着深广的情境为基底——当时正值第一次世界大战，“他在绘画里找到了一条‘为了能够在最艰苦的年代生存下去的出路’。‘我拿着小画架’，他在1920年写道，‘它是我的魔具，我用它变了千百次魔术，战胜了残酷的现实’”。[1]然而，无论是出于哪种层面的追溯，黑塞会爱上绘画，都是源于绘画的世界满足了他内心的某种渴求，暗合了他内心的密码，更重要的是，绘画为他提供了在文字之外表达和疏解内心意绪的空间和通途。他在写给女诗人伊娜·赛德尔的信中说道，绘画对他来说“不在于有无这种能力，而是出于一种需要”[2]。而在1917年写给菲利克斯·布劳恩的信中，黑塞则明确表示：“对我来说，它（绘画）是在艺术的安慰中新的隐遁，这种安慰是文学创作几乎不再能给我的了。这是无贪欲的献身，无肉欲的爱情。”

从创作时间上看，《荒原狼》正是在黑塞开始走上视觉表达之路后不久写就的。在艺术史上，任何艺术形式都不是孤立地出现的，正如浪漫主义会同时席卷文学、音乐和绘画领域。在个体的艺术创作历程中，不同的艺术形式是在创作者的精神主

[1] ［德］福尔克尔·米歇尔斯：《作家黑塞的绘画》，孙龙生译，载《文化译丛》1981年第4期。

[2] 同上。

干上生发出的不同的枝丫，或许会开出不一样的花，但最后结的果实必然让人明了创作者的精神取向和生命特征。

所以，将《荒原狼》和黑塞那明艳清晰的水彩画并置，其间混融出的光芒或可提供给我们一条通往黑塞内心世界的后楼梯。

在持续半生的创作历程中，黑塞始终钟爱水彩画。他显然是将色彩视为表达内心世界的一种特殊语言。这种表达在黑塞的业余绘画之路中是日趋自觉的。在拿起画笔的最初几年，他显然更倾向于一种还原现实的自然主义，但不久他就开始"摆脱了自然主义的拘谨画法而掌握了色彩对比强烈和着重表现自我的，几乎是表现主义的画法"。

> 他早年的画稿就是按照他战前小说《罗斯哈尔德》中费拉古特画家故事里说的画法画的，自然主义的表现方法，一丝不苟，缜密细致，哪怕是细枝末节也不放过。后来出现了一个大转变，第一次世界大战的危机像一个巨大的力场，在这个力场里，一切重新极化。醉心于精细画法的画家开始大胆勾勒和放手捕捉特征。追求色彩均匀、生怕打破色调和谐的画家也拿起了那块乐观、有节奏、有生气、有意识的调色板。这块调色板曾是黑塞在他1919年写成的小说《克林索尔最后的夏天》里的画家手里拿着的那块调色板。这是属于青年一代坚不可摧的调色板。他们抛弃了

衰微的后期印象主义和威廉德国时代保守的自然主义。[1]

确实，黑塞的水彩画（尤其是后期的），越来越能显现出一种浓郁的表现性乃至装饰意味——构图大胆，色彩绮丽，笔触细腻，甚至呈现出一种童话的幻境。尽管如此关注于色彩，黑塞却没有偏向在19世纪末已盛行的印象主义。事实上，他结交了大量的画家朋友，却并没有受到哪一派的特定影响——他的画和他对于色彩的搭配，只属于他自己。

他在《温泉疗养客》中写道："以我个人的体验，我知道类似的迫切和专注，除了写作以外，只有在绘画活动中才会出现。也就是说：把每一种单独的颜色和相邻的颜色细心地正确配合起来，既美妙又简单，这是可以学会的，然后随心所欲地经常应用。可是，除此之外，经常不断地考虑并照顾到一幅画的许多部分，包括那些还根本没画的看不见的部分，并感受到这个多网眼的网在交叉地晃动，真是令人吃惊地困难，而且很少能如愿以偿。"

对于色彩如此精心又随心的搭配，让人想起他对《荒原狼》的谋篇布局。那些被用来描摹哈里·哈勒尔其人的不同层面和叙述角度，就如这些单独的或相邻的颜色，黑塞以自己特有的表现方式将它们编排搭配，似乎为的是呈现给读者一个立体的

[1] ［德］福尔克尔·米歇尔斯：《作家黑塞的绘画》，孙龙生译。

哈里·哈勒尔，但实则是在搭配和调试自己的生命色彩。

黑塞是一个执着的人。这执着除了体现在对于色彩的迷恋上，更体现在他所选择的绘画主题上——他的眼睛似乎总是离不开建筑物和自然风光。尽管他曾经在给友人的信中坦言，他把绘画主题限于“简单”的风景，是因为其他的内容他画不下来（参见《给海伦娜·威尔蒂的一封信》，1919年），但多年的研习苦练，足以说明他对于风景画的情有独钟。他曾于1919年定居在了阿尔卑斯山脉南麓的提契诺，深深爱恋那里的自然和宁静，并创作了大量的诗歌、散文和绘画作品，集结成《提契诺之歌》。他称提契诺为他的第二故乡，视之为自己灵魂的栖息地。可见，他会始终将描摹的对象锁定在风景和建筑上，是其内心对自然和自由的向往使然。

这种心绪在《荒原狼》中没有明确表达，却深潜其中成了小说的底色——深夜在街头孤独游荡的哈里说道：“我又想起我那遗忘了的青年时代，当初我是多么热爱深秋和冬天的昏暗夜晚啊！那时，当我身裹大衣，半宿半宿地迎着风雨在充满敌意的、树木凋谢的自然中匆匆走过时，我是多么的孤独和伤感啊，我贪婪、陶醉地呼吸着大自然的空气，尽管我感到孤独，但是伴随孤独的是享受和诗兴。”

哈里对待自己生活环境的态度是充满矛盾的——他有时甚至是喜爱小市民的生活的，然而终难摆脱内心的格格不入，因为他始终听到自然对他的召唤，他的心始终指向着自然。看看黑塞那些色彩明丽的风景画，我们会更深地理解哈里内心的挣扎和苦楚，而《荒原狼》中多次出现的关于“回家”主题的讨论更是明示了这种心态——

在酒馆初见赫尔米娜时，哈里就吐露了苦恼：“我不可能回家……”及至后来再见，赫尔米娜的话让哈里深有同感：“我们不得不越过这么多的污泥浊水，经历这么多的荒唐蠢事才能回到家里！而且没有人指引我们，我们唯一的向导是乡愁。”

在小说中，黑塞将“家乡”定义为了“被画家们描绘在金色天空上，光芒四射，非常美丽，非常宁静的‘圣徒会’”，现实中，黑塞笔下的自然正是那个“时间与表象彼岸的国度”。

而黑塞选择以“狼”的意象来指涉哈里这一类人，毫不掩饰地表露出对这种赤裸本真的野性的认同甚至向往，本身便影射着他对于自然的深深迷恋——“狼”于此成了自然的“借代”。

热衷于风景画，并非只是体现了黑塞向往自然的思想，风景画独有的对叙事性的弱化以及对画中物象情态的描摹和关注，也与黑塞创作《荒原狼》的手法形成了耐人寻味的同构。

塞尚曾说：“画画的人，切忌像写作的人一样思考。”有人理解他这句话的意思是，“画家切忌让画作具有叙事色彩……”（科尔姆·托宾语）显然，这里包含着一种现代主义的绘画观，塞尚有意缩小了“画画的人”的意指，将其所处的年代限定在了现代。克莱门特·格林伯格曾经说：“在欣赏古典派大师的作品时，看到的首先是画的内容，其次才是一幅画；而在欣赏现代派作品时，看到的首先是一幅画。”[1]不再关注画外的故事而专注画面的结构、色彩等要素本身，这是属于现代绘画的精神取向。

那若是反过来，写作者像现代主义画家那样思考呢？

黑塞的《荒原狼》或许正做了这样的尝试。

> 法国作家奥利维耶·罗兰用两种形象来比喻两种不同的小说形态。一种小说，或者说传统小说，可比喻为电影，小说的构思如同一个大剧本的展开，“剧终”两个字在最后一幕出现。而另一种小说，或者说现代小说，可以被想象为一个艺术馆展厅，里面琳琅满目挂了很多幅绘画，浏览没有方向，没有开始，也没有结束，可以从一个门进去另一个门出去，一切完全是偶然，但画与画之间有一种联结，一种回响。[2]

《荒原狼》淡化了情节和叙事色彩，整部作品都在呈现主人公哈里·哈勒尔的精神痛苦和危机。而呈现方式，确似一个挂满很多幅绘画的展厅——出版者和其他旁观者都在绘制着自己眼中的哈里画像，而哈里本人更是不断努力地描绘着内心世界

[1] ［美］克莱门特·格林伯格：《现代派绘画》，［英］弗兰西斯·弗兰契娜、查尔斯·哈里森编：《现代艺术和现代主义》，张坚、王晓文译，上海人民美术出版社，1988，第5页。

[2] 参见何蕴琪：《奥利维耶·罗兰：我写作，因感觉自己站错了时代》，载《南风窗》2014年第3期。

的图景，如小说最末提到的是在“开启哈里灵魂的画厅”。

德国著名作家托马斯·曼曾将《荒原狼》与乔伊斯的杰作相媲美，称它为德国的《尤利西斯》。这显然是意指黑塞在这部小说中对意识流手法的娴熟运用。尽管黑塞的其他作品并不热衷于这种魔幻的写法，但是黑塞会选择在这样的题材上运用这样的手法，绝非偶然。而他对于风景画和色彩搭配由来已久的迷恋，或是一种跨界的积累，为他呈现哈里·哈勒尔其人做了铺垫。风景画，比起人物画等其他画种，显然更加远离叙事性要素，但它并非没有主旨，它的主旨就是作者内心的表露——“一个风景的艺术价值并不是景象本身固有的——不是它‘本质’中的一部分，而是被观察者‘构造’出来的”[1]。而黑塞在《荒原狼》中展现哈里内心独白的技巧，诸如将现实和幻想糅合在一起，穿插大量的回忆、梦境、幻觉等等，都可在他的风景画中寻见端倪。特别是黑塞后期所倾向的表现主义画风，就更显现出他是借着这些风景来确立自我、感知世界，用他自己的话说，这些风景是在“塑造”他的生命。

将黑塞的画与他的文学作品并置，并非只是想寻出它们在细节之间的联系。事实上，选择黑塞其他的作品，或者干脆是诗或散文，显然更能牵扯出他的文学和他的绘画之间的勾连。

---

[1] ［英］马尔科姆·安德鲁斯：《风景与西方艺术》，张翔译，上海人民出版社，2014，第11页。

但在“相互背离”和“似曾相识”的两极间获得的交织体验，显然让人更为迷恋和震撼。《荒原狼》与黑塞的画之间显然有着冲突，但这冲突中又蕴藉着“似曾相识”之感。

中国文论中常讲究“含不尽之意见于言外”。有意思的是，《荒原狼》与黑塞画作之间这种既冲突又相近的关系所产生的张力正是容纳这“言外不尽之意”的所在。黑塞的画绝非对他文学作品的图示。美国著名批评家乔治·斯坦纳曾说：“所感的东西也许在某种意义上先于语言或外在于语言。它只有用特定的颜色话语和空间结构话语才能表现。”[1]黑塞于是在他的绘画世界中寻找着属于自己的颜色话语和空间结构话语。他有太多悬浮和溢出语言表述之外的感受，他的内心有太多深微幽细的律动和起伏，所以他需要寻找更接近真实内心、具有原始冲动的表达空间，而语言显然已经有着太多的局限和界限。“传统的句法将我们的认知安排成线性和一元性模式。……这些模式扭曲了潜意识力量的作用，压制了丰富多彩的精神生活。”[2]

这种对于呈现丰富精神图景的渴望，不仅让黑塞爱上绘画，对音乐也是极为倾心。在《荒原狼》中，黑塞将巴赫、莫扎特的音乐称为“真正的音乐”。他曾经在散文《经历安嘉定》中这么写道：“有力、准确而锋利地演奏出的音乐对于我就像面包和葡萄酒

---

[1] ［美］乔治·斯坦纳：《语言与沉默——论语言、文学与非人道》，李小均译，上海人民出版社，2013，第30页。

[2] 同上，第35页。

对于饥渴的人一样，身体得到食物，还得到清洗，心灵得以重振，又有勇气生活。”他分明是感受到了在音乐中被释放出来的无法言表的神秘力量。这或许也是为何他在《荒原狼》中总是倚重音乐对人的灵魂的净化作用而将莫扎特视为精神引导者的根源。

事实上，音乐在黑塞的眼中与色彩是调和在一起的。他曾经这么形容他的绘画过程："朱色的嘹亮之音、黄色的丰满之音、蓝色的深沉之音以及它们所混成的音乐，直至隐没在遥不可及的、苍白的灰色之中……”[1]

黑塞热衷于绘画创作又倾心于音乐，这些都显现出他所期表达的灵魂立体而复杂。事实上，他从绘画乃至音乐的滋养中获得了文学创作的某些启示，这让他意识到，他所无法在文字中表达的言外之意需要在他的绘画中获得舞台。就如阿尔都塞认为的，文本的“清晰话语”之后还隐藏着一层“沉默话语”，这沉默话语，被黑塞隐入了他的湖光山色中。

从这一角度而言，他在《荒原狼》中所运用的被比肩于《尤利西斯》的意识流和魔幻手法，并非出于一种技巧上的炫耀，而是他特有的文学观和哲学理念的显现。而他的哲学理念显现在他的文学表达中，便跳脱开了一种线性思维而获得了一种特别的空间性。黑塞在他的《荒原狼》和他的风景画中，实践了这种空间性。

---

[1] ［德］赫尔曼·黑塞：《朝圣者之歌》，谢莹莹等译，上海人民出版社，2013，第48页。

黑塞的思想始终充满了两极乃至多极之间的对峙和矛盾。在这部《荒原狼》中，他一再跌落在人性与狼性交织纠缠的泥淖中，就像小说中所述："哈里的本质远不是只有两个因素，而是上百个、上千个因素构成的。他的生活（如同每个人的生活）不是只在两个极——欲望和精神，或者圣人和浪子——之间摆动，而是在千百对，在不计其数的极之间摆动"；"在他身上除了狼，还有许多其他的兽性"，即便是"在狼的胸膛里也有两个或两个以上的灵魂"。这看起来魔幻的境况实实在在地发生在黑塞的现实生活中："这头是家居的向往，那头是流浪的渴望。这头是对孤独和修道院的热望，那头是对爱情与群居的追求！我曾藏书，藏画，后来却又分散一空。我曾虔心笃信，把生命作为本质去敬奉，后来却又只能把生命作为媒体去认识，敬意也转而为爱意了。"[1]这是黑塞所信奉的生命哲学，所以他"在那火花闪耀的两极间看到了生活的灿烂"，他尤为推崇中国的老子，因为觉得在老子的思想里"生活的两极似乎在电闪之间触手可及"。

于是，他写出了阴郁魔幻的《荒原狼》，也绘出了明丽梦幻的风景画，这两者也是一对矛盾，一种两极的对峙。但在这相互背叛的文与画中，捡起被黑塞排斥在文本和画面外的东西，我们会惊讶地发现触碰到了他内心的底色——"我不断想指出世界的多彩多姿，同时告诉人们，这多彩以一体为基础，我不

[1] ［德］赫尔曼·黑塞：《温泉疗养客》，谢莹莹、欧凡译，上海人民出版社，2013，第150页。

断想指出，美与丑、亮与暗、罪愆与神性的对立永远只是暂时的，它们永远会互相转化”[1]。

这其中隐现出黑塞内心所充盈着的神性的力量及他的宗教思想。而这种在二元乃至多元对立间寻求统合的精神理念，也让《荒原狼》具有反讽的气质。《荒原狼》中不止一次地提到“要在幽默中找到妥协的出路”，这种“绞刑架下的幽默”正是一种“言此意反”的典型。而他的文和他的画，整体上也正具有“言此意反”“玩笑伴随严肃”的反讽意味。

尤内斯库在他的《日志》中写道：

> 似乎是通过与文学打交道，我就用尽了一切可能的象征，但都没能够真正穿透它们的意义。它们对我来说已不再重要。语言已经扼杀了意象。……没有语言可以表达内心最深层的体验。我越想解释自我，我就越不理解自我。当然，并不是任何事都不能用语言表达，只有鲜活的真理，语言才不能表达。[2]

黑塞以“荒原狼”为象征来表述内心的精神危机，但另有内心最深层的体验则受到“沉默”的“勾引”，只能通过画笔体现。

---

[1] ［德］赫尔曼·黑塞：《温泉疗养客》，谢莹莹、欧凡译，第104页。

[2] ［美］乔治·斯坦纳：《语言与沉默——论语言、文学与非人道》，李小均译，第63页。

正是因此，看过他的画后再读他的《荒原狼》会在其神秘的气息下感触到一种现实细节的逼真，而荒原狼哈里通过放纵自己的感官和欲望来谋求精神解脱的行径便显得那样真实而悲伤。

波德莱尔在谈到德拉克洛瓦时曾认为他“有着熟练的画家的完美，敏锐的作家的严格，热情的音乐家的雄辩”，以此来说明“各门艺术如果不是渴望着彼此替代的话，至少也是渴望着彼此借用新的力量”。[1]

黑塞并非完美的作家和画家，但他在这两个领域的探索和追寻，却让我们感知到“世界的织体中有一种超验的存在”（乔治·斯坦纳语）。那些穿梭在不同艺术门类间的作者的作品，不仅是对彼此的补充，更赋予了彼此宽幅的表现力。除却黑塞，这样的例证俯拾皆得，哪怕是那些看起来气息一致的画与文学。看看科恩给自己的诗集《渴望之书》画的插图吧，它会让你进入科恩内心无法言表的澄明境地，填补阅读的空洞感。

感观上的交织混融有助于我们领略文学作品中超拔却模糊的精神意念，让我们获得乔伊斯所谓的“顿悟”，也获得鲜活个人体验和反省自身的天地。看作家的画，或是听作家的歌，都已不只是为了探究他文学作品的“言外之意”，而是对维特根斯坦的那句“语言是我思想的边界”的另类脚注了。

---

[1] ［法］波德莱尔：《1846年的沙龙——波德莱尔美学论文选》，郭宏安译，第458页。

横截面

游荡在荒诞与现实间的灵魂
——罗贝托·波拉尼奥《遥远的星辰》

在当代文坛的浩繁卷帙中，波拉尼奥的作品散发着低调但持久的光芒，映射出一个游荡在荒诞与现实间的灵魂。苏珊·桑塔格曾称其为任何一位读者都不能错失的“必须”，但实际上，在他生前，大多数人都错失了属于波拉尼奥的文学世界。

出生于20世纪50年代的波拉尼奥，并非从小天赋尽显的灵童。他的学业一直不顺，甚至连中学也没有念完，且一生曲折漂泊——他生于智利，却自幼辗转于许多个城市和小镇，之后随全家移居墨西哥。他后来的许多文学作品的背景和语言风格，都有着浓重的墨西哥烙印，可见这段时期对他的影响之深。此后的岁月里，波拉尼奥与各种政治和文学运动纠缠不清，甚至还曾被捕入狱，之后又定居西班牙。离奇波折的人生经历，往往会决定作家文学生涯的底色，波拉尼奥的作品因而有着一种厚重但别致的“拙气”，这“拙气”的根底是他与生俱来的诗人气质——高傲、炽热、充满理想。所以，自青年时代起，波拉尼奥就宿命一般对诗歌怀抱着癫狂的热爱。只是他的诗歌创作和他的身份一样，总是处于边缘的位置，很少被关注，甚至生活也毫无保障。1993年，四十岁的波拉尼奥决定正式踏入小说创作的领域，成为一名职业作家，但此时离他逝世只有十年的光景了。可就在此期间，他厚积薄发地写出了数百万字的长短篇小说，从《美洲纳粹文学》《荒野侦探》乃至他死后才得以出版的《2666》。波拉尼奥声名渐盛，陆续获得诸多文学大奖，尤其是《2666》在其身后更引发了欧美舆论压倒性的好评，甚至被视为与梅尔维尔、普鲁斯特、品钦同列的作家。

但这些迟来的荣耀或许在波拉尼奥的眼中，除了能保障生计，并无他用。他是一位彻头彻尾的、真正的诗人，他的小说就是他的诗，那里面没有矫揉的温情，只有极端的自我和极致的悲悯，一如他自己所言："我想念那些死于刑讯台上的诗人们，想念那些死于艾滋病、吸毒过量的人们，想念一切相信拉美有天堂而死于拉美地狱的人们。"他永远都关注着那些和他一样被边缘化的流浪者，所以他的小说的主角，总是那些反叛的、疯狂的诗人和作家，他将自己附着在这些人物身上，以不断质问和探询自己内心的出路。

这部《遥远的星辰》在波拉尼奥的创作生涯中，似一颗奇特但闪耀的星星。它的格调乃至创作过程，典型地折射出作家的人生境遇和写作模式。小说扉页，波拉尼奥自述这个故事是根据他的另一部小说《美洲纳粹文学》的最后一章发展而来。

他的好友、同为作家的恩里克·比拉-马塔斯对此的描述则很有戏剧性：波拉尼奥只花了三周时间就创纪录地完成了这部小说，他“从《美洲纳粹文学》里借用了不少词以节省时间，同时也因为他的作品总是这样发展的，从一本书里又展露出另一本”。

但这种展露并非“补充式的扩写”——就着旧有的故事框架，波拉尼奥重又熔铸进了新的人物和细节，且并不被动地陷入原有内容。对于波拉尼奥而言，展露新故事的过程也是掘开自己内心新的层面的过程。有人曾经总结过波拉尼奥的“小说制造系统”，并认为这是他高产的法宝。但波拉尼奥并未显露出重复的疲态而让读者厌倦，因为从旧故事里生长出的新的藤蔓带着我们去往了一个独立的天地。显然，并非所有意图“节省时间”的作家都能沿袭这样延展的创作模式。

故事以第一人称“我”的角度，讲述了诗人维德尔怪诞而传奇的一生。“我”与维德尔同为诗社成员，因此亲见才貌出众却神秘莫测的维德尔征服了诗社中的女性，而后“我”又有机会目睹了维德尔在执行飞行任务时在空中写诗的奇异行径。更为骇人的是，维德尔还举办了一场摄影展，展示他所犯下的真实谋杀案的受害人。之后，维德尔一度消失，“我”却被一位侦探要求协助寻找他……诗人的所作所为看起来如此不可思议，但波拉尼奥却选择了用最具亲和力的第一人称来讲述这个故事，将一切置于眼前。极度的荒诞与极度的现实，此刻都慢慢嵌入了人生的图景，其间的张力让人沉默。维德尔“似乎化身为许多人——一个闯入者，一个恋人，一个战士，一个恶魔”，他那“除了美学毫无道德”的人生，击碎了人们对常态人生的构想边界，也激起了对人性的重新体认。

卡尔维诺曾说：“如果你想知道周围有多么黑暗，你就得留意远处的微弱光线。”波拉尼奥和他的作品，就似“遥远的星辰”，孤独，但以别样的方式照见同样孤独的我们。

“我们来自远方，现在到站了”
——西尔维娅·普拉斯《未来是一只灰色的海鸥》

虽然诗歌在当前文坛常被置于边缘化的境地，但美国当代女诗人西尔维娅·普拉斯的名字依然闪耀着独特的光芒。她的诗歌和她的人生一样，充满了令人惊愕却又鲜活的色泽。今天，当她的诗歌全集《未来是一只灰色的海鸥》出现在我们面前时，她的灵魂开始展露出冰山一角。

普拉斯似乎是为诗歌而生的，她自陈：“不写诗，我恐怕没法活下去。”这个焦灼的灵魂，必须以诗歌作为宣泄口，并且在诗歌中确证自己的存在。

普拉斯是一位德国移民的女儿，1932年出生在美国。在中学期间，她就展露出惊人的文学天赋，之后去往英国剑桥留学。二十四岁时，她就出版了第一本诗集《巨人》。看起来，这是一条与其他文学天才相似的令人钦羡的成长轨道，但普拉斯却注定不可能“静静绽放”。

《未来是一只灰色的海鸥》收录了普拉斯短暂一生的全部诗

作。如果要为普拉斯在当代诗坛找一个坐标，那么她当属20世纪中叶美国的“自白派”。这个名字于她，显得十分贴切——以赤裸坦诚的方式，切近自己的内心。这让人明白，她为什么要靠写诗生存下去——她的人生与诗歌，是一个织体，她必须叩问自己的内心，不断发掘自己尚未意识到的角落，而发掘的工具，只能是诗歌。

这本集子以普拉斯开始正式发表诗作的1956年为始，直至她去世的1963年，并在最后收录了她青年时期的习作，是典型的编年体。事实上，用编年的体例而非根据风格或是主题来划分她的作品，是最为明智的编排方法。尽管一路走来，年岁与阅历俱长的普拉斯在诗歌的创作技法和风格上必然会变化和成熟，但是，最深层的内核却是从一开始就深深嵌入她的诗歌中的。这让读者意识到，对于普拉斯，任何企图定性的解读只能有损她的丰富性。我们只能靠近普拉斯，靠近这个热烈、执着但痛苦、焦虑的生命。

她选取入诗的意象庞杂而难以捉摸。曾有人论说她与女权主义的关系，但实际上，她却并不只是为“妇女代言”，她直面和反思的是整个人类的境遇。所以，她的诗歌中既有着日常生活中熟悉而琐碎的景物——甜瓜、卷毛狗、土豆、浅滩，又有着人的“类意识”层面的意象——婴儿、子宫、肋骨，这些意象在普拉斯的诗中分别位列于不同的景深，但日常的可亲与抽象的冷峻在此混融交织，张力之中却遍布着真实。

汪曾祺在谈到小说家和诗人时曾说："（小说家）深知人在凡庸、卑微、罪恶之中不死去者，端因还承认有个天上，相信有许多更好的东西不是谎话，人所要的，是诗。"对于普拉斯而言，在那些堕落在凡尘里的意象之上的，是对于人生终极归属和意义的考量。只是，她所希冀的"更好的东西"，不是源于生，而是源于死——她是一位向死而生的诗人。她的人生和诗歌是一个令人目眩的谜。

死亡，对于普拉斯而言，是如影相随的命题。"死/是一门艺术/所有的东西都如此"，她似乎从未摆脱过死亡对她的影响，或者，她也没想摆脱。九岁那年父亲的过世，令她从此饱尝忧郁和痛苦。在读中学和大学时，精神就极不稳定，曾经多次自杀未遂。之后，她嫁给了日后同样久负盛名的诗人特德·休斯。但家庭生活并未缓解她灵魂的挣扎和痛苦，在经历了一系列的感情和生活波折后，她的精神世界更是充满了浓重的悲观情绪，三十一岁时，她再次自杀，这一次，她再未醒来。

当代著名批评家乔治·斯坦纳曾写道："普拉斯的魅力不完全在于她的诗歌本身。她的自杀，她的人生……也是其魅力的重要组成部分。对于她身边的熟人，对于被她临死前的诗歌和她的自杀震撼的广大读者，她逐渐代表着特别坦率和危险的诗人状况。她的风格，她为了完成那些情感强烈真诚的代表作而明显付出的痛苦，戏剧性地获得了说服力。"

普拉斯仿佛一直在体味接近死亡的感觉，其中裹挟的是她对于生命复杂而灼热的感情。只是这一切，她都化在了具体的意象和感观中，并且这种意味越到后期就越浓烈。“小小的罂粟，小小的地狱火舌/你会不会伤人？/你闪烁。我不能碰你/我将双手放在火焰间。没烧着/……我能流血就好了，或者睡着！——我的嘴能嫁给那样一个伤口就好了！/或者让你的汁液渗入我，在玻璃胶囊中/钝化，令一切安静/却无色。无色。”这首《七月的罂粟》，虽不是她的代表作，却集中显现出普拉斯作品的风貌——凡俗万物，在普拉斯的笔下还原出一种本真的力量，甚至勾连起血腥、暴力、性、野蛮等令人感到恐怖的意味。这是种“恐怖的快乐”，“她的艺术不朽正是生命的分裂”（罗伯特·洛厄尔语）。普拉斯让我们体味到这些骇人的意味其实隐匿于日常，她与之共舞，并且深陷其中，用乔治·斯坦纳的话来说，“她是以独特的方式在用哥特风格，从而使形式上的恐怖等同于真正复杂的情感震撼”。

普拉斯诗歌浓烈的意象性，致使其作品常常充满奇异甚至妖冶的色彩感：“这是心灵的光芒，寒冷如行星/心灵之树是黑的。光芒是蓝的。”（《月亮与紫杉》）“我喜欢黑色陈述/此刻那朵云平淡无奇！/通体发白如一只眼！/瞎钢琴师的眼镜”（《小赋格》）……

而如果要在斑斓后寻到一种普拉斯作品的色彩“统调”，那么灰色该是最为贴合的。这不仅是因为她对于死亡的“迷恋”和“探索”，更是因为她对于人生怀着超乎常人的希望和绝望。

在这本诗集收录的最后一首诗（可能也是普拉斯此生的最后一首诗）《边缘》中，她写道："这女人完美了。/她已死的/躯体穿着完美的笑容/希腊必然性的幻觉/流淌在她长袍的卷涡中/她赤裸的/双脚似乎在说：/我们走了这么远，结束了。"

1982年，普拉斯死后的第十九年，她被授予普利策诗歌奖。这似乎暗示着，普拉斯那谜一样的诗歌和人生，不会随流年老去。死亡只是她生命旅程的一部分——"我们来自远方，现在到站了"。

“我是巴蒂，我冷”
——杜鲁门·卡波蒂《草竖琴》

命途特殊或者生平备受争议的作家，其作品往往会显出一种遗世独立的魅力。作家与作品之间，确实如著名文论家艾布拉姆斯所言，有着一种“镜与灯”的关系，但又似乎不止于此。对于杜鲁门·卡波蒂这样擅写带有浓重自传意味作品的作家而言，解读他的身世与解读他的作品绝对是一种“互文见义”。

杜鲁门·卡波蒂，美国20世纪最为著名、最具有明星效应，同时最饱受争议、最被严重诋毁的作家。在写作事业上，他如日中天——据称，在整个20世纪中，唯有两位杰出的小说家成为美国家喻户晓的名字，那就是欧内斯特·海明威和杜鲁门·卡波蒂。1948年，卡波蒂出版了第一部长篇小说《别的声音，别的房间》，声名大振。此后的诸多作品，如《蒂凡尼的早餐》《冷血》等等，都获得了极大的成功，使他成为战后美国文坛最为著名的作家之一，两度荣获欧·亨利短篇小说奖。但身为美国艺术与文学院院士的卡波蒂，在生活上，却与人们惯常理解中的著名作家形象大相径庭——他是公开的同性恋者，热衷于参加各式“上流社会”的聚会，但同时重度嗜酒嗜药。尤其自从1966年长篇小说《冷血》出版后，他在世人的眼里更加地不加节制地放浪形骸：“上电视大放厥词，写文章揭名流的短，超速驾驶被吊销驾照，最后幻觉发作，脑萎缩。”

1984年，卡波蒂猝死在洛杉矶的老友琼尼·卡森家里，终年五十九岁。而他最后的遗言是：“我是巴蒂，我冷。”

尽管他的人生充满了不可思议和非议——不可思议的才华和放纵，谢幕也算不得光彩，但或许正因为如此，卡波蒂的作品充满了在常态中的人们无法体验的自在、诗意和想象力。

美国当代著名作家兼学者雷诺兹·普莱斯曾说：“他的一生命运多舛，充满了苦痛，苦痛的根源首先来自恶意玩忽职守的父亲和压根就不该生儿育女的母亲，其次也源自他对自己的纵容，不愿克服他的各种私欲。”

在卡波蒂现世人生的背后，或许有着太多诉不尽的辛酸，所以他挥霍人生，同时也放肆大胆地将真实体验融入作品。这也是为何，他的作品常常被人们认为在虚幻与真实间游走的原因之一。

《草竖琴》是卡波蒂的创作走向成熟的重要作品之一，也是自传意味最为浓烈的。在其中，他隐约以“代入”的方式，重叙了自己的成长经历，以及对于人生的了悟。

卡波蒂曾说:“我在学龄前就已开始读书，此后一直按照我自己喜欢的方式生活，从不在乎别人的想法。我受的教育主要是自学。直到今天，我都背不出字母表或乘法表。”确实，他的生活环境从一开始就注定了他的性格和人生轨迹——他四岁时，父母离异，母亲把他留在亚拉巴马跟自己的娘家亲戚——两个老小姐珍妮和苏克姐妹同住。

正如译者张坤在译后记中所言:“《草竖琴》的故事，很大程度来自卡波蒂真实的童年。”《草竖琴》用第一人称“我”来叙述。身为孤儿的“我”被韦莱娜和多莉两个老小姐姨婆收养。后来因为多莉跟韦莱娜间的冲突，“我”跟着多莉离家躲进树林里的一间树屋以逃避韦莱娜组织的镇上的“权威人士”的追杀。树屋里不断有新的成员加入，看起来这些“被主流社会所遗弃的人，在树屋里渡过了一个心灵交汇的夜晚。”当然，最后，两拨人的直接对抗是小说不可避免的高潮，但这高潮因为一声意外的枪声而得到了升华——众人开始意识到这种对抗毫无意义。“旧的秩序恢复了，新的友谊建立起来，生命按照自然的节奏向前走，有人逝去，有人成长，离去……”

是的，如果仔细比较《草竖琴》的故事和现实中卡波蒂与珍妮和苏克间的轶事，会发现它们明显是一种同构，甚至细节上的相似会让人恍惚觉得卡波蒂是在“纪实”。还有人考证过，卡波蒂童年居住的院子里就有着一间“树屋”。尽管如此，《草竖琴》依然是小说而不是纪实作品，或者说，《草竖琴》十分贴合卡波蒂自己所发明的那种“非虚构小说”的文体。因为那些真实的细节或是相似的情节，只是卡波蒂在构建自己的小说时所采用的一些能让他最大程度地融入真情实感的要素，但他并不仅仅意在记录下这些要素。事实上，他是要在这些要素的基础上，勾画他心目的人生图景，对人类的存在进行探询式的思考，“是对于陷入尘世陷阱的人生的探索”（米兰·昆德拉语）。所以，尽管有着惊人的现实基础，《草竖琴》依然不乏看起来荒诞的情节，比如两拨人的对抗和妥协等等。而这些建构在现实上的荒诞，正是卡波蒂的人生体验和经历的一种浓缩和象征，且这一切又都因为卡波蒂特有的“非虚构小说”才能，反具有了一种私人化和普世性的张力。

阅读《草竖琴》的过程很奇妙，似乎在一开始被诸多矛盾包围，读者跟着书中的“我”一起有着一种被主流社会边缘化的感觉，但随着情节节奏的加快和矛盾的爆发，突然之间一切又都平和下来，之前的种种阴暗都在温暖和煦的阳光下淡淡发光。如译后记里所写：以前卡波蒂作品里的“那种美国南方特有的哥特式阴郁和古怪几乎消失不见了，……《草竖琴》的气氛温柔醇和，即使是暴力的场面，畸零的人物，生离死别，也仿佛透过印度草的歌声，变得悠远，好像隔着晨雾的朦胧美”。

据说，《草竖琴》是卡波蒂自称最喜欢的作品，我想，如果你读懂了《草竖琴》，就会体会，为什么卡波蒂在看似风光的现实生活中会如此放浪形骸——他看透了一切，但又放不下一切。他临终的那句“我是巴蒂，我冷”（巴蒂是卡波蒂小时候婆姨苏克喊他的名字），道尽了卡波蒂这如戏的一生的酸楚、失落和无尽欲求。

举重若轻的终极超脱
——莱昂纳德·科恩《渴望之书》

读这本《渴望之书》前，已久闻其作者的盛名——莱昂纳德·科恩，一位20世纪六七十年代的传奇人物。诗人、小说家、民谣歌手、创作人、画家、和尚，他所涉的领域如此众多，“诗人”的身份是其中之首，却最终被淹没——二十二岁出版第一本诗集《让我们比拟神话》；1966年发表小说《美丽失败者》，被盛赞“乔伊斯还在人间，他以科恩之名在蒙特利尔生活，他以亨利·米勒的角度书写”；更被认为是加拿大有史以来最重要作家之一；他创作民谣并演唱，音乐专辑盛销不衰，影响了其后一大批名声赫赫的音乐人，被称为“摇滚乐界的拜伦”。

这些直接导致了我对这本《渴望之书》的渴望。据悉，它距科恩的上一本诗集出版已经有二十多年。

如果说诗歌创作具有强烈的个人倾向，其中的蕴藉或不足为外人道的话，那么对于诗歌的理解同样见仁见智。哈罗德·布鲁姆曾有言 :“强大的诗歌是难读的，其可记诵性源自艰难的愉悦，而艰难到一定程度的愉悦就是一种痛苦。”《渴望之书》是一个典例。刚开始读它的时候，只觉云山雾罩。虽然科恩的诗歌用词浅近，有着民谣的意味，却依然让人觉得那是科恩在自言自语。正如德国文论家胡戈·弗里德里希所说：诗歌语言“就如数学公式，它们制造了一个自为的世界，只与自己本身游戏”。在这样的云雾中被笼罩久了，沮丧和茫然的情绪却开始消退，因为会渐渐体悟到科恩的诗歌就是他对自己的低吟浅唱，他并不意图以诗为媒，向公众袒露他的心扉，他只是借诗遣怀，表达他似有若无的诸多意绪和人生见解。这低吟浅唱只他一人懂足矣。所以，这些诗歌并不记取具体的事件，而常常截取看似没有上下文的生活和心境的片段。至于你在其中和科恩有几分默契，很抱歉，并不是科恩关心的问题。所以他会说：“诗只是生活的证据。若能尽情地燃烧生命，诗不过是层灰。”

而一旦不以“读懂”为目的，我们就会更容易被吸附到这些诗歌的氛围当中，嗅到科恩嬉皮却充满冥想的气息。《纽约时报》曾有评价：“《渴望之书》的书写范畴独具一格，清晰却又氤氲着水汽，辽阔无边却又私密，顽皮却又深刻。”顽皮和深刻，这看似悖论的两端，被科恩以一种看似随性的“浪荡”态度融合在了一起。所以，读科恩的诗，往往前一刻还漫无边际，不知就里，下一秒就会陷入对现世的思忖中——如这首《卡米尼海滩》：“帆船/银浪/她睫毛上的水晶盐粒/整个世界/突然　发亮/一瞬间　面对上帝/让你转向内心”。

然而，随性并非随意。科恩早先的诗集有着强烈并且虔诚的宗教感，而《渴望之书》，在随性背后潜藏有一种超脱和坦诚。

科恩自20世纪70年代开始修禅。1994年，已经六十岁的科恩在南加州秃山上的禅修中心开始了长达五年的隐居修行，不久他正式剃度出家成为禅宗和尚，法号“自闲”，1999年还俗下山。这本《渴望之书》中的大多数诗歌都是科恩在秃山及其之后的岁月里创作的。

所以，《渴望之书》的一大主题就是关于禅宗和修行生活的种种。但其中没有虔诚的崇拜，只有一种禅宗特有的、近乎天真的坦然。这五年的隐居修行，让科恩这位昔日的都市游吟诗人，找到了生命里最真的自我——一个和世界融为一体的本真的自我。正如译者在序言中所说：“如果说西方宗教是在教我们如何仁慈地去面对这个世界，那么禅宗就在教我们如何坦诚地去面对这个世界，并且在禅宗看来，那实际上也就是如何坦诚地面对自己，面对自己的存在，自己的消失，和自己的渴望。”

想来，科恩正是在修行中悟到了从心所欲不逾矩的道理，所以年届七十，已然苍老之际，却重新点燃了生命的欲火，重回尘世——此刻，科恩眼里的一切都更加轻盈，更加自由。从昔日的看山不是山的执着，到了如今看山是山的超脱和坦诚，科恩的《渴望之书》在其表面的随性和无所谓之下，充满了禅意和内蕴，甚至有一种自嘲式的幽默。

除了“禅宗”的主题，《渴望之书》还涉及了“自我”和“欲望”两大主题，其中的诗歌隐晦却深层地刻画出科恩勇敢地拥抱自我和欲望的心理，一如这首《东西》的表达——“我就是一个这么要唱歌的东西/我爱唱/唱给我爱的其他东西/唱给我自己亲爱甜蜜的上帝/我喜欢唱给‘他’和她听，唱给我宝贝私处的软毛……”那种放肆而轻松的格调显然也深受禅宗的影响。三个主题相互关联，共融互渗，这让《渴望之书》读起来虽枝蔓丛生，内里却纹路清晰。

科恩的诗歌虽然是个自明的存在，难以轻易介入，却不论你能体味几分，都会被它无处不在的“顽皮又深刻”的气息所感染。更让人动容的是，这本灿烂别致的诗集同时收录了诗人有趣又挑衅的画作，“这些画作和玄思冥想、无始无终却又隐隐透露着晦暗幽默的诗作相映成趣，珠联璧合”。确实，当你看到作者线条粗放的自画像时，边上那些自嘲却引人入定的诗句似乎都开始跳跃——带着恶作剧式的幽默和清澈的智慧。

禅宗有一公案：佛祖拈花，迦叶一笑。科恩的《渴望之书》既隐晦，又明媚；既缥缈，又沉重。或许，人生的终极渴望就是这样举重若轻的终极超脱。它是一本可以放在床头的书，让你无论翻到哪一页，都会会心一笑。

你为什么要放弃写作？
——恩里克·比拉-马塔斯《巴托比症候群》

这是一本无法界定文体的书，尽管大多数的人将它归入了小说之列。《巴托比症候群》从一开始就将自己陷于真实与虚幻的纠缠之中，当然，它的作者本也是个不愿意被贴上标签的奇人。恩里克·比拉-马塔斯，是目前公认的西班牙最重要的作家之一。或许是因为早年曾涉足编辑、电影导演、影评人等行业，比拉-马塔斯始终葆有着敏锐的感知力和丰饶的创作欲。20世纪70年代，因为反对弗朗哥的独裁，比拉-马塔斯去往法国巴黎专事写作。自此开始，他的创作进入了“井喷期”，自如穿梭在多个文学创作领域，至今已经出版了包括小说、随笔、论文集在内的近三十部著作。但对于国内读者而言，通常很难集中地将注意力投向一位西语作家，除非他一举登上世界性文学大奖的领奖台。事实上，比拉-马塔斯一直都是近年来诺贝尔文学奖的热门人选，尽管还处于“未完成”的状态。但这本《巴托比症候群》的出版，却让比拉-马塔斯的影响力激增，不再为语言藩篱所限。独特的创作手法只是它吸引人的外壳，戳中现代人的“病理”和要害才是它引发共鸣、打动人心的内核。

现代人总是无法脱离时代环境的侵袭，沾染上各种“病症”，但这“病症”的归结，往往会给予身处其中的人一种特殊的归属感——我们都太寂寞，太需要摆脱孤独的个体，找到“同类”。这个陌生的“巴托比”病症自然也就触发了人们要一探其究竟的兴致。“巴托比”原是美国黑色幽默小说家赫尔曼·梅尔维尔笔下一位在律师事务所工作的小职员的名字。他的最大特点就是什么也不干——无论是被交代工作，或是被要求谈论下自己的情况，他的回答都是:“我宁愿不做。”他似乎与这个世界毫不相关，却又活生生地活在热闹的现世中。这看起来荒谬乖悖的人生状态，却成了某些人群生存样态的真实写照——以说“不”来应对人生，且有着形形色色的充分理由。“巴托比”成了一种病症的代称，而其最主要的病患集中在作家群。

“在文学世界里，我追踪这种难以分类的‘巴托比症状’已经好长时间了。我研究病症本身，也研究当代文学的弊端。那是一种本能的负面情绪，也可能是受到‘无’吸引的一种莫名情绪，让某些作家就是无法写出东西来。”这个为大家普及着“巴托比”症状的书中主人公“我”，其实也是患者之一——在“我”年轻时，曾经出版过一本讨论爱情的不可能性的小说，但之后因为“一次创伤”，“我”就再无新作。吊诡的是，在封笔二十五年之后，“我”居然又投入了创作，并且这次的创作模式奇特而怪异——撰写一本“关于笔记”的日记。在规划中，这本日记的主体应该是一些文本，然而这些文本却是“隐形”的——它们都是作家笔下尚未问世，或者永远不会问世的文本，于是原先的配角——“我”对这些文本的评论和批注便成了读者能唯一得见的“显形”文字。故事就在这样摇摇晃晃的迷离中展开了。

要明白地讲述这个故事的缘起，已经颇费口舌，但并不枉费。因为作者所有的心绪和意图都埋伏在这个看起来荒谬而诡异的写作模式下的冰山——探索作家们成名之后又为何弃笔的终极秘密，就像是踏在了“不”的迷宫里，而“只有试着解析这种负面的冲动，只有挑战穿越这座‘不’的迷宫，真实的文学才会诞生”（比拉-马塔斯语）。

然后，我们便看到了一长列熟悉的名作家名单，以及他们的某一段人生经历。当然，比拉-马塔斯的聚光灯对准的始终是他们的“巴托比”发病期。从梅尔维尔、霍桑、王尔德，到卡夫卡、托尔斯泰、佩索阿，作者如此详尽追踪、深入探究作家放弃写作的心理，甚至语调都是津津乐道的——他似乎很享受身陷在这个“不”的迷宫中，执着地迷失，而后发掘出这些大名鼎鼎的作家们拒绝写作的千奇百怪、令人惊讶的理由：因为学习英文时会意识到太多自己之前不曾意识到的东西，太疲惫；因为无法应对“从何处开始”的问题；因为领悟到“艺术也是条虚假的路，背着愚蠢之名”；因为觉得自己已经不朽或者走入另一个极端，认为自己太过无用……但这些理由让人惊讶的原因并非是它们看似的“不着调”，而是因为太过出人意料——我们只是无法想象这些古怪的理由会真的成为“梅尔维尔”或是“卡夫卡”们不工作的理由。这一度让人兴致勃勃地企图将这些理由跟作家本人挂上号来看看这些作家们的疯狂——一切看起来那样查有实据。但越往下读，越觉得这哪里需要对号入座！这些稀奇古怪的想法难道不也曾住进过我们自己的内心吗？“巴托比”的病毒不仅会侵袭作家，面对人生的困境和瓶颈，谁的内心没有过想要嬉皮笑脸相对的冲动？作家们为什么要放弃写作，我们又曾因为什么放弃过生活？这一刻，这本泛着荒诞色彩的小书散发出温暖真实的光晕。但当我在书的末页找到一份列着书中被比拉-马塔斯杜撰的人物和作品名的“编者说明”时，更是意识到要“对号入座”的想法的荒唐。虚实相间，作家乃至我们每个人的生活何尝不是如此？

比拉-马塔斯曾在接受采访时说：“我总是把一丁点真实变成完全的文学。”所以，他的许多小说，都会暗藏着他的真实经历或是经验。但同时，他又曾在一部小说中写道：“一个人的生命太短，无法体验所有经验，所以你得偷别人的。”有意思的是，他自己也曾作为一个原型，被好友波拉尼奥写进过小说。看起来，现实和虚幻对于比拉-马塔斯而言，并非一个值得纠结的问题，值得在意的是怎样用自己的方式去揭示问题、触碰人生的真实内核。

借由着“写”与“不写”的问题，比拉-马塔斯不仅触及了文学的要义——“所谓文学的精髓从来就不存在”，“一个作家真正能写的、唯一能写的，实质上便是‘写作的不可能性’”，更波及了隐匿于“有”和“无”、“语言”和“沉默”之间的人生哲学。一束看起来虚幻的光，却照亮了我们心间遥远却真实的彼岸。

人各有异，情有独钟
——E.B.怀特《人各有异》

E.B.怀特是20世纪最伟大的美国随笔作家。作为《纽约客》杂志的主要撰稿人，怀特一手奠定了影响深远的《纽约客》文风——温暖清丽，又辛辣幽默，自成一格。

读怀特的文字，可以感到这是一个为人平和又处世淡定的可爱老头。他曾经被人称颂为“美国最受爱戴的作家”，可见其文字的可亲和感染力。他的人格魅力与他的文字修养一样山高水长，以至于在当年怀特逝世之时，《纽约时报》发表的讣告中称“如同《宪法》第一修正案一样，E.B.怀特的原则与风范长存”。

这本《人各有异》是怀特最著名的散文集。整本集子是怀特在缅因州农场五年时间里所见所闻、所思所想、所作所为的总结。其中的五十余篇作品延续了怀特一贯以来的风格——温润轻盈，却闪烁着睿智的光芒，更常常在不经意间打出诗意的一拳，令淋漓的快感和脉脉温情奇怪地交融在一起，掩卷回味悠长。

但隐约地，这些文字又在延续怀特风格之外显出不同。

这得追溯到这本集子的诞生缘由。1938年，怀特正当在《纽约客》杂志事业非常顺遂之际，但受限的写作方式和每周截稿的压力，再加上对所处的城市生活环境的憋闷感，令怀特突然转身，决定跑到缅因州去当一个农民，由春到夏，由秋入冬，亲身操持一个农场。有评论说，这一转身算不上华丽，但很坚决。在我看来，这正说明怀特是一个将现实和梦想的界线抽离的性情中人。尽管自古以来，处于困顿之境的作家，常常能写出不平则鸣的好文章，但是对于一个惯于自由游走又善于感悟生活的文人而言，能顺遂自己的心意，过自己想过的生活，才更有利于倾听自己内心的呓语，整理自己的心绪。事实证明，怀特去缅因当农民的举动，确实极好地激发了他的创作灵感，尽显了他的才华。从迁居诸事带来的对生活的体悟，到安息日上午参加的礼拜引发的对于成人的宗教课和“无线电广播”的冥想；从看似不经意的对于四月中某个星期发生的琐事的记录，到在暑热中，“我”如何照顾“我”的鸡，“我”的雏鸥……这本集子就像是一个篮子，尽揽怀特这五年农场生活的种种花絮和琐事。尽管看起来怀特是在记述自己“世外桃源”的生活，实则却并没有“不问世事”。相反，对于现实世界的关怀始终是怀特作品的底色。所以，农耕诀窍之中，动物饲养之外，都糅合着怀特对于人心世情的思考，甚至是严肃的理念。所以，咸水农场地域范围的问题会让怀特思考在不同的社会体制下，作家所承担的社会义务；家中在乡间就读的三年级学子的生活，促使怀特探究其时的教育状况；怀特一边体味着农场生活的静谧氛围，一边反观着乡村和城市生活的种种差异，感慨良多；甚至农场生活的诸多细节都浸淫在了怀特对于战争的理解和反思之中……

这实在是淋漓尽致地体现了怀特的创作特色，如他常说的，他的衣柜里总有一件蒙田式的披风，但他更多地继续了梭罗的衣钵：大隐隐于世地传播着民主的思想理念和人文主义。

确实，蒙田天生真诚不欺的特质，对怀特来说，是一种文体风格，更是一种对待生活的态度。不过，更重要的一点，怀特与梭罗一样，“无时不刻不在警惕以国家、政府、集体等等名义，对个人自由的剥夺和侵犯”。而对于梭罗的认同和追随，也是促成怀特心甘情愿在事业高峰期转身务农的一个不容忽视的因素——如怀特在本书的自序里所提及的：在《纽约客》工作的时候，“作为社评员，社评用语‘我们’让我困惑，这是个模糊字眼儿，意味集体的深刻或机构的共识。我想写得尽可能明白，没有丝毫含混”。很明显，在《人各有异》中，怀特得以更自由地表述自己更私人化的观点和理念。可以说，他找到了他的主题（就是他自己）。于是比起怀特的其他著述，这本集子的风格少了些既往《纽约客》式的沮丧情绪，显得更明快和直接，语调也更加和缓真诚。而文章主语从“我们”到“我”的转换，更是成就了怀特作为知识分子独立存在的属性。

怀特关怀世事的方式有着其特有的烙印——他对日常生活的细节情有独钟，并且对其有着惊人的感知力。这在《人各有异》中得到了前所未有的体现。无论是春风拂面的感受，还是新式汽车挡泥板的招摇外观，都逃不过怀特的眼睛，如他自己所言："我生活的主题就是，面对复杂，保持欢喜。" 而对于农场生活琐事全心的关注甚至爱好，更使得整本集子形成了一种温暖而细致的氛围。

怀特的作品，一向以题材小而著称。终其一生，除了在1937年曾徒劳地往"大作家"的方向靠拢以外，怀特一直在孜孜不倦地炮制"小"作品，我们于是得见数千篇小专栏小随笔。怀特曾在一封信里感慨："很久以前，我就发现，描写日常琐事，那些家长里短，是我唯一能做又保持了一点纯正和优雅的创造性工作。"

这些细节琐事看来无关宏旨，却不可或缺。用詹姆斯·伍德的话来说，细节"在那里是给我们营造一种生活的感觉。它们的无关紧要正是其意义所在"，它们的深处蕴藉着人生的各种巨细变数，我们从中不仅能了悟人生百味，更能获得生存的动力。怀特如此热衷于抓住生活中的可触可感，令《人各有异》值得慢慢品读——虽没有大事发生，却有着层次丰富的景深，让有着不同生活经历的我们心甘情愿地跟怀特站在一起，关心他的农场，也关心时政军事。

人各有异，而怀特情有独钟于他的生活方式与言说模式，令我们也情有独钟于怀特。所以，自1942年出版以来，这本小书印行不衰，从未绝版。

生命本质的译者
——普鲁斯特《追寻逝去的时光（读本）》

《追寻逝去的时光（读本）》，是普鲁斯特名著的选读本。

译者周克希先生在《后记》里直言了做这样一个选读版本的初衷："读本的主要对象，是有意阅读这部小说而又苦于抽不出足够时间，或者面对二百多万字的大部头翻译作品，心里多少有些犹豫的读者。"这样的开诚布公，击中了许多人面对这部太过著名的小说时的畏难——"人生太短，普鲁斯特太长"（法国作家法朗士语），尽管《追寻》一书早就是文学史上公认的里程碑，但单就中译本而言，体量就有七卷本之多，即使是语言文学专业的学生，读完的确也寥寥无几。

通常让名著"瘦身"的方式是"缩写"，但缩写常常让人觉得反感——大刀阔斧地将所谓的作品主要内容重新捏一下，就像是将原先枝叶繁茂的大树主干修剪干净，瘦骨嶙峋之外更了无生趣——文学作品如七宝楼台，是经不得碎拆的。所以刚开始接触读本时，会有同样的担心，但显然编译者已经意识到了这点，于是，在体例上“采用‘大跨度’的节选方式，即先在整部小说的每一卷中，分别选取我们认为特别精彩的大段，每个大段的文字一字不易，完全保留原书中的面貌，然后用尽可能简洁的文字连缀这些段落，并作一些必要的交代”（周克希语）。

这样的安排耐人寻味。《追寻逝去的时光》比起其他许多文学作品，更是经不起提炼和概括的——这部以意识流技法著称的作品，没有中心人物，没有主体事件的起伏和波澜——因为人物和事件太多，太纷杂。一环扣一环，事件生发事件，许多篇章都可以派生出独立的小说。而穿过层层迷雾，能让人抓得住的主体，是作为第一人称叙述者的“我”——一个情感丰富、敏感病态的富家子弟。在细腻的心理描写中，“我”的情感波折、生活的历程和繁华却庸俗的周遭世界如画卷般徐徐展开，一切都随着“我”的所思所感绵延着，现实是通过“我”的回忆而存在的。

美国评论家托马斯·福斯特特地挑出了原著中对于“‘我’吃‘玛德莱娜小蛋糕’”的描写进行了解读：“正是蘸着茶吃的‘小玛德莱娜蛋糕’引出了七大卷回忆。这个动作完全是内在的：感觉淹没了他，随之而来的是难以言传的情绪，然后是关于这情绪的缘起和意义的询问。他的整个生活随着那一小口湿软的蛋糕滚滚而来。”

这个吃蛋糕的细节很具代表性。且这些细节如果脱离开了情境，就会难以让人理解，并且阻碍小说的发展。所以，“我”的内心的挣扎与感触，已经不是依附于情节之上的描写手段，而是叙说的主角。尽管刚开始接触这种写法的读者，常会被那些漫无边际的、冗长的描摹淹没，但用周克希的话来说：“普鲁斯特的文体，自有一种独特的美。那些看似‘臃肿冗长’的长句，在他笔下不仅是必要的，而且是异常精彩的。因为他确实有那么些纷至沓来、极为丰赡的思想要表达，确实有那么些错综复杂、相当微妙的关系和因由要交代，而这一切，他又是写得那么从容，那么美妙……”确实，一旦潜心沉入普鲁斯特的世界，我们就会被吸附进去，被普鲁斯特笔下丛生的枝蔓裹挟，从而追随着“我”的眼睛、“我”的心脉，沉入一段又一段的往事，感受到“我”身处的19世纪末20世纪初法国巴黎上流社会的世情百态——而感知这些的唯一方式是看似冗长繁复和无休止的细节描摹，这绝非可有可无的点缀，让人想起莫言对于长篇小说之所以只能是长篇的比喻：“万里长城，你为什么这样长？是背后壮阔的江山社稷要它这样长。”

正是因为对这些了然于心，在需要删减原著的前提下，编译者才会选用这样节选的方式来最大程度地呈现原著的风貌。当然，这并不可能对原貌完全无损，却是两难之下的万全。尝鼎一脔，毕竟，我们经由这个读本，真正嗅到了普鲁斯特笔下世界的气息。值得一提的是，这个读本还配有一本名为《普鲁斯特纸上展览》的小册页，讲述普鲁斯特的生平以及与这部著作有关的画作、音乐、电影，乃至小说中出现过的真实建筑的图片。这是一种“通感式”的导读，或者，我更愿意将之视为读完这个读本后的补充。当你面对莫奈的《睡莲》，再读一遍作者对于维沃纳河一处开满睡莲的小池塘的描写时，才能领略到作者是如何注重自己情绪上的点滴起伏和内心深微的悸动的。对于内在的关注是整部著作的神髓所在。

在普鲁斯特的年代，他的写法当然是与传统小说大相径庭的，但这是他感悟生命的独特方式，所以他笔耕了十余年，写下了这部被后世视作具有作者自传性质的巨著。在读本的第七卷，普鲁斯特写道："那部写出本质的东西的书，那部唯一真实的书，一个杰出的作家不是创造出来，而是翻译出来的，因为它已经存在于我们每个人的心中。作家的职责和使命，就是译者的职责和使命。”这本是作者对自己的生命存在方式的总结，此刻，也成了对于译者使命的寓言——无论是作家还是译者，都在用各自的方式表述和翻译着生命的本质。

“一切都处于灰色地带”
——菲利普·克洛代尔《灰色的灵魂》

在这个小说被宣告终结的时代，法国作家菲利普·克洛代尔的作品是一个奇特的存在——深受大众欢迎，但又有着丰厚的思想蕴藉，并不哗众取宠。《灰色的灵魂》是其中的代表。这部一经出版就大为畅销的小说，曾获雷诺多文学奖、《读书》杂志2003年年度最佳书籍、《ELLE》杂志2004年年度读者大奖。这位才华横溢的法国当代著名小说家，常以一种令人难以抗拒的方式，让我们沉入他的文学世界，去面对人生永恒的命题。

故事从一桩离奇的命案切入。1917年的寒冬，一个名叫“牵牛花”的十岁女孩被发现惨死河边。身为探案者的“我”登场了。但是紧接着的情节并没有以“侦探小说”的架势围绕着探案展开。克洛代尔的注意力似乎散布在小镇的各个角落，他笔锋利落地带出了在小镇上生活的人物的众生相，他们各自都有故事，彼此又有层层的交集，而并非只是以凶杀案为圆心展开。这些众生相有着怪异的气息——鲜活却又阴冷。他们的生活充满着离奇和跌宕，但是作者的笔触始终是冷静而节制的，死亡的阴影和灵魂的孤独是那样平静地投射在他们身上，铺衍出宿命和怪诞的意味。很佩服克洛代尔的白描功夫，寥寥几笔间，便能入木三分地刻画出一个人物，从检察官、法官到镇长，从女佣、女教师到“我”的妻子……他们的每一次出场，即使极为简短，也会片断式地显露自己的某一特质，这些片断最终在克洛代尔的笔下拼凑出这些人物的鲜明形象，进而慢慢驱散层层迷雾。但是无论他们的故事如何纠结，也无论他们的人生最终去向何处，在他们转身后的情境中，都会慢慢地显现出克洛代尔意欲表达的主题：“十足的混蛋和完全的圣人都不存在。人的灵魂不是白的，也不是黑的，而是灰色的。”

“我”这样珍爱自己的妻子，却竟会亲手闷死刚出生的孩子最后自杀；为了“破案”而破案的法官，草菅人命，抓住两个逃兵严刑逼供；德高望重、公正不阿的检察官，却成了最有可能杀害“牵牛花”的人……

这小镇上仿佛飘荡着幽灵，伴随着战争的炮火，每个人都在生死间穿越，在善恶之念中挣扎。勃兰兑斯曾说：自我意识的本质是自我两重化。对于“人性是复杂的”这一主题，文学史上历来诸多描摹。但这部《灰色的灵魂》依然显露出另类的光芒——以一桩凶杀案开始，却四散开去以现实主义的手法描绘小镇上的人们表面庸常内里挣扎的生活，而这一切又在第一次世界大战的背景下展开。尽管都是从“我”的视角进行叙述，但叙述时间点却跳跃度很大。克洛代尔仿佛是有意切断许多线索，在某个角落又不经意地拾起，并且不断制造新的疑团，比如女教师的离奇自杀。而即使事件的发展波涛汹涌，小说的节奏和色调却始终是平淡的，似也罩上了灰蒙蒙的薄雾。于是，读者的兴趣点奇怪地转移了——不再急急地要探知凶案的结果，而是仔细融进书中众多人物的生活情境中。一下子，小说不再仅限于悬念的环环相扣，反而具有了一种严酷的真实感。

克洛代尔在小说的序中写道："《灰色的灵魂》不完全是侦探小说，不完全是历史小说，不完全是社会小说，也不完全是哲理小说，但又什么都有点。"他对于小说文体的有意尝试，正打破了在处理类似题材和阐释类似主题的小说的局限感和单线性。这反而更接近了现实，令这本小说获得了一种卓尔不凡的魅力。

在克洛代尔看来，"写作既是一种人道主义，也是无限贴近人类的方式"。他的作品，无论体裁和篇幅，总是充满对于人生的考量和关怀，尤其对于所谓的卑微或是细碎的小人物，会怀有别样的同情。这同情并非出于一种怜悯，而是基于对于个人境遇和命运的尊重和质询。

所以，他的诸多作品，比如深受欢迎的《调查》和《布罗岱克的报告》，虽然都有着破案和调查的故事主线，却并非以真相大白为终极目的。如他所说："我曾读过很多侦探小说，现在厌烦透了，它们一本比一本复杂，把读者带进迷宫，引他们误入歧途……目的都是为了在最后向他们揭示真相，找出凶手，好像出了奇迹似的。这些作者的全知全能让我感到很生气。生活中往往不是这样的，大量凶手身份不明，无数罪案经年不破。”

所以，克洛代尔的故事虽也不乏悬念，但这并非重点。小说中众人的命运轨迹和生活状态才是他心之所系。因此，他甚至将层层推进的情节导向了未知的境地——当我们都以为迷雾渐散，杀害“牵牛花”的凶手就是检察官时，作者却留下了一串省略号。2006年克洛代尔曾来华访问，谈及此处，他激动地跳起来：“我什么时候说过 × × × 是杀害‘牵牛花’的凶手？”

作者是有意荡开一笔，呈现出开放性结尾的。他的创作理念在哲学层面上是其人生体悟的同构。事实上，他笔下的那些离奇故事都只是现实生活的翻版，如他所说：“生活比最复杂的小说还要复杂。”克洛代尔出生在深受战争摧残的法国洛林地区，又曾经在监狱工作了十二年多，接触过许多杀人犯。这些都给予他看待人生命途的特殊维度。这个日益荒谬的世界，在克洛代尔看来，是再难有明晰的判定和规则的——“人类事件具有本质上的相对性”，“最高审判官是缺席的”（米兰·昆德拉语），所以，没有非此即彼的答案，没有明确的道德界线，一切都处于灰色地带。而小说的意义仅在于，能借由其中人物的行动和处境，理解和描摹现实中人们支离破碎的真实生存状态，而非给出一个结局。

作为小说家的克洛代尔，冷眼审视陷入尘世陷阱的人们的挣扎。他的作品看似离奇，地基却是赤裸裸的现实。

老去的青春
——朱天文《传说》

朱天文新出的短篇小说集《传说》，封面色调温暖清浅，教人想起那句“春日游，杏花吹满头”。陌上花开的清丽间，有一丝繁复的落寞。这正是这部集子的底色。

这本集子收录的是朱天文自1972到1987年间所写的20篇小说，分为“乔太守新记”和“传说”上下两辑。上辑内容以学生校园生活为主，下辑则将视野扩展到青年人所接触的家庭与社会。这些都是朱天文早期的作品。彼时的朱天文，想来是“正当少年，天地也要娇纵三分”。才情的四溢，让这些小说读来奢华绮丽，青涩之中带着鲜活的味道，似新作的油画上那一抹鲜亮的柠黄。惊觉，难道这是出自一个二十多岁的女子之手吗？

就题材而言，这些集子里的作品概可归为青春文学。里头说的大都是青春岁月里发生的事，是作者用青春的眼睛看到的社会——同窗的突然离世，大学里的小儿女之间的猜心，教授的家庭生活……这些如指缝间的漏沙一样的琐事，在朱天文的笔下，超越了故事本身的局限。“青春”二字于此，不再只是一种时限上的意味，而是载上人生体悟的重负，渐渐堆砌成年轻的她对于这个世界认知的写照。这体悟如此的深切，似无心铺衍，却入木三分，甚至让人觉得有几许荒凉，青春的歌还未飘扬，便已沉淀入心，幻化成人生奢靡但无奈的底色。

历来有评论认为朱天文的作品受到胡兰成和张爱玲的影响，“张腔胡调”很重，甚至有学者将她列为“私淑张腔的作家”。这么品评是确有道理的。朱天文和胡张之间颇有渊源，她的作品不求悲剧性的矛盾冲突，也不求大喜大悲的曲折情节，而是着笔于琐碎的生活细节，这些确实让人很容易地忆及张爱玲。但细读，她似并无心只是做一个“张派传人”。她早期的作品里自有一种鲜活的生命力，一唱三叹，摇曳生姿。对于人生的苦涩难言，有一种看似懵懂实则通达的态度，所以她早期的作品虽是已表露出对于人生荒凉境遇的感知力，却并无一种张爱玲的老辣苍凉，而给人以“情缘似水，多爱不忍”之感。

《传说》之后，朱天文不断沿袭着自己的文风作品，只是，她更“转而一大”，在小说结构和叙述方式上有所突破。有人就此划分了朱天文的创作阶段，认为《传说》之后的创作是从青春文学跳脱了开去，从一脉天真转向了之后的华丽苍凉。这话似是偏颇了。青春，在朱天文这里并非是题材上的限制，而是她对人生底色的认知态度——青春，意味着对未来的期许，意味着人生永远是未来的岁月比曾经的要多。这种时间上的优势感，让小说里的人物有了被救赎的可能。然而，青春对于人类是一个永恒的存在，对于个体却是稍纵即逝。这种心态与现实的悖论，让人无法直面，生命因而充满缺憾与无奈，但这缺憾与无奈中自有一种深沉的美。尽管之后的创作，朱天文的这种对于人生苦短的感叹更深重了些，乃至在更后来的小说创作中经由叙述方式和小说结构更深度地展现了对于人生境遇的把握，但在《传说》里，这些意旨就已经显露端倪。所以，她的青春不是用来做梦的，这种体认的格局让她的青春从一开始就是荒凉的，就是老去的。所以，胡兰成在评朱天文的早期写作时会说朱天文笔下的“男学生与女学生，虽是浅薄而非轻浮，虽然错误而无罪恶，写青春的现实感都写得很好”。

青春的现实感，实则是缘于对于人生整体格局的领悟。

所以，朱天文的青春文学不是孤立的。虽然她自己也说，这些作品带着年轻时代的自怜自负，但还是冠之以“传说”之名——“传说里的人物原都是凡尘中人，何以只有我们是这样为之意气感激，为之立传立说，不惜倾国倾城。是你们，是我们，在中国，思君令人老”。

朱天文善于从这些凡人的身上挖掘出人生境遇的总量。青春于她，是不朽的存在，却从一开始就是老去的了。

“你不会停止生活，即使死亡必然来临”
——罗贝托·波拉尼奥《地球上最后的夜晚》

《地球上最后的夜晚》是著名智利作家罗贝托·波拉尼奥的短篇小说集。波拉尼奥在短篇上的造诣向来享有盛誉，有评论将他与博尔赫斯和卡夫卡并提，直言“从伦敦到纽约，人人都爱波拉尼奥”。但我猜，有才情的波拉尼奥并不会对此志得意满——他和他的短篇，都是独特而独立的存在。

这本集子由十四个故事组成，十四个关于流亡者或是边缘人的故事。虽然故事情节有别，但主旨相近——一个智利流亡者在欧美四处游荡，所涉经历则串联起其他同类人的故事：他们“理想破灭，挣扎于边缘，困于梦魇”:《圣西尼》里的圣西尼看起来是知名作家，却不得不为生计所困，汲汲于“得奖”；《恩里克·马丁》里的马丁是一位诗人，对自己的创作事业怀着特别的热忱，最后却离奇地悬梁自尽；《一件文学奇事》里的作家B从内心鄙视同是作家的A，但他的新书却意外地受到A的公开赞赏，B于是开始了与A奇特的交往；《毛毛虫》则描写了逃课的“我”与同样在街上游荡的看起来像毛毛虫的男人之间的“友谊”；而那篇与集子同名的《地球上最后的夜晚》则讲述了B与父亲去墨西哥阿卡普尔科度假的故事，旅途中B一直在读诗和睡梦间追寻着“失踪”或是“离开”的意义，当他终于若有领悟时，假期结束了，他们要回去了……

这些小说或以第一人称“我”来叙事，或以第三人称“B”来叙事。而毋庸置疑的是，“我”和B（B是波拉尼奥名字的缩写）都是波拉尼奥的影子，这些小说带有强烈的自传或是半自传性。

波拉尼奥出生于智利，却一生在智利、墨西哥、西班牙等地漂泊。他参加过智利的社会主义革命，也遭到过逮捕。虽然直到四十岁才开始写作事业，但一生著作颇丰，影响深远。这传奇的一生，如梦似戏，让人不可避免地联想起他短篇里的诸多细节，比如许多主人公都有着作家和诗人的身份，又比如对于流亡的亲身体验。

除了这些明晰可辨的细节，小说更深处弥漫的那种无望却不绝望、失落却不颓丧的复杂情绪，更是带有波拉尼奥的深刻烙印。只是这些带有浓厚自传意味的小说，又不同于与波拉尼奥差不多同时代的美国著名作家卡波蒂所创作的那类“非虚构小说”。因为这些故事本身有着强烈的不真实感，情节设计常常荒诞离奇而无现实逻辑，可见波拉尼奥并没有用“代入”的方式在故事中直接袒露自己，而是从更为抽象和象征的层面，借由这些看起来匪夷所思的故事去探究自己的内心深处。所以，这些故事的主人公虽然身份各异，但其实是波拉尼奥在变换自己的身份和形象来叩问自己的内心世界。就像米兰·昆德拉所说："在小说中，作家根据种种实验的自我（众多的人物），对种种存在的伟大主题进行彻底的探索。"

于是，从不同的故事里，我们可以觉察到在流亡生活中理想破灭的那一代人的无奈和坚持。而这样的叩问因为源于内心却附着于离奇而具有象征性的故事躯壳"对总体意义上的年轻人产生了共鸣"——主人公们都在努力地融入这个世界：写小说写诗办杂志，寻找爱人，也寻找真实的自己，但他们似乎注定只能是边缘人，总是处于爱与恨、理想与妥协、信仰与放纵的夹缝地带。小说结尾，主人公们常常以一种莫名的姿态死亡或是离开，在多篇的小说结尾，都会有类似的情节发生。

而波拉尼奥处理短篇的方式平静简洁，干净利落，没有什么花边和渲染。比如这篇《一件文学奇事》的结尾：

> 到了A住的楼层，A站在开门处等着他呢。A高大，苍白，比照片上略胖。笑容里带着些许羞怯。B立刻觉得支撑他来A家的全部力气顷刻间消散了。……终于，A说出一句：你好吗？B说：很好。

几乎没有多余的词句，却让A与B最后相见的场面定格在高潮，意在言外，延展出空间。

就像优秀的抽象画家必须有扎实的写实功底，事实上，对于小说创作的繁复技巧，波拉尼奥是极为擅长的，他之前的长篇即是明证。只是，对于短篇他似乎有意而为地采取了这样的写作风格。这让我想起中国传统美学注重的“留白”——小说的主人公们不知何去何从的结局是种留白，小说的风格简洁却含不尽之意也是一种留白。

这种留白让人在阅读波拉尼奥的小说时会完全地身陷其中，如《纽约时报》的评论所言：“波拉尼奥的短篇营造了一种神秘和忧郁的氛围，一种令人联想到巴别尔和卡夫卡，忘记故事以外一切的氛围。”

波拉尼奥将一个似乎无望的世界展现在我们面前，却从不放弃对于自由、理想、青春的追求，如他自己所说：“你不会停止生活，即使死亡必然来临。”他让我们明白，这样的悖论和两难，除了直面，我们别无选择。

埃科的“氤氲”
——翁贝托·埃科《埃科谈文学》

翁贝托·埃科在文学批评上所关注的焦点，所依傍的思维路径，四处可见他小说的影子，以至于读这本《埃科谈文学》，如同在读他的一部小说，并且，著者只可能是埃科。这让人很惊讶，惊讶于埃科在不同文类上的个人气息如此浓烈而同一，也惊讶于原来文学批评可以这么写。

在前言里，埃科显然对于自己在这本集子里的身份和取向很明确：“我认为自己在这里是以写作者的身份，而不是以文学评论家的身份来写作的。”这样说的前提，是他默认了写作者和文学评论家之间是有间距的，但是随即表明这二者在自己身上同时存在、难以分辨，因为“回归自己的个人经验是必要的”。而这样的结果是可以获得一种“非正式”的、“不拘谨”的写作方式去面对“文学意味着什么”的永恒问题。如果我们读完这本集子，就会明白，对于埃科而言，确实只有这样的方式，才能接近文学，才能承载他的思想。

尽管之前曾经读过埃科的小说，深知他以博学和独辟蹊径见长，但在我读这本集子的过程中，还是意外不断：那么多熟稔于心的文学理念和作家作品，埃科依然可以发掘出新的观看角度。

集子以《论文学的几项功能》开篇，以《我如何写作》结篇。我不知道这样的编排是否有特别用意，但实际效果是这样的谋篇凸显了这本集子作者的“作家身份”。在这样的基调下，集子中的篇目所涉包罗万象，有关于具体作品的，如但丁的《天堂》甚至是《共产党宣言》；有关于作家的，如乔伊斯、王尔德；也有关于文学流派和观念的，如符号和反讽。

但无论对象如何的纷繁，汪洋恣肆似乎是一个可以概括埃科文风的关键词。只是，这个词有些不痛不痒——这固然是这些文学评论文章带给人的直观感受，内里却深深包裹着埃科在作家之外的另一个重要身份：“符号学家”。所以，他的“汪洋恣肆”也好，“旁征博引”也罢，其实都有着内在的逻辑路径。

在论乔伊斯的时候，埃科的起点是探究他的bachelor身份（即单身汉、学士、年轻骑士），而bachelor一词本身的多义，成就了这篇文章的阐述空间；在谈到博尔赫斯对自己的影响时，埃科划出了三角形的图示，来辨析作为三角形三个顶端的作家甲、作家乙以及代表文化和先前影响的丙的关系，我们于是随着他运筹帷幄的阐述渐入了一种“结构”世界；而谈到诗歌和寓言时，他直接将文章标题设为“论符号系统”，多么明白无误的研究指向！尽管如此，埃科的论文并没有想象中符号学以及结构主义研究给人的那种“骨感”。他常常从符号或是词源的角度找到一个小口子切入，但随后便施展出“声东击西”的本事。在大堆的王尔德研究者中，没有人如埃科这样是从辨析“警句”和“格言”之间的区别入手的，但埃科的意图却是发掘一个作为“当时社会风气的批评家和讽刺者”的王尔德。埃科的这种“言此及他”的能耐，在《瓦卢瓦之氤氲》一文中得以最为淋漓尽致的显现。对奈瓦尔的小说《西尔薇娅》，埃科直觉它的调子是“蓝蓝的紫色”，随后他展现出了惊人的解析力，让我们感知这部小说中他所谓的“氤氲效果”——他罗列了三大张表格，试图明确小说中的情节、人物和时间之间错综复杂的纠葛。表格的繁琐和复杂，恰如其分地证实了这部小说在梦幻和现实之间的跳跃穿梭。不得不说，读罢此文后的第一直觉确实是“氤氲”，只是这层“氤氲”属于埃科，而非来自奈瓦尔的小说。以“氤氲”的阐述方式来接近“氤氲”的小说，埃科以最直接和感性的方式表达了他的阅读感受：“这本小说所质疑的，并不是幻象和真实间的对立，而是贯穿两者之间的裂痕，它让这两个世界失去疆界，混淆起来。”

当然，埃科绝算不上是最杰出的文学批评家，但他在文学批评上的自我和坚持，充满力量，引人遐思——文学批评并非只能是对文学作品的注解，它也是一种文学，一种关于文学的文学。因而强势的批评者们应当让文学批评这个文类具有属己的风格和特点，就像我们一望便知，这样“氤氲”的文章，必定出自埃科之手。

飞鸟与鱼

——《伊塔诺·卡尔维诺短篇小说集》

荷尔德林曾说："谁曾见过那最深刻的，谁便爱那最现实的。"伊塔洛·卡尔维诺毫无疑问就是这样深刻并且关注现实的作家。只是他用来深刻探究现实的写作风格十分独到——飘逸轻质，如飞鸟在天空自在轻盈，但就是会让人不禁低头俯看脚下，感觉到现实的土壤从未如此紧实。

这看似悖论的特质在卡尔维诺的短篇小说中尤为明显。新版的《伊塔诺·卡尔维诺短篇小说集》集中收录了卡尔维诺一生中绝大多数的精彩短篇小说，分为四个篇章——"艰难的田园诗""艰难的记忆""艰难的爱情"和"艰难的生活"。

这四个篇章几乎涉及了现实生活的方方面面，可见卡尔维诺对于现实的关注情切——如他认为的，现代小说当成为客观世界中各种人物、各种事件的关系网络。有趣的是，在四个类目前都加上了"艰难"一词。这构成了一种背反的张力和循环——现实是艰难的，卡尔维诺的表述是轻逸的，艰难与轻逸间不可调和却互相渗透。用卡尔维诺自己的话说:"我早就听倦了人们对我以前写的那些东西说'容易',说'愉悦',说'愉悦的容易',说'容易的愉悦'。于是,我就到处写下了'艰难的'这个到目前为止人们感觉与我的文章相去甚远的形容词……艰难的意义一直就是我小说主要和永恒的特点。"

于是,《大鱼,小鱼》里在海边快乐捕鱼的青年遇到了岸边哭泣的女人,女人伤心着自己的情事却在看到被捕杀的鱼后感慨万千;《装螃蟹的船》里,玩耍的年轻人在那艘战争期间被德国人打沉的靠在港口边的船只上,发现底舱居然爬满了螃蟹,时间与生命的意义,在无意之中耐人寻味;而看来严肃的《一家糕点店的盗窃案》,卡尔维诺却用一种明快甚至搞笑的笔调叙述;残酷的战争,在《好游戏玩不长》中却穿插在两个孩子间模拟的战争游戏中,显得滑稽而讽刺……上下两卷五十余篇小说,就在这样的"轻"与"重"的悖论中铺衍开来。

熟悉卡尔维诺的人都知道,卡尔维诺不仅是小说家,对于童话,他也情有独钟。他曾经倾尽两年心血精心收集编写《意大利童话》。不可否认,童话对于卡尔维诺有着多维的影响。童话的灵感与思维方式,给予卡尔维诺的不光是一片可以自由驰骋的想象天空,更让他找到了一条在文学上与现实勾连却不丧失自我主体性的途径,如他自己所说:"是那种加强小说中理性的和故意的因素,加强秩序与几何学的需要,把我推向童话的。童话和想象叙述的那条道路，并不是一条任性与简单的路途……为了避免成为一场纸做的舞台背景，想象必须要充满了回忆、必要性，总之，充满了现实性。”

卡尔维诺的现实世界，就这样浸淫在童话的氛围中，用莫言的话来说："卡尔维诺把很多文学的因素嫁接在一起，形成自己独特的味道和自己讲故事的腔调。这腔调中带有很多的童趣，保持了很多牧羊人讲述故事的方式，但同时又是一个有哲学头脑的人在讲述。”

举重若轻地关注现实，这样的写作风格让人想起米兰·昆德拉的那本《生命不可承受之轻》。只是，卡尔维诺并不同于昆德拉那样明显地在一种形而上的层面将小说作为现代世界的映象和表现模式。卡尔维诺更倾向于在一种惬意的氛围中将具体的、琐碎的、日常的、可笑的乃至残酷的现实展现给世人看，深入现实世界的肌理和骨髓，似乎轻描淡写却又有大意存焉。所以也有人说，卡尔维诺是一个“寓言型”的作家。

只是我觉得，卡尔维诺的作品混杂着通常意义上的小说、童话乃至寓言的成分和格调，无法定义他是什么类型的作家。事实上，伟大的作家，总是能够不断突破已有的人类文学的疆域，传统的文学理论根本无法面对他们的复杂性。

沉重、惰性和不透明性的社会现实与卡尔维诺的心性相矛盾，他不想让自己艺术世界的图景混同于现实。于是他一只脚踏在现实的土壤中，一只脚踏在童话般的幻想世界，“轻”与

“重”的融合和间离成了卡尔维诺的创作艺术中最耐人寻味的诗性美学。他的作品与现实的关系就像是飞鸟与鱼——轻盈在上，又沉重在地，两相对视，却绝不混同，就如芥川龙之介所说的：“最难的艺术是随随便便地送走人生。”

遗落在历史迷雾中的爱与阴谋

——马迪亚斯·埃纳尔《和他们说说战争、国王和大象》

这个不知所云的书名，讲的竟然是一个历史故事，这从一开始就注定了它梦幻地摇摆在历史和虚幻之间。1506年，心高气傲的米开朗基罗不愿受到罗马教廷的排斥而前往伊斯坦布尔，为苏丹建造一座跨海大桥。这位著名的文艺复兴三杰之一，心心念念地投入这项浩大的工程，不仅是因为新主人的礼遇，更是为了证明自己的天赋和才华——这是达·芬奇也未能完成的任务。异国他乡的岁月里，波斯诗人梅西希的陪伴和崇拜成了艺术家的心理支柱，但随之发生的诡异暗杀，却将一切都置入无边的疑云之中……

一直到读完，我都无法从故事播散的迷雾中走出来。迷雾不仅笼罩故事的结局，更蔓延在故事的主旨——一个悬疑的故事，讲述了一段奇特的爱与阴谋。如果说，这些不足以让人迷醉，那么旁逸斜出的情节枝蔓和主旨的诗性氛围，则让人从一开始就一点点陷落。这实在是一个充满异域风情，或者说融合了东西方意味的奇特故事。小说从来都是出自强烈的个人痴迷，所以弥漫在字里行间的格调潜在地透露出作者的身份和经历——生于1972年的法国青年作家马迪亚斯·埃纳尔，深受东方文化的熏陶——他毕业于国立东方语言文化学院，主修阿拉伯语和波斯语，还曾长期居住在中东。他并不多产，但几乎每部作品都深受公众的欢迎，并屡获大奖。这一次，他显然将自己诗性而跳跃的思维以及四溢的才学都融入了这个“戏说”的历史故事，或者说，他在用一种独特的方式走近米开朗基罗——这个已成传说的历史人物。

描述历史，通常会有两个通道，一种是力图还原客观历史记忆的，一种更偏于文学。但所谓“一切历史都是当代史”，前者的实现只能定格在愿景中，而文学天地的自由和斑斓则会构建出一个让人触摸历史往事和人物的特殊平台。这个发生在16世纪的故事，主干当然是有据可查的，而所有虚构出来的具体细节和情节攀附其上，却绽放出迷人的小花。此刻的米开朗基罗是属于作者的，作者在重重历史迷雾的那端撩拨起一角，个性化地呈现米开朗基罗的内心和情感世界。故事通篇穿梭于现实与记忆、内心独白和客观描述之间，让人感觉到米开朗基罗的既远且近，继而悄然地追随起他的情感起伏。作者埃纳尔的凝练笔触和得当的节奏感，更让这个古老的故事具有了当代的气息——这也是必然的，因为埃纳尔从一开始就意欲重新阐释米开朗基罗和他的那个年代，而非仅仅还原。

伍尔夫曾认为，小说人物的性格总会折射出不同时代和空间的社会的一些共性。作者笔下的米开朗基罗自信骄傲、敏感多情，还有几分野心和傲骨。这正透露出文艺复兴时期独特的氛围和人情。而他与波斯诗人之间的这段奇遇，更是让人无法定性——似乎比友谊多一层，却也不达暧昧的程度。在书的扉页上，作者写道："既然都是些孩子，不如和他们说说战争、国王和马匹，魔鬼、大象和天使，但也别忘了要和他们说说爱和诸如此类。""都是些孩子"，这是说读者吗？抑或是指他笔下的那些人物。而作者是怀有着怎样的一种特殊的哀愁和爱怜来描述这个故事啊。所以，尽管最后这个故事以一场血腥的刺杀阴谋为结局，但真相仍被悬置——那个曾被米开朗基罗视为挚友的波斯诗人此刻被认作了刺客，但他到底是敌是友？他对米开朗基罗的那种游走在崇拜和妒忌的情感究竟左右他做了什么？"如果为了救他（米开朗基罗）而必须失去他，那也只能如此了。"文末的这句交代，似乎指明了真相的方向，但最终未予置评，将这个谜团永远地留在了古老的东方。

也许答案和真相并不重要吧，这些无法厘清的爱与愁、恐怖与阴谋，正是那个年代的缩影。而迷雾深处，氤氲出一个带有体温的米开朗基罗的形象——与君王和教廷的周旋，对自身的希冀和不可一世，以及在异国他乡的脆弱和无奈……这个天才的米开朗基罗，不再只是困于光环之中，他走了下来，带着那个时代扑面的气息。如龚古尔奖的特别评语所言:“醉人、诗意的语言，带你走近米开朗基罗，认识一个神奇绚丽的东方世界。”

论及龚古尔特别奖，这个由学生票选得出的奖项比起其他类的奖项，更显现出获奖作品的可读性，以及民间对其的偏爱。这或许是因为这个亦真亦幻的故事，模糊了真实与虚构、现实与历史，却实在地描摹出了情感的多面和丰富。我们于是被轻易地吸引，走进了一个理解历史也理解自我的新维度。

呼吸之间，来日方长
——《来日方长——阿尔都塞自传》

《来日方长——阿尔都塞自传》既沉重地令人压抑，又飘忽地引人思忖无度。

对法国哲学家阿尔都塞的生平，我以前曾略知一二。他是“二战”后法国最具影响力的思想家，却饱受争议。他在学术上的非凡成就以及关于他杀妻的惊人举动让外界给他的人生经历牢牢地套上了“传奇”二字。而一旦成为“传奇”，似乎便是常人不可解的彼岸存在。但这本自传，清清楚楚地将阿尔都塞的内心敞开在我们面前，而倏忽间，我觉得这样复杂的心灵其实并非难以接近——事实上，他所讲述的种种内心轨迹，看似疯狂的甚至是畸变的，或多或少地都会出现在我们的世界中。

这本传记是阿尔都塞在杀妻之后所写。这件惊人的案子发生在1980年，他在书的起首冷静地叙述了那天的情形。可以想象，当阿尔都塞在早上八九点，穿着睡衣跑进巴黎高师的庭院疯狂地叫喊着“我勒死了埃莱娜”时，会引起怎样的震动！

而后，阿尔都塞被证实作案时精神病发作，所以法院宣布“不予起诉”，他也就此被送进医院。但阿尔都塞那间或清醒的大脑却似乎对这些有着非凡的记忆和感知。他仿佛因为这一变故而更加清晰地了解了自己。正如他在书中所说：这本书是作为本该出庭受审时的答辩的。而他的答辩，是为了告诉世人和自己，怎么会走到今天这一步。“我不是卢梭。但是我在构思这项计划，准备写一写我自己，写一写我曾经经历，并且仍在经历的悲剧的时候，我常常想到他那出奇的胆量……我只是想补充说：‘我就是我所理解的，或自认为理解的，这就是我完全不能再主宰的，但我已经变成了那样的人。’”

于是，在这部自传里，他完完全全地直面了自己——不仅叙述了从悲剧发生到他辞世那罕为人知的十年间的经历，更包含了他整个人生的思想轨迹和历程。其间，母亲那浓烈却扭曲的爱对他自小的身心造成的深刻影响，如暴君的父亲对他乖戾性格的促成，让人得以从精神分析的角度去体会这位哲学大师的内心。而后，他一路求学，成绩优异，在著名的巴黎高师学习，与拉康、巴特、福柯等人相交。这使得这部自传从侧面记录了那个时代的学术发展实况，如媒体所称：这也是“一部编年学术史”。而他之后参加“二战”、结识爱人埃莱娜的经历，都无不与他在精神和信仰上的追求交织。事实上，他一生都在为诸多的信仰、主义和思想而纠结——天主教、马克思主义等，都曾让他的精神世界遍布冲突、无法自拔。

这样深入而全景式的记录，让我们看到了一个苦难的天才与那个造就他的时代和环境。阿尔都塞指出："这本记录有时是按时间的顺序，但也会时而把叙述提前，时而在回忆中想起。这并不是为了把时间搞混，相反，是想通过不同时间的相遇，把有些东西突出出来，因为它们持久地构成了各种情感之间主要的和明显的亲和关系，而我自己也可以说就是围绕着这些情感被构成的。"

而我在阅读时，一直都试图寻找他所说的"要突出"的"有些东西"。及至读完，才觉得"这些东西"可能正是他对于自我存在的证实和对于倏忽剧变的命运的抗争。

他终其一生都在寻找精神上的支柱。只是从一开始，他就因为家庭扭曲的环境而陷入了对于自我存在和命运的怀疑中。他的一生看似辉煌——叱咤哲学界，但其实苦难——他的哲学似乎也无法给他对于自我存在的确证。而他的人生似乎充满着由瞬间的剧变而造成的无常——决定参加"二战"或是杀妻乃至其他种种，都在一瞬间改变了他的命途。而他始终如一地拷问、追求生命和存在的意义，希望获得对生命的终极体悟和掌控。比如他最后终于感到是他"毁灭自己""失去一切"的愿望，让他杀死了埃莱娜——因为埃莱娜也是与他有关的一部分，正如他的书、他的高师、他活着的理由一样。

他在这部书临近结尾时写道："生活，尽管有悲剧，但毕竟还可以是美好的。我已经六十七岁了，青春不再，但我终于感觉自己——因为我不是为了自己而被爱——我感觉自己从未这样年轻，即便一切都快结束了。是的，毕竟来日方长。”

在《四十二章经》中，佛问诸沙门："人命在几间？”或曰："在数日间。”佛言："子未知道。”或曰："在饭食间。”佛言："子未知道。”或曰："呼吸之间。”佛言："善哉！子知道矣！”

刹那即永恒。呼吸之间的命运和对于生命意义来日方长的追寻，构成了阿尔都塞充满张力和悖论的一生。

我早已经浑身湿透
——莱昂纳德·科恩《美丽失败者》

莱昂纳德·科恩，一位20世纪六七十年代的传奇人物。很多人认识他是因为他的音乐——他创作民谣并演唱，音乐专辑盛销不衰，影响了其后一大批名声赫赫的音乐人，被称为“摇滚乐界的拜伦”。但其实，早在成为歌手之前，科恩就已经是诗人和小说家。在他22岁就读大学时，就开始出版诗集，创作小说。在此后的人生旅途中，他又集了画家与僧人的身份，从此更游离在任何的规约范畴之外。

在科恩众多的著述中，这本写于20世纪60年代的《美丽失败者》，至今盛名不衰，被公认为加拿大第一部后现代小说，成了小说领域绕不过去的里程碑。

20世纪60年代，年轻的科恩在文坛和乐坛已经拥有属于自己的天空。这年的夏天，科恩独自来到希腊，住在爱琴岛屿。没有人知道他是谁，来自哪里。简单而平静的生活，让科恩清晰地看到了自己的内心。就着海风和阳光，科恩写下了这部散发着浓烈的1960年代味道又体现人类永恒生存困境的《美丽失败者》。

初读《美丽失败者》，只觉茫然无措。这是一个看起来无法用语言表达情节的故事，但是科恩分明用文字记录了下来。这种无措召唤一种新的阅读姿态——不再细究情节间的衔接或是逻辑，而是努力感受小说的整体氛围，就仿佛观赏印象派的画作，需得远观，近了眼前便只剩下凌乱五彩的笔触。

这是一个奇特的关于爱的故事：致力于研究印第安部落的人类学家，他的妻子伊迪丝——印第安部落的最后一个后裔，好友F——学者兼同性恋人，三人构成了一个看起来匪夷所思的爱的三角，并且与17世纪的一个印第安圣女的传说纠结在一起。这种纠结，让整部小说的叙述交错纵横，内容迷乱铺衍，“自始至终都不乏味，但有时迷惑难解”(《美丽失败者·后记》。小说分为三个部分，第一部分，由人类学家叙述，他努力追寻17世纪的印第安圣女的故事，想将自己从妻子和好友F死亡的悲痛中解脱出来。“他以怀旧的、非编年体的形式叙述了自己身处一团纠结不清的关系当中”，却将这部分命名为“他们所有人的历史”。而第二部分“来自F的长信”则以F的口吻，将关于这个世界的神话、宗教以及现世的广告、电影、喜剧、漫画乃至流行歌曲混融在一起，F似乎在传达些什么，却始终没有正面或是明晰的表述，但每一个读者都会禁不住被其中弥漫的激情的雄辩和诗意所感染。至于第三部分“第三者的跋”里，叙述者的身份似乎是四分五裂的，却更由此传承了整部小说对现有制度和世态的怀疑，以及一种形而上的孤独感。

所以，如果尝试着要复述，概可将这个离奇的故事按照也许作者并不情愿的逻辑概括为："人类学家迷恋着四百年前的圣女凯特琳，思念着逝世的妻子和好友F。F的鬼魂借着文字还魂，穿越时间与死亡，试图传递秘而不宣的信息给他犹在人间的朋友……"只是，想来，任何对于意义和答案的解答都会违背科恩的本意。整部小说充满了间歇性的诗、自白、对话、散文，人物、故事已经化作无数碎片散落在语无伦次的叙述中。科恩时而清醒地呼喊，时而梦魇附身般呓语，虽然小说的语言风格看起来轻忽缥缈，却"反映出无处不在的生活和文学中秩序与混乱之间的张力"。

故事情节带来的无法驱散的困惑背后，是对于意义的质询。科恩是意在引起这种质询的，正如后记里写道："整部《美丽失败者》的段落里充满了小说人物在生存的矛盾中遭遇的压力，并与之抗争的种种努力。这些段落是对于生命与艺术中的秩序与混乱状态带有反省性质的探求。"

这部完全不受现实主义限制的小说，写于1950年代"垮掉的一代"之后。科恩以一种完全无关世俗的失败者的态度，逾越了宗教、性爱、种族、政治的边界——那个F身上无疑映射有科恩的影子。

科恩的一生都处在矛盾之中——他在俗世中感到无助，却又轻视都市生活；他有着强烈的宗教信仰，却以犹太人的身份信奉佛教。在花甲之际在南加州秃山上的禅修中心，他隐居修行长达五年。他的诗，他的小说，他的歌身形统一，以一种荒诞的形式对抗着荒诞的现实，这是他自我救赎的途径。他内敛，犬儒，深刻，又顽皮。尽管在写这部《美丽失败者》时，科恩还年轻，却已显露出他日后行径的底色——怪异夸张，随性坦诚，力求感性地去体验生命的深度。不难理解，为何这种超级嬉皮、放浪不羁而又力求获取诸如新奇性爱、革命、宗教等多重人生体验的追求，会被那个年代的人奉为精神领袖。这种解放性的体验，是每个人都会体验或者渴望体验的，科恩说："这就是人的生活，我从来没遇到一个人，他的内心生活跟我是不同的。"

只是这一切，科恩只愿意将之融化在一种晦涩的多义中。我想他是反对阐释的，正如在《美丽失败者》的开篇，科恩借F的口说："我们必须学习勇敢地停留在事物表面。我们必须学习爱事物的表面。"

米歇尔·福柯认为，人是短命的历史的化身，脆弱得转瞬即逝。这种人生如寄的挫败感，弥漫在科恩的作品中，是他看似荒诞的人生的脚注。所以他将自己归为"美丽失败者"，或许每一个试图在现世寻找自我的人都注定会失败。只是他并不悲观，所以依然在不停寻找。用他的话来说：我根本不认为我是一名悲观主义者，悲观主义者是那些老是等着下雨的家伙，而我，早已浑身湿透。

卡明斯的六次“非演讲”
——卡明斯《我：六次非演讲》

这本著名诗人卡明斯的演讲集有个奇怪的名字《我：六次非演讲》，其实这个名字从一开始就显露了它的作者e.e.卡明斯的标志性特征和格调。

卡明斯是美国著名的实验派诗人、画家、评论家、作家和剧作家，被认为是20世纪诗歌的一个著名代言人，极受欢迎。顶着“实验派”的头衔，往往就意味着卡明斯对于打破旧规的热衷。确实，卡明斯诗歌的最大的特点便是对诗歌形式的彻底改造，以至于他被指创造了一种全新的“卡明斯式诗歌模式”。

而这部奇特的讲座集就像是卡明斯自言自语的自画像，他时而天马行空地随性抹上几笔，时而停下来，审视这些笔触勾勒出了他哪些轮廓特质，然后继续。而我们，则通过这六次“非演讲”，踏上了通往卡明斯内心本真世界的后楼梯。

译者张定浩在“译后记”中说明了这部讲座集的诞生背景：它是卡明斯在1952年所做的诺顿讲座的结集，那年卡明斯五十八岁。而哈佛大学的诺顿讲座是一个著名的年度诗学讲座，除了“二战”时稍有中断外，“几乎每年都会邀请一位当世最值得尊敬的艺术大师，给他们六次演讲的时间，和世人自由地分享他们对于最广阔意义上的诗的理解。”

在这样一个重要的学术平台，卡明斯依然保持本色。在第一讲之初，他就直言不讳地说明：“我丝毫没有打算扮成一个演讲者。”这或许正是他会为这部集子起名为《六次非演讲》的原因。他就此为他的这些演讲定性——不愿意做一个名副其实的讲演者去服从庄重体面的道德准则，宁为一个“真正的无知者”保留相当的粗鄙来享有畅所欲言的自由——而这些畅所欲言，可能“无法告诉你我知道什么”，只是尝试回答一个永恒而古老的话题：“我是谁”。但同时又跟听众约定，在每次长达五十分钟的演讲时间里，会用其中的十五分钟来读一些他心爱的诗，就像张定浩在后记里写的“两样深不见底的内容构成了这本薄薄的小书，即人和诗”。

这六讲里，卡明斯谈及自己的童年往事，父母和家庭对自己的影响，对舅舅藏书的兴趣，身在哈佛的经历，为何会喜爱作画和作诗，乃至对于这个世界的诸多奇思妙想……我几乎无法完整地概述卡明斯在演讲集中所提及的内容，因为实在太纷杂。对此，而卡明斯似乎早有所料，于是预设了听众的质疑：“如果你要问：‘为什么要包括这些琐事？’我会回答：‘哪些是琐事？’”因为在他看来，这些所谓的琐事是他的人生经历中不可或缺的。在这些琐事中，我们看到了一个调皮的、有童心的、不守陈规的卡明斯是怎样炼成的。而对于自己只在演讲中“像一个外行一般地念诗”却不像其他来到这个讲坛的人那样大肆发表评论的做法，卡明斯则引用了里尔克的话作为解释：“艺术作品都是源自无尽的孤寂，没有什么比批评更难望其边际。”

这部集子给人的感觉有点像印象派的画作——笔触近看纷杂，但若远观，却可获得对于画面整体的特殊感受。就像虽然卡明斯在每讲都会侧重不同的主题，却依然不改叙述上的零散和随性。正是这样的叙述风格，让我们对卡明斯天马行空的诗性本质感同身受。而零散和随性之后，沉淀下来的是卡明斯浓重的创作理念和风格——突破一切陈规，只依循自己的直觉去感知自然，并且保持自己神秘的个性，而这神秘之源在于爱。

所以，卡明斯虽然在诗歌语言和形式上进行了颠覆性的实验，却并非刻意为之。他只是要寻找一种能表现自己的玩世不恭的个性、属于自己的诗歌语言和形式，用他的话来说，“是在致命本能的亲切启示下一直走下去”。就像他会把I小写成i，名字的起首又都要用小写，因为他要否定一切世俗意义上的自我。但这些并不妨碍他内心对于爱的感怀，对于最普通也最传统的人类情感的珍视。这就造成了一种悖论：他的诗歌形式是先锋的，而诗的主题却是极为传统的：关于爱情、家人、春天……他用打破陈规的做法保卫传统的主题，这看起来很乖背，但其实这一行为本身便是顺乎卡明斯的内心表达需求的一种“有意味的形式”。

这从卡明斯注重语言的视觉效果、利用印刷格式来传达自己的情感的做法上最可见一斑。譬如，“那怪异的/老气球人吹着口哨/声音辽远　　而　　悠长”这句诗，译者在注中解释道：这行内的空格“用来表示卖气球的人的哨音传得广而远，空格使人有声音从远方传来的真实感”。这样有画面感的诗歌，让人明显地感觉到，卡明斯完全是遵从自己内心的感受来寻找诗歌的语言和形式的。他的诗歌是一个感观的混杂体，就如他本人是一个混杂体一样。如果说读卡明斯的诗能让我们直观他的创作格调，那么这部奇特的演讲集则让我们直观了卡明斯的混杂和矛盾——形式与内容，先锋与传统，在他的心里，是没有边界的；他有时慷慨激昂，有时逃避现实，有时思想深刻，有时又不着边际，甚至有时我会在他身上看到天人合一的精神特质。

赵毅衡在序中写道：卡明斯“在所有的所谓规矩上要泼”，“像个顽童一样破坏一切能破坏的形式，其结果是造就了诗的形式”。在这部演讲集里，我们看到了一个同样有意打破演讲形式的卡明斯。当然，相伴随性而生的必然是杂乱无章，但对于卡明斯而言，非如此不可。

人性交错地带的梦魇
——伊恩·麦克尤恩《最初的爱情，最后的仪式》

许多中国读者知道伊恩·麦克尤恩的名字，是因为根据他的作品《赎罪》改编的同名电影。《赎罪》是麦克尤恩创作成熟期的代表作，但他发表于1975年的处女作《最初的爱情，最后的仪式》就已经定下了他的创作基调，显现出他日后一贯的创作风格和主题取向——笔触冷峻细腻，主题则阴郁甚至畸形。那些关于死亡、爱欲、宿命、暴力的故事，在麦克尤恩的笔下冷静地铺展开来，字里行间弥漫着恐惧和不安，却有着逼人的真实。

麦克尤恩1948年出生于英格兰的奥尔德肖特。他的简历遍布各种光环——在东英吉利大学获得硕士学位后，他曾投身于20世纪60年代的反文化运动，但很快对这一反理性主义的文化思潮感到厌倦。于是，1974年，他在伦敦定居，次年发表的第一部短篇小说集，也就是这本《最初的爱情，最后的仪式》，便获得了毛姆文学奖，并且引发了极大的关注。据称，当时的

《时代周刊》《华盛顿邮报》《芝加哥论坛报》《泰晤士报》等重要媒体都曾就这部作品发表评论文章。而后，他的写作生涯一帆风顺，多产而屡获殊荣。比如，创作于20世纪80年代的《时间中的孩子》获得惠特布莱德奖，写于1998年的《阿姆斯特丹》获得布克奖，而2001年完成的《赎罪》获得全美书评人大奖，且改编的同名电影更是一举夺得2008年金球奖最佳影片奖……麦克尤恩声名日盛——他被公认为英国的“国民作家”，堪称英国当代文坛最具号召力和影响力的作家。

尽管看起来麦克尤恩一路风光，但隐匿于其辉煌背后的成长经历，才是奠定麦克尤恩创作风格的关键——文学作品在一定程度上都是作家的自传，郁结着作家不足为外人道的情结。

麦克尤恩父母的婚姻始于一场“婚外情”，而麦克尤恩自童年开始就跟随父母颠沛流离。直到麦克尤恩年过半百时，这个秘密才被公开。在与《最初的爱情，最后的仪式》堪称“麦氏双璧”的短篇小说集《床第之间》的代跋中，作者马凌写道：“麦克尤恩认为，这个‘家庭秘密’足以解释为什么父母毕生‘自我放逐’于海外——他们希望掩埋那不堪的过去。父母虽然不喜欢异域生活，却又不愿意回国，像无根的飘蓬一样辗转于一个又一个驻扎海外的海军基地。”在漂泊的家庭生活中，父亲的男权思想和暴力倾向，母亲爱担忧、善于想象的性格，以及与同母异父的手足长期的分离，都让麦克尤恩从小备感孤独和不安——他毫无归属感，爱做白日梦，对极端而热烈的感情十分敏感，对那些被视为异类的人群又怀有特别的亲近和理解。

这些情愫和主题后来都被麦克尤恩一一化入了他的作品中，于是他作品的主角常常是社会的特殊群体或是在性格上有所缺失的“怪人”，而他们的人生经历则充满了荒诞和悲哀。他这样总结他安放在《最初的爱情，最后的仪式》里的意绪：“这些故事的主人公很多都是边缘人、孤独不合群的人、怪人，他们都和我有相似之处。我想，他们是对我在社会上的孤独感和对社会的无知感，深刻的无知感的一种戏剧化表达。”他的作品与他的个体形成了同构，这种同构产生的张力，尽管残酷，但散发出让人眩晕的魅力。

《最初的爱情，最后的仪式》一共由八个故事构成，用书页封底上的介绍来概括，它们“就像每个人都会经历的疯魔而又伤感的青春期”。读着这些故事，会被其中挥之不去的阴郁和乖张感所缠绕，却又能感觉到一种凛冽的温柔。《立体几何》里主人公用诡异的手段平息了现实生活给他带来的烦躁；《家庭制造》是一个关于乱伦的故事，却击中了初涉情欲的少年们不可告人的心理；《蝴蝶》细述了一个男孩杀害一个相识不久的小女孩的作案过程，而其中对于男孩犯罪心理的冷静描摹竟让人对男孩压抑苦闷的内心世界感同身受；《化装》描述的则是一个青年女演员如何耽溺于在日常生活中将人装扮成不同形象，并与其一起扮演不同角色的故事……

这八个独立成章又“情绪共通”的短篇小说，展现了麦克尤恩在叙事技巧方面的功力——简约的结构和自如的情景切割，将一言难尽的故事恰到好处地展现在我们面前，又不失细腻和精妙的质感。而更令人着迷的则是他在情节设计上体现出的鬼才——这些故事的情节大多荒诞而戏谑，却又分明是以现实为地基。他笔下的“怪人”们游走在意识和潜意识之间，却展现出人性在邪恶与善良、正常与诡异、荒唐与真诚的交织地带中的挣扎和无奈。

麦克尤恩拥有让人惊叹的处理“悖论”的能力，他几乎是在一种魔幻的情境中刻画了人性深处的真实。这些看起来根本不可能在现实中发生的故事，正折射出平凡人性暗藏的阴郁角落，而那个角落是我们遭遇过或将遭遇的梦魇。这种亦真亦幻，反而给予读者以巨大的认同感，让我们禁不住低头检视自身，暗自回想心底角落里那些或隐或显的阴郁和荒诞被揭发了几分。这种无限接近内心的真实，让人觉得恐怖，而麦克尤恩由此获得了“恐怖伊恩”的绰号。

余华在读到这部小说后说：“麦克尤恩的这些短篇小说犹如锋利的刀片，阅读的过程就像是抚摸刀刃的过程，而且是用神经和情感去抚摸，然后发现自己的神经和情感上留下了永久的划痕。”

魔鬼与天使，伦常与变态，真实与魔幻，本就并非泾渭分明。“真理并不清白，也从不简单。”（王尔德语）麦克尤恩的作品切入了交错差互的人性中间地带，让人在魔怔中接近自己的内心。

人生就是一桩悬案
——玛格丽特·阿特伍德《别名格蕾丝》

出生于20世纪30年代末的作家玛格丽特·阿特伍德有着“加拿大文学女王”的称誉，这意味着她的作品既具有能代表加拿大文坛的普泛性特质，又足以引领并不断打破既有的创作思潮。阿特伍德有着一种与生俱来的神秘气息。她自幼喜好神话和童话，成年后更是广游天下，这奠定了她的作品在细腻的同时发散而开阔的底色。她同时兼事小说、诗歌和文学评论，文学的世界于她，是生命内核自由外现的舞台。

19岁时，阿特伍德开始发表诗作，1969她的第一部小说问世。此后，她的写作事业一发不可收。天赋加上勤勉，阿特伍德毫无悬念地成了文坛的宠儿，并且成为评论界难得的长期关注焦点——她的履历上罗列着长长的作品名录及所获的包括布克奖在内的众多重量级国际文学奖项，作品更是被译介成三十多种文字，尽管人们会在最后提一句“除了诺贝尔文学奖”，但这一遗憾似也成了另一种肯定。

身为女性，阿特伍德的许多诗歌和小说有不少会从女性的视角和经验切入，但并没有因此而偏于一隅地让人们过多地关注她女性作家的身份——对人类所面临的共同的命运的解释和探究是她毕生的课题，因而虽然她的作品关注的多是日常生活和小人物，却渗透着形而上的象征意味。更让人着迷的是，她的作品有着一种“偏差”的魅力——她笔下的世界常常与我们预期的相悖，这其中有着让人意想不到的人物、情节和主题，甚至会开掘出我们意想不到的自己。

相信许多人和我一样，在翻开《别名格蕾丝》时会认为这是一本悬疑小说。小说开篇就言明整个故事是以发生在20世纪40年代的一桩无法定性的著名命案为底本，于是读者的目光自然就被引向了它的纪实性，然而很快，现实主义的叙事风格被打破，整个的案情的交代竟然只浓缩在开篇的一首不长的诗歌中，言简意赅到了极点。这昭示出阿特伍德的聚光灯并没有投射在重新讲述这桩离奇案件的经过上，而是在对这桩奇案多种可能性的分析、反思及其意蕴的发掘上。

故事的主角、嫌疑人格蕾丝始终陷在是否有罪的旋涡中心，人们怀着不同的心态各执一词。阿特伍德戏剧性地安排格蕾丝向自己的医生叙述案发的经过，我们于是像被揪着耳朵一样，急切地想要探个究竟：接着如何，然后又如何，最后却被当头一棒：没有句号和答案，一切皆有可能。即使是格蕾丝的自述，也迷雾重重——她的陈述几分是客观的，又有几分是失真的？

如有失真，是因为她的有意逃脱还是真如人们所认为的她患有精神上的疾病？即使当最后的结局定格在格蕾丝被关押多年后释放，也无人能知她的双手究竟有没有沾满被害人的鲜血。对于案情的追问，被其他一个又一个更加厚重而迷离的问号替代，此刻案情的真相竟似乎已经不是头等重要的了，其中牵扯出的善恶、人性乃至阶级冲突等问题，才更耐人寻味，引人沉思。

而书名《别名格蕾丝》，本身就是一个巨大的悖论——主角的真名明明就是格蕾丝，她在逃亡时的化名才是昔日的女伴“玛丽·惠特尼”，作者却偏偏有意将事实翻转——这可以视作案情的一种解释：玛丽附身在了格蕾丝身上，当然，这样的猜测依然无法定论。但是，却让人隐隐觉得这看似离奇的构思，倒击中了另一种真实——谁是真，谁是假，谁是主体，谁是附身，永远没有答案。

于是，这部小说无法再被简单地划入悬疑小说的类型——如评论家托马斯·福斯特所说：“在悬疑小说中，无论故事有多少层次，谋杀总是浮于故事的表面。这是此类题材的本质，因为情节本身就埋藏在重重误导与混淆之下，无法支撑多层面的意义或内涵。”阿特伍德的手法显然有别于此——此刻，格蕾丝的罪或是被害人的死，都成了承载阿特伍德所要探寻问题的符号：移民问题、政治问题、战争问题，被巧妙地嵌入其中，即使笔墨不多，却足以让个人的命运与历史的事件形成对视；而这桩真实案件在现实中的疑点和空白处，则渗满了她的思考，尽管这思考无疑需要通过想象力来赋形。

阿特伍德的作品常常会将看似遥远的事件或是故事“拉到”读者的身边，在《别名格蕾丝》中，她的做法是灵活地将客观叙述和第一人称叙述交错进行。这让整个故事在真实与虚幻之间的摇摆更加迷幻。同时，格蕾丝，这个看似不可能与我们有任何交集的嫌犯的内心细节被细腻呈现，逼使我们承认人性上的许多共通和共鸣之处。这种特质隐约但一以贯之地出现在阿特伍德的创作中，这就是为何，她的诗作也好，小说也罢，都既能在形而上的层面引人深思，又能潜入人的内心，让人重新审看日常的习焉不察。她让我们意识到，其实我们每个人都在讲故事，关于他人的或是自己的，但谁又能分辨故事的真假？人生本就是一桩悬案。

别样且开放的历史图景
——埃德蒙·威尔逊《到芬兰车站》

当代学者马歇尔·伯曼曾经评价《到芬兰车站》是“一部极具创意的历史著作”。这一似是而非的定义，直接触及了这本著述在体裁上的模糊性。作者埃德蒙·威尔逊或许正预见了读者的这一困惑，所以加上了副标题——“历史写作及行动研究”，结果倒更显露出这本书的多义和丰富性。这正暗合了威尔逊的多重身份——这位在20世纪的美国备受推崇的文学、文化和社会批评家，有着“文学界的自由人”“知识上的纨绔子弟”和“美国最后一个文学通才”的名号。而在这本书中，他的这些跨界的才情得到了淋漓尽致的全面展现。

在写于1971年的自序中，威尔逊说道：“本书想探讨一个重要的历史阶段如何形成，一个基本的‘突破’如何发生，以及现阶段人类历史如何因而产生重大变化。”而他所选择的这个重要的历史阶段，正是社会主义观念漫长的形成历史。对于或多或少熟悉这段历史的人而言，这要冒着老生常谈的风险。但令人讶异的是，威尔逊笔下的这段历史具有着陌生化的意味。他将这段历史的起点追溯到了维柯、米什莱的时代，将这一历史阶段划分为三个部分——首先从米什莱到法朗士，接着是巴贝夫、圣西门到恩格斯、马克思，最后是列宁和托洛茨基。江弱水先生对威尔逊划分这三阶段的依据有着明晰的洞见："第一部分是怎样写作历史"，"第二部是怎样写作历史再到创造历史，也就是历史的行动"，"第三部，纯然是历史的行动"。这样的划归昭示出威尔逊在写作时的思想脉络——他关注的是历史学家们对于历史的理解如何慢慢地演变为影响现实历史进程的观念，"一句话，历史的写作如何转化为历史的行动？"

威尔逊在面对这段波诡云谲、纷繁复杂的历史时的气度和洞见，让我想起美国诗人沃莱斯·斯蒂文斯《坛子的逸事》一诗中的句子："我把一只坛放在田纳西/它是圆的，置在山巅/它使凌乱的荒野/围着山峰排列。"威尔逊正置身于如凌乱荒野的史实和往事中，他所持的"从历史写作到历史行动"的著述观念便如一只"置于山巅"的"坛子"，整合出一派新的景象。但与历史决定论不同，尽管对于这段历史威尔逊有着独到的理念，但并不主张从结果出发推导过程，而是力求还原历史情境：他回溯这些历史人物的人生经历、所处的社会环境，发掘他们的奇闻逸事，潜入他们深微幽细的内心世界，但又超乎其外地对这些历史人物的学说和论著有着提纲挈领的判定和审视。于是，米什莱，丹纳，马克思，列宁……都褪去了神秘光环，踏在了平实的大地上，而他们的理论也重新具有了温度和根基，不再只是枯燥学说的堆砌——就如在读罢威尔逊对于马克思的生平的描述，了解了马克思与父亲、与朋友、与燕妮之间的种种后，“马克思主义”这已在传播中显得僵硬教条的六个字，会显露出其原初所具有的真实人性和丰富细节。

威尔逊曾在书中引述黑格尔的观点：“历史上许多伟大的革命人物，他们以过人的意志撼动山河，但我们别忘了他们背后推波助澜的社会要素”。他在这本书中践行了这一观点——还原了那些推波助澜的社会要素。但更重要的是，他是从普通人的角度描述这些曾经或被遗忘或头顶光环的历史人物的。这也致使他笔下的这些人物和历史具有了鲜明的文学意味——他如此形容马克思的文章：“他（马克思）能够把一个无能议会的分崩离析描绘成像是莎士比亚笔下悲剧英雄的悲惨下场。”威尔逊也有着类似的才能，《到芬兰车站》虽然被界定为“历史著作”，却具有浓烈的“文学气质”（江弱水语），环环相扣，细腻跌宕。在《人类群星闪耀时》中，茨威格曾提到歌德将历史的发展称为“上帝神秘的作坊”。威尔逊在对这个“作坊”的描述中杂糅进了文学、政治、史实、新闻等元素，注定了其在文首提到的在“体裁上的模糊”。但正是这种难以界定，激发了我们对这段历史的敬畏和亲近感。

最后，威尔逊将笔墨停在了流亡中的列宁重回俄国的历史节点。他并没有对之后的历史进程再做过多的归结或是论断，正如他一直以来，虽不隐藏自己对于历史事件和人物批判的锋芒，却始终力求展现一幅开放的历史图景。“到芬兰车站”由此成了一种隐喻，面向未来无穷的可能。

翻开里层的灵魂，每一个都很孤独
——李炜《孤独之间——一部另类艺术史》

这是一部不似史书的艺术史，如其副题，很“另类”。写作者在自由无拘的写作状态下，常会遭遇适合自己的文体，那是用来安放自己的灵魂的容器。“鬼才”李炜，在面临撰写艺术史这样传统而严肃的课题时，依然“任性”——他写得恣肆鲜活，无视传统艺术史的规制，以至于这部著述更像是一部关于艺术家的故事集——从拉斐尔起头，一路按三千年的时间脉络而下，直至马列维奇。全书共十章，每一章都由一位艺术家切入，继而扩展至其引领或是主导的艺术思潮，这种贴近艺术事件当事人的写法，让人不可遏制地想起贡布里希的名言:“实际上没有艺术这种东西，只有艺术家而已。”

约翰·伯格曾言:“每个时代都是依据自身的需要衡量所有在世的艺术家。”但艺术的真正价值，却取决于它跨越时空的步伐。而艺术与生俱来的神秘和无法判定，决定了艺术史的写作是如此的迷人和自由，它质疑写史（当然不只是艺术史）的客观性，并大方地承认史书上注定会染有作者的指纹。

李炜的艺术史只有十章，很明显，“挂一漏万”在所难免。既然难免，何必求全？在李炜的心里，那些“求全”的艺术史，意味着“再厚再好也只能是走马看花”。所以，在有限的篇幅里，一些在我的印象里铁定会上榜的名字缺席了，却出现了一些既往认为并不耀目的艺术家的身影——李炜善于在艺术浪潮中发现那些还未展露光芒的先驱，比如乌切洛与近代西方艺术的渊源、波丘尼及其后发展开来的未来主义和立体主义间的关系。他的这种不因循背后，是对个体的足够尊重——他力求葆有真诚和新鲜的眼光，去重新面对那些落满尘埃的历史，无论后世是否已经盖棺论定。

就是这样一部看起来散漫不经，无章可循的著述，但聚光灯所向，暗藏着作者的取舍标准——在弱水三千中上榜的这些艺术家们，大都特立独行，不合时俗，在各自所处的时境中，显得格格不入，却最终历经时光的冲刷而散发出熠熠光辉，乃至影响甚至主导了之后的艺术走向。在浩瀚史实面前的取舍最能泄露撰写史者的史观，而史观背后，蕴藉着其对于艺术的终极认知和定义。

李炜给自己的艺术史命名为“孤独之间”，在扉页上，录有里尔克的话：“艺术作品永远是孤独的，绝非评论可及。唯有爱能搂住它，了解它，珍惜它。”李炜对于艺术的理解，弥散在这部册子的角角落落。而对于他“搂住”、“了解”和“珍惜”的艺术家和作品，李炜显现出了一种深切认同和惺惺相惜。在撰写他们的故事时，他体贴而周到，力求还原其时其境发生的一切——拉斐尔在文艺复兴那个风云际会的时代，一步步崭露头角的过程，也伴随着达·芬奇、米开朗基罗等大师的辉煌和落寞；在追溯席勒短暂而混乱的一生后，我们得以理解他笔下那些扭曲而骨瘦如柴的人物身上那种被玷污、被诅咒、被损毁后的美；惠斯勒与拉斯金、王尔德、普鲁斯特之间的直接或间接的渊源，影响甚至成就了他的画风……而更醒目的，对这些进入自己的艺术史的艺术家，李炜的写法竟然是变幻莫测、各不相同——拉斐尔是以与不同的艺术家或是雇主“对决”的形式出现的；委拉斯凯兹的艺术人生以他的两幅名画为节点；修拉对于色彩的极致理解与古希腊人乃至诸多古代作家对于色彩的不善表达并置……

这些艺术家本身就是艺术品，他们的灵魂是孤独的，因而也是独特的，需要不同的纸张和笔法来呈现。李炜试图靠近他们，他不同的手法俨然就是更贴合这些孤独灵魂的纸张和笔法。这个讲述艺术家故事的艺术史作者，中了魔咒般地与这些艺术家相遇，翻开他们灵魂的里层，理解他们的孤独，因为从某种意义上而言，他也同样孤独，所以才能将他们的故事转变成自己故事的节奏。原来，没有艺术史这种东西，只有艺术史家而已。

于是，这些特立独行的灵魂——艺术家们的，乃至作者自己的，最终也是因为特立独行，而被集结在了一起，由此形成的个体和历史、特殊和典型间的张力，正是这部艺术史最核心的另类之处。它指向艺术本质的底色：神秘，难以把控，但永远迷人。

“我来自远方，不存到达的希望”
——基兰·德赛《继承失落的人》

印度女作家基兰·德赛是英国布克奖史上最年轻的女作家。为她赢得殊荣的是长篇小说《继承失落的人》。布克奖的颁奖辞这样写道：“《失落》是一部伟大的小说，它深切地刻画了人性与智慧，文风兼具淡雅的戏谑与针砭政治的犀利。”

确实，这是一部让人觉得“口感丰富”的作品——平静的叙述夹杂着辛辣的讥讽，却显现出一种难言的无奈和悲哀。

出生于1971年的基兰的创作生涯看起来那样一帆风顺，让人想到张爱玲的那句“出名要趁早”。基兰出生于印度新德里，14岁时随母亲移居英国，一年后定居美国。她的母亲阿妮塔·德赛也是一位知名作家。据说，从1980年起，她曾经三次进入布克奖的总决选名单，但每次都抱憾而归。而阿妮塔曾经劝说女儿不要轻易涉足写作领域，因为“写作太难”了。但戏剧性的是，基兰似乎生来就是一位才运俱佳的作家。她虽然迄今只创作过两部作品，但1998年出版的处女作《番石榴园的喧闹》就获得了英国作家协会的“首作奖”，并得到了包括文坛巨匠拉什迪、帕慕克在内的多方好评。而后，她花了七年时间创作的这部《继承失落的人》，更是在2006年一举获得布克奖。

《继承失落的人》像一出徐徐拉开大幕的大戏，故事第一幕的场景是印度边陲，喜马拉雅山山脚的一座大宅。这座已然破落的大院里，住着退休的老法官、他16岁的外孙女赛伊和没有名字的厨子。在一个雾霭沉沉的午后，一群看似游击队员的男孩气势汹汹地闯入了老宅，洗劫一空后扬长而去。随后，警方前来调查。这案子本身并没有引发什么关注，甚至结果也是不了了之，但办案过程以及这老宅中的每个人因此受到的待遇却牵扯出他们各自的心事和往事。这个午后所发生的意外，就如一颗丢进平静湖面的石子，而作者就在这石子激起的涟漪中，让故事中的人物和盘根错节的情节如蒙太奇镜头般地切换和展现。缠绕而并进的叙述线索，将故事中人的生活和命途一一陈展开来。

老法官曾在英国剑桥留学，虽然如今风光不再，但他的经历让他对本土文化产生了疏离甚至厌弃，身为印度人的自卑和曾经留学的骄傲纠缠了他一生。他的外孙女赛伊从小接受的是英国教会的教育，但与外祖父不同的是，赛伊并不有意识地排斥自己的本土文化，却总是身不由己地被卷入到种种对立中——古老的与现代的生活方式的矛盾，渴望出走却又被禁锢家庭的无奈，甚至她与家庭教师，一个叫基恩的男孩子的恋情也无法逃脱因为阶级和文化的不同所产生的冲突。而发生在厨子和他的儿子比居身上的故事则更赤裸裸地显现出二人内心对于本土文化和血统的厌弃及对于西方世界的向往，但最终依然无法割舍与故土的血脉……

跌落在了相互对立的世界的缝隙中，他们因此成了失落而沉沦的人。

西方的和本土的，传统的和现代的，自由的和保守的……这些矛盾混杂着，如梦魇般纠缠着基兰笔下的人物。小说中对于出场人物的介绍常常是在众人对于“他是什么地方的人”的质疑中完成的。但这样的质疑往往无解。天地之大，却无法辨识自己的身份、毫无归属感。更令人感慨的，这样的失落似乎成了一种内化的基因，被继承、被延续。

据说，这本小说之前的中文版译名是《失落》，后来才被译成了《继承失落的人》。显然，后来的译名更凸显出这种无所归依之感的绵延和挥之不去，这种深深的无助和无奈因此尤为触动人心。

而基兰的经历很容易让人觉得这部《继承失落的人》有着半自传的意味。确实，她自少年开始的移民生活让她深切地体会到对于身份的焦虑和无所归依的彷徨。虽然书中的人物和其各异的命运是虚构的，但他们内心的失落却是基兰真实心态的写照。她在接受采访时曾说：“写作的过程也是在对成长中的自己的一种回顾，我在少年时代离开印度，去了更广阔的空间。

写作在某种意义上是重返自己的童年，书中很多人物都有自己身边人的影子。”

除却细腻准确的心理描写，基兰还将整个故事设置在了印度与尼泊尔的冲突、后殖民时代等大环境下。然而这些宏大事件只是背景，基兰所致力描写的，是在这些大背景下个人生存的真实悲哀。正是这种对于个体的关注，反而更深刻地折射出这些时代背景对于个人命运无处不在的影响和捉弄，让她那被《纽约客》称为“轻快而奢华”的笔调充满着一种悲悯和温情。

于是，基兰笔下的故事分明有着文论家詹明信所说的“民族寓言”的意味——“讲述一个人和个人经验的故事最终包含了对整个集体本身经验的艰难叙述”。

基兰选择了一个她认为最能体现当下印度平凡人生活的角度来讲述这个“民族寓言”。这或许是基于她对于印度文学的认识：“美国作家的写作，是地理风景在他们身上的反射，这非常可怕。相对于美国，印度正好相反，印度有一种浩荡的孤寂。”这种孤寂弥漫在她的作品中，纷杂纠结却又清晰可感，所以她会花费七年来写这部作品，也会将原本一千五百页的篇幅压缩到三百页。

也许，她钟爱的博尔赫斯的诗句是她百转千回的心绪的最好脚注：“我的名字微不足道/我款款而行，有如来自远方而不存到达希望的人。”

纽约让你想起了什么？
——劳伦斯·布洛克《小城》

一座城市，被人记住的是什么？什么才能称得上是一座城市的标志？

对于纽约这座城市最初的清晰印象，源于当年那部大热的《北京人在纽约》片头默默打出的字幕——“如果你爱他，就把他送到纽约，因为那里是天堂；如果你恨他，就把他送到纽约，因为那里是地狱”。纽约似乎是一个梦境：凡可以想象的东西都可以梦见，但是，即使最离奇的梦境也是一幅谜画，其中隐藏着欲望，也暗含着恐惧。

而今天，我们对于纽约的印象，恐怕再也无法与2001年9月11日相分离。

于是，劳伦斯·布洛克要动笔写“9·11”后的纽约，读者的期待也会产生一种预设的偏见——他笔下的城市定然要与这件悲惨的事件相互勾连，这会是一种用小说手法进行的宏大叙事。

然而，布洛克扰乱了这一期待。《小城》通篇要表达的主旨是："在这座城市里，每个人心里都清楚：纽约再也不是以前的纽约了。"只是这一思想，他通过了一桩凶杀案来体现，而完全没有从"9·11"所直接造成的哀鸿遍野的现象入手，甚至，在全书中都未曾直接提及"9·11"事件。

故事这样开场：一名男同性恋的清洁工在自己雇主之一的家中发现已陈尸在卧室内的雇主，而一名被人目击带走死者的作家成了凶嫌。而随着新的案件的发生，警方又开始怀疑凶手另有其人，接着，就像是一种模式，凶手随着清洁工的足迹，开始选择他想杀的对象……于是，清洁工、作家、市长候选人、画廊老板、刑案律师……芸芸众生因为一桩凶案被一条看不见的绳索紧紧束缚。

虽然"9·11"不是促使这些关联发生的直接缘由，但"9·11"的阴影，使得这座城市的人们的人生信念乃至生活底色发生了潜移默化的改变。敏感的布洛克捕捉到了这些，于是在描绘这座大难之后的城市时，描摹的是最能体现作为个体的人在毫无预知的灾难面前，所受到的隐晦但深刻的重创。这样的角度，深刻展现出一个"9·11"之后愈加黑暗和脆弱的纽约。就像1998年的电影《泰坦尼克号》是通过一桩看起来与沉船事件并无直接因果勾连的爱情事件，来让人刻骨地感知这场灾难的无情。

更甚地，布洛克的处理让人体认到一座城市的真正标志是人心世情的特质。“9·11”的发生，使纽约从根本上发生了变化，这座城市里的人因此而获得了一种共通的特质，比如阴郁，比如无常，比如无望。这些特质的迸发需要一些共同的刻骨经历的激发，而一旦被激发，那么此前所谓这座城市的种种标志，诸如建筑或是地标，便无可避免地显得表面而肤浅。

于是我们费尽思量，城市如何定义？卡尔维诺在《看不见的城市》中说：有哪条线划分城里与城外的界线，什么能区别车轮声与狼嚎呢？在时间与记忆上，城市的标志是失败的，它不能使它与任何一个城市区别开来。

确实，我们对于一座城市的认知，或许该指向城市空间存在的另一种可能——细节，即使这些细节是虚构的。只是，历史的撰写往往抽象，对于城市的认知也往往显得笼统。在习惯了宏大叙事框架下的历史记忆时，个体的区别性特征连同着这座城市的特征一起，被抹杀和淡忘。就像至今，在念及“9·11”事件的时候，恐怕大多数的人还会流于慨叹，在这场灾难中死了多少个人，失踪了多少个人。但是，在面对一些虚妄和抽象的历史事件时，又有几人是深刻地从个体的角度来感知这些事件的真实发生，来思索人性在其中所发生的蜕变？

抽象的“9·11”在布洛克的笔下通过似乎不相关的“实人实事”而展开。这其中的象征和讥讽，最终归结在了一种更深重的茫然之上——其实，我们谁都无法面对和想象这场纽约记忆里史无前例的奇特灾难，但是，这种茫然，让我们重新思考这座城市和我们自己的特质。这些犹豫和茫然，或许才是纽约这个城市的真实状态。布洛克让一个虚空的历史事件落了地，但是着落的这片土地，绝不仅仅限于纽约。

如同当年《北京人在纽约》的片头题记，纽约在“9 · 11”之前，被太多的繁华旖旎所掩盖，它成了一种象征，甚至独立于现实的美国之上。而这一炸，却炸出了纽约的原形，炸醒了纽约人的梦境。

于是，我们惊觉，纽约原来也不过是一座“小城”，一样受着命运无常的摆布，一样的脆弱。而这座城市里的人，和其他任何城市中的人具有着相同的属性和心性。正如小白所说：“布洛克有胆把纽约市写成‘小城’，只是因为这城市于他如指掌般脉络清晰。他笔下的人物和他一样，从来都不是这座城市的局外人。”

喧嚣背后的骚动
——吉尔伯特·阿代尔《戏梦巴黎》

《戏梦巴黎》讲述了一个激情年代的青春故事，尽管叙事风格写实，但情节却离奇甚至荒诞，令人无法从中直接寻见现实的影子，但奇怪的是，却能让人感同身受地嗅到1960年代的巴黎的味道。

光荣与梦想，是每一个年轻人在自己的青春岁月里最可捍卫的追求和支柱。1968年巴黎“五月风暴”前夕，美国少年马修和法国孪生兄妹相遇，三个痴迷于电影的年轻人，在火红的岁月里沉溺于银幕上的幻影和现实中的革命不可自拔。情欲性爱，与政治革命，这看来不相干的两端，在一个特定的时代里，变成了最能共融的两幕，纠缠不可分。因为，革命动力与情欲紧紧相扣，在人人平等的政治诉求前，惯于裸体相见便意味着“形而上”与“形而下”的一起得救。

而这一切，都经由“电影”这个元素串联。三个影痴，在生活中实践电影，在电影中寻找生活的痕迹。电影即梦，梦即现实。“庄生晓梦迷蝴蝶”的慨叹，在此又一次成为注脚。“电影”，在这本小说里，绝不只是一个道具——三个热爱电影的“耗子”，将电影变成了一种事关生死处境的东西。电影与梦一样，让他们的心智自由地驰骋，以最纯真的态度，宣泄最深切的情绪，满足最隐秘的欲望。戏梦交错的叙述，奠定了这本小说迷乱却真实到刻骨的基调。他们肆意地挥霍最可贵的青春。他们有这个资本。尽管周围贴着毛泽东的画像，尽管窗外政治风波四起，他们却可以在他们三人的世界里，继续自己的荒诞梦境。但是，但是这看似荒诞不经的梦，却是窗外风云最好的投射和镜像。

波德莱尔说：“颓废，是英雄主义最后的闪光！”三人的颓废和逃避，是对这个时代的英雄主义最为极端和个人的阐释。性爱即政治，个人即国家。他们在一个时代大背景的思潮中，醉生梦死地用一种近乎梦幻的手段真切地寻找着自我。不需要理由，不需要常理。一切都在赤裸的纯真中，绽放出妖艳的花。就像是波德莱尔的“恶之花”，散发着诡异却魅惑的气息，让人匪夷所思地沉沦其中。

在喧嚣的尘世背后，个体的骚动是如此的真切。美、丑，善、恶，表面、内里，矜持、放纵，似乎都已经没有了截然的分界，就像他们早就无法分清戏与梦，梦与现实的边界。而青春最大的好处，便在于，可以以最纯洁的胸怀，去无视这些边界。尽管过后，人生难免依然被虚无笼罩，但是，那个年代的荒诞也成就了永可怀恋的岁月。

读《戏梦巴黎》，不自禁地会联想起巴塔耶——“在他变成不可思议的人之后，他沉迷于他从无法接受的现实当中所能发现的一切……他拓展了自己的视野。并且意识到，人只有在这种没有标准的状态下找到自己的标准，才会真正成人。只有当他达到这样的境界，在狄奥尼索斯的迷狂中让上下合一，消除整体与虚无之间的距离，他才成为一个不可思议的人”。

这三个年轻人，就是在这样的不可思议中，成就和实践着一个特殊时代的梦想。“梦中无岁月”，没有人会再次去实践这些，但是，为何，这看似不可思议的故事却如此深地刺痛了我们，让我们觉得自己是孤独的？

一穷二白的青春过后，剩下的不只一声叹息。

一场“非常”的聚会，一个人生“非凡”的横截面
——伯恩哈德·施林克《周末》

看完这本《周末》，是在一个周末的下午。掩卷长舒一口气，如同参加完了书中的聚会。

《周末》是德国最有影响的畅销小说家、奥斯卡奖电影原著《朗读者》作者伯恩哈德·施林克的最新小说。故事从恐怖分子约尔克在二十年的牢狱生活后被总统赦免释放开始。为庆祝他重获自由，姐姐克里斯蒂安娜在柏林郊区的房子组织了一个周末聚会，邀请约尔克的老友们参加，他们中有约尔克的律师、“革命同志”、旧情人，甚至失去联系多年的儿子……克里斯蒂安娜希望利用这次聚会为约尔克找到重入社会的契机。然而，对于参加聚会的人来说，却心情复杂。他们每一个都是有故事的人，各自都有不堪回首的往昔，这些故事就如同分枝，在这场周末的聚会上交织在一起。

这或许便是短篇小说最典型的特质和模式——没有前因后

果的完整叙述，只选取人生的一个横截面，然后戏剧性地故事中套故事，将诸多不同的人生图景串接铺展。而这个横截面往往看似截取于日常生活，嵌在其中，实质上却是一个定格，游离于常态的生活。只是这种非常态具有特别的典型性，因为其中有意为之地浓缩了太多人生旅途的风景。

事实上，发生在这个周末的聚会，正像一杯混杂了不同人生缩影的鸡尾酒。出了牢狱的约尔克看似面临着如何重新投入生活的问题，但其实他的老友们每一个都面临同样的问题——怎样重新为自己的人生定位。聚会的牵引，致使他们又陷入对于极左时期的回忆，尽管这回忆是他们极力想遗忘的。其中交织的对于梦想、责任、罪恶、宽恕、情谊、道德审判的困惑，重新席卷了他们的灵魂。而施林克的高明在于，虽然巧思安排了这场聚会以串接起老友们不同的人生际遇，具有戏剧“三一律”的特质，却不只是关注情节的戏剧性。对于人物的“阴柔灵魂”的挖掘，让他笔下人物的生活轨迹有着极强的现实感，尽管我们很清楚，现实生活中谁也不可能真的经历这一切。血缘、友谊、爱情、道义等多层面情感，以及情欲、宿命，还有暗藏的浪漫，丝丝缕缕都让我们从中看到了自己生活的影子。

爱尔兰作家弗兰克·奥康纳在他的《孤独的声音》中认为短篇小说最能处理孤立的个人，尤其是那些位于社会边缘的个人。在这场聚会上，这些看似处于社会边缘的人，这些跟恐怖分子打交道、做着许多常人觉得不可理喻甚至荒诞的事情的人，内心最深处却潜藏着人生最真实和单纯的想法——比如约尔克参加恐怖组织是为了实现改造社会的梦想；比如姐姐克里斯蒂安娜深爱弟弟，却竟去举报弟弟把他送进牢房，为的是“避免更坏的事情发生”，也就是使约克逃过所谓的更重的惩戒；又比如老友之一乌希利的女儿，一个花季女孩想跟约尔克上床，竟是为了可以出去说，她跟这个著名的恐怖分子睡过觉，有些小小的得意……

这些情节本身的荒诞，以及被如此集中地安排在这场聚会上爆发，很明显地背离了普通人的日常生活，但又如此深地触及普通人的内心，让人感觉一切荒诞之初都是纯粹而简单的小愿望。施林克实在是一个写作短篇小说的高手，他将亨利·詹姆斯所认为的“短篇小说处于诗歌结束和现实开始的敏感点上”的论断发挥到了极致。

一场周末的聚会，成了极富意味的人生横截面。有趣的是，周末这类节假日的设立，本身就是为了让人们从连续的日常生活中脱身而出过几天“非常”的日子，如伽达默尔在《美的现实感》中所说——节日是作为个体时间体验的艺术。而施林克则在书中借聚会者之一玛格丽特的口说道：“离开不仅是把一个地方，而且是把一种人生丢在了身后。然而，这种人生小小的截断面却是充满美感的——所以才会有人又来到这里，在这里（郊外）买房子或者购置农庄，到周末便将自己委身其中。”

而这些迫切寻求人生定位，想要重新面对生活的聚会者们，正是在试图脱身以往、投入完全迥异的新生活。但无法如愿的预感和阴影同时笼罩着整场聚会，“给了整本书一种张力，一种苦涩的真实，一种在历史的灰毯上跳梦游般芭蕾的感觉”。书中的另一个聚会者伊尔瑶甚至在回忆起9·11事件时，会觉得那些被迫从高楼坠落的人们在死后会飘向一种新的生活，于是写下一个通过选择假性自杀来完全隐去在世间的痕迹以重新开始生活的故事。

一边是对于既往的无可奈何和逃避，一边是对新生活的强烈渴求，这看似相斥实则相连的两极交织在《周末》的情节、创作手法乃至题目之中，令读者在阅读过程中步步深陷，陷入与故事中人相同的既反思过往又憧憬未来的状态。当然，最后注定会跟故事中人一样，同归沉寂。

无法选择，因为生活如此

——亨利-皮埃尔·罗什《祖与占》

《祖与占》是法国新浪潮最动人的“三人行”电影原著小说，赫赫有名。读着《祖与占》，感觉像是堕入了一个温柔的陷阱，一切原先似乎有着对错是非之分的立场和原则都开始慢慢陷落。

1907年，在巴黎，从中欧来的祖与法国人占开始了他们一见如故的情谊。他们一同追求人生、追求女人，直到遇上凯茨——他们所见的女人之中最美丽的，也最暴烈的。那张充满魅力却冷峻的脸以及率性到放纵的气质深深地吸引了祖与占。而凯茨先是爱祖，嫁给祖，又在爱上别的男人要与祖分手的时候，爱上了占，他们带着祖的祝福互订婚约，之后绵延半世的三人共处的格局就这样展开。

两男一女的爱情模式在传统观念里是匪夷所思的。就像改编这本小说的著名法国新浪潮电影导演特吕弗所说的：“在读《祖与占》时，我有个感觉是，我正置身于一个电影上史无前例的例子里：表达两个男人对同一个女人的爱，并让‘观众’在这些角色之间无法做出情感上的选择，他们让这三人带领着，平等地去爱他们。这种反对选择在这个故事里是这么地触动我，书店的编辑介绍它时下的评语是：‘三人间纯粹的爱’。”

“反对选择”，因为“无法选择”。感情或许本来就经不得道德律令的限定。《祖与占》里的灵魂人物凯茨面对感情的放纵和率性，让人觉得有种快意而哀伤的感觉。精神的自由自主令肉体的重重限制更显沉重，注定与世相违，所以唯有在消耗式爱情之中实验自我。这种消耗让人感觉到一种无奈，但又透出一种慈悲，慈悲地面对命运所给予的一切幸运与不幸。而让人动容的是，小说中的三人都以一种坦然的心态面对这一切——幸福与怀疑，嫉妒与背叛，天堂和地狱。纠结于心，但是没有郁结，足够坦荡，这段世人看来几近荒谬的爱情故事，弥漫着一种穿透俗世的阴郁，但一切又浸透在琐事中。

据说《祖与占》是作者亨利-皮埃尔·罗什以七十四岁高龄发表的第一本小说。或许正是因为阅尽了世间种种，才能看透最激情也最真切的人生。罗什的《祖与占》看似在描绘爱情，实则在描绘人生。爱情在这里与生命最纯粹的本质合而为一。有评论称：这是“洗净荷尔蒙后写出来的处女作，是见山又是山的咏叹”。确然。

于是，也就可以想见，为什么这样一种“两男一女”的爱情故事模式会成为日后诸多文学和影视作品的母题——不仅成为法国新浪潮电影“三人行”的典型，后来的《戏梦巴黎》，甚至中国观众熟悉的《纵横四海》都深受其影响。

情事即人生。我们太多时候被要求进行非此即彼的选择，然而生活最本质的愉悦在于听从内心的召唤去感知和享受。“在爱情里，没有什么约定和承诺是美丽的，除了日复一日美好的爱情本身以外，什么也不得依赖。”可叹的是，宿命的规约终究会如影相随。这或许也是为什么当青春渐远的时候，凯茨会觉得无法面对人生的真面目而选择毁灭自己。这不是一种逃避，而是一种无奈的重夺生命主权的方式。

这些对于人生碎片式的体悟，那样深沉而内敛，散布在这个看似不可思议的故事的字里行间。故事入微而轻灵，讲故事的笔触深情而通透。在“农夫插秧”般的电报体的文字中，罗什仿佛在努力忘掉自己的文化，去触摸人性中最本初和原始的诗意。

但无论是情节还是笔触，《祖与占》都显露出一种诚实而洒脱的人生观。导演吕特弗说，这是他所认识的最美丽的当代小说之一。也许每个阅读此书的人都会凛然于罗什的温柔，陶醉于这三人终其一生，几乎没有矛盾的爱情之中。而这种“全新的美学式道德立场”，无关是非和选择，却拭去世俗的尘埃，展露给我们看似荒谬却真实通透的生活。

“我希望读者从未读过这样的小说”
——东野圭吾《解忧杂货店》

东野圭吾是日本文坛久负盛名的“推理小说大王”，但这本堪称他最受欢迎作品之一的《解忧杂货店》，却并非一本推理小说。当然，它浸淫着东野作品紧张而悬念迭生的特质，如小说封面的推介语所说“不是推理小说，却更扣人心弦”——虽不再如惯常的推理小说那样以破解谜题为终极目的，却在环环相扣的悬念中享受真相大白的快感。这一次东野圭吾的机智和细腻，指向了对于人们生活情状的描摹。

故事发生在一家神奇的杂货店中。顾名思义，它能“解忧”——如果你有了烦恼，只要写下来投进杂货店的卷帘门投信口，第二天就会在店后的牛奶箱里得到老板的回信。

于是，借由这些信笺，俗世凡人的心事在我们面前一一铺展开来——因为男友身患绝症，但又不想放弃参加奥运会梦想的静子，怀揣音乐梦却又不得不面对继承祖辈鱼店责任的克朗，徘徊于顺从父母还是过自己愿意的生活的浩介，为了筹钱以报答恩人而犹豫是否要去做陪酒女的静美……

这些困扰，如果割裂开来看，只是可以随时发生在你我身边的寻常困境，并不新鲜离奇，然而东野的谋篇和构思让这些看起来不起眼的小事件间产生了不可思议的勾连——故事从三个小偷闯入看似废弃的杂货店切入，而这天其实是杂货店老板三十三周年的忌日。在这段时间里，杂货店拥有着连通过去和现在的魔力，于是，前尘往事与今时今日纵横交错，当初那些曾经陷入困境求助于解忧杂货店的人们的命途竟布满了不可思议的交集。“悬念”在这本小说中的作用不再是推进故事情节线性发展的助推器，而是将这些人物命运环环相扣在一起的绳索。东野游刃有余地从不同的角度介入这些小人物的故事中，各异的视角和穿梭在过去和当下的时间点，让这些小事件形成了盘根错节的树状图，最后又令人惊讶却合理自然地相互影响和承托，一种难以言喻的宿命感就此蔓延开来。

《解忧杂货店》毫无疑问有着治愈系作品的特点，但作者的意图又绝不仅止于慰藉困境中的人们、给予他们向上的力量。这些看起来在杂货店老板的帮助下找到人生方向的人们，到最后其实都会发现，他们只是按照自己的意图来理解了老板的回信，人生的答案只有自己能给。正如杂货店老板所说：这些来咨询的人“都是内心破了个洞，重要的东西正从那个破洞逐渐流失”，而他所做的只是“激发他们内心真实的想法，让其找到正确的道路”。而东野的独到就在于他的重心不在于“暖心”，而是在细节中让人们领悟到当站在命运的十字路口，一个当时看来微不足道的选择会如此深刻地影响自己和他人的命运。想起美国诗人弗罗斯特的《林中路》:“一片树林里分出两条路——而我选择了人迹更少的一条/从此决定了我一生的道路。”

《解忧杂货店》在东野圭吾众多的作品中有着特殊的位置——虽非他的典型性作品，却反而更明晰地凸显出其作品的特质——追求细腻的情感体验，有着日本文学纤细、哀怨的特点，同时又常将个体置于真实的时代背景下，在描摹普通人日常生活的过程中蕴藉对社会和人生的思考。比如《解忧杂货店》中，对日本抵制1980年莫斯科奥运会事件、20世纪八九十年代日本的经济发展态势等的描摹，都让这部小说的格局不再限于个人的自怨自艾。而这些特质在推理小说中常常被紧张的悬念和情节所遮蔽。

多年来，东野圭吾在文坛上以推理小说而闻名，却不愿落入窠臼。于是，他不断变换自己的创作手法，古典、科幻、趣味、日常……他似是在以这些尝试来达到传达特殊人生体验的目的。如今，他甚至跳脱开了推理小说的范畴，这部《解忧杂货店》或许是他全新尝试的开端。

在谈起这部特殊的作品时，东野圭吾说道:“如今回顾写作过程，我发现自己始终在思考一个问题：站在人生的岔路口，人究竟应该怎么做？我希望读者能在掩卷时喃喃自语：我从未读过这样的小说。”是的，在这个神奇的故事中，东野并非是要指给我们人生何去何从的明确方向，而是想以属于他的独特方式传达一条朴素却深刻的人生体验——只有自己能决定自己走向哪个命运的岔口。

冥冥之中的默契
——约翰·伯格《我们在此相遇》

纳博科夫曾在《文学讲稿》中说，没有文学天资的人，是不可能被教会写小说的。这意味着，真正的小说家，会不可遏制地将自己的天然气质和才情熔铸在作品中。约翰·伯格便是这样一位天才的小说家，更确切地说，他是一位天才的文学家，他的文学天资早已溢出了小说创作的场域。事实上，约翰·伯格被国人广泛熟知的身份是艺术评论家。只是他的艺术评论早已不止于通常意义上对于艺术品的阐释或是解读。纳博科夫认为“美加怜悯”是“我们可以得到的最接近艺术本身的定义”，这一定义似也可用来描绘伯格的艺术评论——他的文字充满着公共知识分子的良知和焦虑，并且在诗性和理智的两极摆动和较量，用伯格自己的话说：“艺术审判那审判之人，为无辜之人申冤，向未来展示过去的苦难，因此它永远不会被人遗忘。”《观看之道》《看》《毕加索的成败》……每读一本他的专著，就会受到一种强烈的诱惑，不可抗拒地被裹挟入伯格的语境和天地，这天地即便不是时刻充满阳光，也是高远开阔，景深丰富。

《我们在此相遇》是我读到的第一本伯格的小说。它给了我意料之外而又情理之中的阅读感受：它让我间歇性地陷入对其文体归属的彷徨——事实上，这部作品混融了诗、自传、散文、小说的各式风格，虽然最后还是归入了小说之列，但其中读到的各种发散性的意绪，传递出伯格本人多样而丰饶的文学天赋。但同时，一切又都在轨道之中——因为混融发散、不可限定，正是伯格所有作品的底色，不论是他的诗、小说还是艺术评论。他的作品会将我们带走，越过被划定的某一类文体的边界。真正的文学家，会由着自己的天性创作出属己的文体，而非让自己去适应和嵌入某一种格局。伯格的汪洋恣肆让人想起法国批评家米歇尔·莱蒙对另一位将诗意、回忆、传记带入小说的作家奈瓦尔的描述："奈瓦尔的才能在于能创造一种与自己风格特色十分相适应的形式。小说体裁的概念被他冲破了。"冥冥之中，伯格与奈瓦尔有着相似的步伐。

《我们在此相遇》里的八个短篇，大多以地名为名：《里斯本》《日内瓦》《克拉科夫》《阿尔克桥》《马德里》……虽然这些地点在现实世界中可查可考，但小说所依傍的主线并非游记，而是将各色人物编织进这些地域。这份人物列表中有许多都曾在伯格的生命里留下真实且重要的印记，比如伯格的父亲和母亲、年轻时的导师，当然也有不少是确有其人却不曾与伯格有着现实的交集，比如博尔赫斯。然而，这些小说的归宿也并非是塑造这些人物。伯格是想借由人物和地域之间的关系，来描述和达成一种意象和理念，这意象和理念与人物和地点有着既切近又疏离的微妙关系——既与他们息息相关，又抛却了他们，去往一个抽象的层面。所以，伯格的“编织”很特别：他仔细推敲人物与地域之间的特质，甚至会为某些城市贴上诸如性别、年龄、职业的身份标签，最重要的，他发掘或者赋予一个人和一方地域以相同的纹理和气息。

譬如：“里斯本这城市和有形世界的关系，与其他城市都不同。它玩着某种游戏”，这座城市的墙覆满了瓷砖，描绘着五彩世界的可见之物，但是，“它们掩盖着某种东西，不管藏在它们下方或背后的究竟是什么”。因为这座城市如是的特质，“我”和死去的母亲在里斯本相遇，尽管母亲之前也从未来过这个城市，然而在这里，“我”和母亲挖掘着人生的记忆和领悟，正如那些瓷砖背后的隐匿之物耐人探寻。

而伯格眼中博尔赫斯是属于日内瓦的，因为“日内瓦会把自己武装起来以对抗怜悯，即便在睡梦之中”，“她是个观察员，单纯地着迷于人类的各种困境与慰藉”。在这样的城市中，博尔赫斯的人生图景被一一重现，看似真实可触，却早已被融入了这座城市的街道和湖泊——博尔赫斯在年少时遇到的那个女人对他温柔的那句：“在那儿坐一下，我去看看能给你拿点什么过来”，也是日内瓦日后对他的耳语。

人物和地域，都化在了一种实在却又模糊的场域中。伯格是个特别会讲故事的人，他始终以第一人称“我”陪伴和召唤着你。尽管“我”的角色以及与其他人物的相遇是亦真亦幻的，却是一种具有仪式感的象征——世界上的一切都会以各种方式相遇，无论人或者物质，无论生者还是逝者。而会“在此”相遇，是因为相遇的两端有着冥冥之中的默契，就像尽管伯格去世的母亲生前并未去过里斯本，但伯格选择在里斯本与她相遇。这些相遇，包裹着伯格个人的回忆和反思，充满了真实的细节和情感触角，令人触手生温，也激起读者内心的共鸣。所以，尽管这部小说像是一个万花筒，从文体到情节都法无定法，看似教人无所适从，却并不晦涩冷漠。因为其中暗藏的丰富意蕴抽象却并不悬空，它深深地隐匿在伯格笔下的有形和无形的世界背后，寄托在那些琐碎但是真情流露的故事中。

“阅读是创作的共谋”
——托马斯·福斯特《如何阅读一本小说》

一本好书，会给人曲径通幽、渐入佳境的阅读感受，即使掩卷，余韵犹在。《如何阅读一本小说》便是如此。虽然它的书名朴实平淡到无趣的地步，甚至让人觉得这会是一本传授“阅读理解”技巧的“永字八法”，但一旦细读，不仅这一偏见顿消，随之而来的惊喜更是应接不暇。

作者托马斯·福斯特是美国密歇根大学的教授，教授英美文学、当代文学、创意写作等课程。他的身份以及他起的书名（尤其是原书名：*How to Read Novels like a Professor*）确实让这本著述有了被误认为是学院教条产物的危险。但福斯特教授在前言中就驱散了这些嫌疑。“不是所有的动物都是猪？”这样的题目居于这本严肃读物的扉页，让人无所适从，但阅读和探究的兴致一下子被挑动起来。

福斯特在这个令人兴奋的标题下，幽默但沉着地陈述了这本著述的脉络和主题——我们怎样进入小说这一特殊同时平凡的文学体裁，怎样与小说的作者“协作”，赋予小说活力，同时也充实我们自己的生命。福斯特所走的路线并不时新，其中依稀可见接受美学、英美新批评派等学说的影子，然而却绝不是号召我们聚集在某一文学批评流派的大旗下。他兴致勃勃地谈论着他在小说世界里的所见所感，深入浅出又灵动随性。那些看似的闲扯往往暗藏着戳中要害的睿智，让读者心里那些似有若无又难以言表的感受显了形。

我很喜欢福斯特给他的这些散论所起的篇名："在最明净的地区，你不能呼吸”“这里谁说了算”“永远不要因为叙述者说话就相信他”“一个安静微小的声音”“当好小说里有大坏蛋”“有生命的句子”“淹没在意识流中”“谁动了我的小说?”“混沌的结局”……这些让人无法“顾名思义”地料到文章主旨的篇名，倒正显出福斯特不拘一格的视野和激荡的才情。“太阳底下并无新事”，但太阳底下的一切依然熠熠生辉。尽管福斯特对于小说的解读和路径无外乎那些老生常谈的要素——语言、结构、情节、开头、结尾……然而，福斯特的思想具有着“离心”的发散性，而非“向心”被困于这些要素本身。他会在每个篇章内总结一条规则，诸如："听懂声音的法则”“宇宙关联法则”“叙述不可信法则”“坏角色法则”……但这些法则的存在并非要给我们指明阅读的途径，相反，它们让我们意识到阅读途径的“法无定法”，继而引诱我们寻觅那条属己的路。

所以，这些散论里常常充满耐人追寻的问号：如何捕捉小说的叙事角度？如何从用词特点中识别出一个作者？如何在看似“肤浅”的表面下触摸“冰山”下暗藏的含义？为什么小说常常要设置“坏蛋”的角色？……但显然，福斯特投注的焦点并不在于解开这些问号。他提出问题，阐述自己的见解，追逐某些可能性，但同时展现出其他有待追寻的可能选项。于是，回馈我们的好奇心和求知欲的并非这些问题的答案，而是在求解过程中，意识到的“自我”的重要性。福斯特深知读者的个性之于阅读，就如作家的个性之于写作，就像他说的：“角色如此鲜活，是因为我们的存在如此鲜活。”这个观点或显或隐地嵌入了这部看似纷杂的著述，成为其内在的脉络和精神主张。就这样，细腻的文本解读和抽象的精神指向形成了一种独特张力，让这部被划归在“理论”之列的著述，充满了让人惊奇的活力和魅力——它就如同一本充满了跌宕情节的故事集：一个经历丰富的智者向你讲述他与小说的种种邂逅和奇遇，以及这些经历在他的思想和生命中留下的烙印。

艾略特说：“阅读是创作的共谋。”尽管这个道理千百年来曾被众多作家、批评家、哲学家们以各种方式阐述过，但我还是要说，福斯特的呈现方式让人兴致勃勃，并且跃跃欲试。他从更高的文化精神层面来看取小说的阅读，于是“如何阅读一本小说”，不仅让人重新起意要探寻那些在既往的阅读途中被遮蔽的风景，更成了我们反观和探究自己心理世界的入口。

做自己的观众
——纳博科夫《塞巴斯蒂安·奈特的真实生活》

提起纳博科夫，大多数人的第一反应会想起那部《洛丽塔》。对于《洛丽塔》的记忆如此深刻，题材的因素要更甚些。但纳博科夫绝不是一位以题材取胜的小说家，看过他的《塞巴斯蒂安·奈特的真实生活》，就会深刻体会到这一点。

这是一个情节简单的故事。故事里的第一叙述人“我”是故事主人公塞巴斯蒂安的同父异母弟弟，为了反驳传记作者古德曼对已故哥哥塞巴斯蒂安·奈特的歪曲，决心为哥哥写一部传记。于是“我”遍寻哥哥的遗迹，致力于呈现一个“真实”的塞巴斯蒂安。但是在这一追寻“真相”的过程中，呈现的似乎不是塞巴斯蒂安，而是“我”的所思所想，“我”俨然才是真正的故事主人公。

这种“戏拟”传记的写法，实在是对于那些自诩传记能记录真实人生的文学家们的莫大讽刺。就像书的腰封上所写的这是对“迷幻文学侦探小说的反常滑稽模仿”。

于是，讲什么样题材的故事就显得在其次，怎么讲这个故事，就引得人千回百折地去思量。纳博科夫是一个会讲故事的人，如果我们试图转述他的故事，那么很可能只会剩下一个精巧的构思。就像他的另一著述《绝望》的中文版译者在序里所言："从A点到B点他采取最绕道最困难的路线。"这路绕得却绝不是没有来由，而是"有意味的形式"。在寻找真实的塞巴斯蒂安的过程中，纳博科夫那华丽而简洁的叙述方式，带给人的是关于对时间、爱、死亡和艺术这些永恒主题的思量。于是在这个简单故事的每一步进展下，"不是水泥一样厚厚的事实，而是这里那里布满一颗颗尖利的石子，灵魂在上面颠簸不止"。

讲别人的故事，阅读自己的灵魂，纳博科夫在这样的一本"戏拟"传记中，将文学写作的"作者主观性"问题推到了前台。这让人想起陀思妥耶夫斯基的小说中，主人公的意识与作者的意识往往是平起平坐的，故事主人公对于作者而言不纯粹是被创作和附属的关系。这通常被称为"复调小说"。只是，纳博科夫的创作，似乎没有那么千头万绪和沉重。他依托着小说中的"我"，道出真实生活的种种困惑和对于生活真相是否存在的疑虑。在一种严肃的戏谑中，"我"在一步步搜集揭开真相的线索，却发现归根结底这一过程只能显现"我"的灵魂颤动。于是，"我"扮演着传记叙述者和故事主人公的双重身份——这小说仿佛是一个舞台载体，供叙述者记录下寻找真实的塞巴斯蒂安的过程，然后叙述者翻身下台，做自己的观众，去解读自己在追寻真相过程中的心灵悸动和思虑起伏。

而“我”与纳博科夫本人之间的交集就更是处于一种若即若离中，因此这本小说一直以来被认为带着纳博科夫“强烈的自传色彩”。于是戏里和戏外的故事似乎在重合中又间离，时间之狱和自我局限在此被揭示，同时被忽视。

米兰·昆德拉曾经说：“小说唯一的存在理由是说出唯有小说才能说出的东西。”纳博科夫通过这一奇特的小说，进行着对于人生存在之境的思考式探询。如他所说：“我不用任何语言思维，我用意象思维。”

小说结尾，“我”接到作家的病危电报，匆匆赶到医院去见哥哥最后一面。当“我”站在病床前思绪纷飞时，护士却告诉“我”，那个叫塞巴斯蒂安的俄国人已于前一天去世，现在躺在床上的是一个不相干的病人。正是在这一瞬间，“我”恍然大悟：“任何灵魂都可能是你的，只要你发现它并跟它一道呼吸”，于是，“我就是塞巴斯蒂安·奈特”。也就是说，所谓的客观真实是永远无法企及的，对个人而言，只有感受过的东西方才具有真实性。

看似荒诞的结局，却如一剂清凉油，道出了纳博科夫隐晦却始终坚持的追寻——通过一个想象出来的人物对存在进行思考，最终却发现最难的是对自身的确证——“在灵魂不可测知的无穷之前，没有些许惊奇；在自我与自我身份的不确定面前，倒有这般惊讶”——这是另一种不可承受之轻。

表演者和观众的身份或许本就是不可界定的，人生如戏，戏如人生的喟叹在严肃的戏谑中显得如此晃眼。只是，又有几人能清醒地“做自己的观众”，认识真实的自我呢？

暗合心底的密码
——高更《诺阿诺阿——塔希提手记》

真正的艺术，是将你刺痛，并让你觉得自己是孤独的。读高更的这部《诺阿诺阿——塔希提手记》就有着这种被刺痛并孤独的感觉。尽管“诺阿诺阿”用塔希提土话翻译是“香啊香”的意思，尽管高更是在意图记载一段他在塔希提度过的幸福时光。

高更一生命途跌宕。他当过水手，也曾在巴黎的一家银行工作。二十六岁开始画画，继而辞去了银行收入颇高的工作，专心于艺术创作。他的丹麦妻子因为无法忍受生活的拮据离他而去。高更贫病交加，却更痴迷地寻找契合自己心性和艺术创作的乐土。于是远离法国文明、质朴又“原始”的塔希提岛成了他不二的选择。

说高更的人生富有传奇色彩不假。他曾经拥有那么多，又失去那么多，但所得所失之间，唯他自己知道孰更可贵。而在我看来，他的人生经历却是那么自然而水到渠成，甚至有种必然的意味。因为，对高更来说，他从来没有刻意去创设自己的艺术风格，他的一生都在追寻，追寻符合自己内心世界的艺术表达方式，也追寻适合他艺术创作的生存情境。

所以，我们才可以理解，为什么当高更的画在巴黎少人问津时，他所思忖的不是改变自己的风格，而是决定离开令他窒息的欧洲艺术氛围，到“蛮荒之地”去寻找人的本真。

所以，我们才不会惊讶，为什么这本手记的风格与高更为此书所做的配图会那么如出一辙——灵动而简练，粗糙而清新，他的文字仿佛有着绘画般的浓烈色彩。

于是，这本手记中的文字与画互为注脚，让我们身临其境地感受到他在这“蛮荒之地”的生活与艺术创作是怎样的如鱼得水——为塔希提少女画肖像时的悸动，与当地小伙子砍树时觉察到的自己被压抑的野性，和当地人一起捕鱼时的遭遇，与自己的塔希提妻子间种种神秘甚至诡异的不同……高更从一个局外人，渐渐变成了“毛利人”。他太向往这种带着野性、看似“原始”却摆脱了所谓文明体制的约束的生活了。塔希提岛的一切像是暗合了高更内心的密码，让他的灵魂受到感召，改变了他的生活，促发了他的艺术灵感，也使他的创作摆脱了之前印象派的影响，找到了属于自己的艺术风格。所以高更的一系列代表作都会诞生在这一时期。

荣格曾经说过：“不是歌德创作了《浮士德》，而是《浮士德》创造了歌德。”同样，正是塔希提的气息成就了高更，只是可以想见这其中的五味杂陈，因为在高更那色彩艳丽的画作之后有种无可遁形的落寞和孤寂感。

高更最终是为了维护土著人的权益与法国殖民当局发生冲突导致心脏病突发而猝死在塔希提岛的。“诺阿诺阿”——“香啊香”，犹如高更对生命中这段特殊时光的叹息式的礼赞，他或许是死得其所的吧。正如意大利著名美术理论家文杜里说的那样：“高更在塔希提的生活缩短了他的生命，却拯救了他的艺术。”

通往奥威尔文学世界的后楼梯
——《奥威尔日记》

提及英国作家乔治·奥威尔的名字，脑中最先映现的是他的《动物庄园》和《1984》，以至于一开始翻阅这本《奥威尔日记》时，我满以为能从中窥见他小说的影子，或是一探他创作时的思虑和意绪，但很快便发现这本日记并非其小说创作生涯的脚注。

《奥威尔日记》完全是奥威尔写给自己看的一部日志，朴素、细腻甚至琐碎。这样的特质意味着，作为日记作者的奥威尔比起作为小说家的奥威尔，对于创作技法或是文辞的关注会更加游离，如这本集子的编者彼得·戴维森所说："在将奥威尔的日记呈现给读者时，我尽力保留奥威尔作为日记作者而非那个完美作家的某些典型特征。"然而，正因此，我们得以潜入奥威尔的真实生活，这生活是粗糙的，却植根于大地，并且奠定了奥威尔的人生坐标。

这本集子汇集了奥威尔从1931年直到去世前的1949年间所

保留下来的几个阶段的日记——记叙1931年在肯特郡摘啤酒花日子的《摘啤酒花日记》，记叙1936年踏上前往威根的旅程的《通往威根码头之路日记》，五卷记录日常生活的《家庭日记》，以及与“二战”相关的《战前事件日记》和《战时日记》。

在序中，编者谈道：“奥威尔一生执着于写日记和记清单。”事实上，这本四十多万字的集子，还只是奥威尔的日记中得以保留下来的那部分。但这并非一本资料汇编。事实上，我们通过这些日记不仅能了解奥威尔的生活内容，更能从中捕捉到其人生理念乃至文学创作的底色，以及那些秘不示人的心念转折和思虑所在。

尽管这些日记中没有明确谈到奥威尔的小说创作经历，但其中的蛛丝马迹依然能在奥威尔的文学世界找到端倪——《家庭日记》中，对于田园生活的天然热爱，对于动物、植物的兴趣，都被他带进了《动物庄园》，甚至在《家庭日记》中屡次提到的那只叫M（穆里尔）的山羊，也和《动物庄园》中的山羊同名；而对于战事的关心则又显露出奥威尔强烈的社会责任感和政治敏感度，他对于社会制度等方面的思虑因此而显得有理有据，于是《1984》这部面向未来的小说中的许多预言竟在之后漫长的半个世纪中不断成真。而他的观察和记录正奠定了他的“文学幻想”的现实源头，譬如他在《战时日记》中记录的国家信息部正是《1984》中“真理部”的原型。

但这些生活与文学作品间细枝末节的对应，并非这部日记的真正价值所在。优秀的作家，往往是将自己对于人生的认识无形地化入文学作品中，尽管这些作品有时看起来会与他呈现在众人面前的处世风格全然不同。奥威尔当属其中一例，而他的日记正是通往他文学世界的后楼梯。

奥威尔的日记中，蕴藉着一种悲天悯人的情怀。尽管这看起来与《动物庄园》和《1984》中辛辣的政治讽喻和黑色幽默毫不相关。这一情怀在《摘啤酒花日记》一章中得以尽现。奥威尔以平静的笔调记录着自己如何露宿街头，如何采摘啤酒花，如何在收容所里生活，如何下到矿井浑身沾满煤灰……奥威尔似乎是一个有流浪汉“情结”的人，从二十多岁开始，他就屡次深入贫民窟，与那些潦倒落魄的人生活在一起。我曾经以为他是刻意体验生活，以拓展自己的创作素材，但这部《摘啤酒花日记》的记叙如此自然平实，没有优越感，更没有居高临下地俯视那些身处社会底层、“被侮辱与被损害”的民众，仿佛他生来是其中的一员。这让我开始意识到奥威尔所怀有的悲悯之心出自本然，他那“一代英国人的冷峻良心”的头衔并非浪得。正因此，他才会深感极权主义对于个人的压迫和社会的不公，才会如此倡导民主社会主义。而这些思想都扎根在了《动物庄园》和《1984》的内核之中，只是幻化的方式特别而耐人寻味，而奥威尔的小说因此拥有了面向未来的开放性。

法国艺术史家福西永曾说：“对我们来说，伟大人物的活动必然拥有某种神秘威望，我们总想在他们的生平细节中寻找这种神秘要素的关键所在。”看似互不相关的《奥威尔日记》和奥威尔的小说之间正有着某种隐晦而“神秘”的关联。而这关联正是我们了解奥威尔并且真正读懂他作品的钥匙。

因为孤独，所以完满
——保罗·乔尔达诺《质数的孤独》

柏拉图在两千年前，曾经写下过一个寓言——每一个人都是被上帝劈开成两半的一个不完整的个体。于是他们终其一生寻找自己剩下的那半个身躯，却往往无法找到，因为被劈开的人实在太多了。

其实那个对的半个身躯，往往不是被找到的，而是就这么遇见的。所谓可遇不可求。《质数的孤独》讲述的就是这样一个关于两个“半边”身躯相遇而纠缠一生的故事。数学天才马蒂亚年少之时遇见了同学爱丽斯。他们俩在同伴眼里都是另类，马蒂亚甚至被怀疑精神上是否正常，因为他曾经用刀刺伤自己的手掌，然而这一举动却成了吸引爱丽斯的最初原因。

一个人的美餐可能是另一个人的毒药。马蒂亚和爱丽斯之间的诸多旁人不懂的举动，便只他二人理解并且互相欣赏。于是他们的关系无法言传。是爱情吗？双方却始终没有点破，直到马蒂亚去了异地寻求前途，直到爱丽斯嫁人。然而他们之间却有着比爱情更深的默契和关联，不因着现实的关系或是距离而有丝毫的蜕变和削弱。

一开始读这个故事时，我忍不住想，既然马蒂亚和爱丽斯有着如此不足为外人道的深厚感情，为什么不说破，不在一起呢？为什么爱丽斯后来与丈夫分开，重新唤回马蒂亚后，两人最后还是不动声色地分开了呢？

掩卷沉思，我渐渐明白自己的想法似乎很愚蠢。

最深的默契和感情，也许并不适合现实上在一起。这看似是一个关于爱情的故事，其实却是一个关于“领悟人的本质是孤独”的故事。

书的扉页上写着“献给埃莱奥诺拉，因为我答应过你要保持沉默”。我无从查询埃莱奥诺拉为何许人，却在读完小说后明白，“保持沉默”往往蕴藉了最深的情愫，因为在最深的情愫面前，语言是苍白的，如同马蒂亚和爱丽斯之间千丝万缕却无法言表的关联。于是，作者笔下的数学天才马蒂亚，在自己的数学世界里，找到了可以比喻自己和爱丽斯关系的代码——他相信自己是质数中的一个，而爱丽丝正是他的孪生质数。“质数只能被一和它自身整除。在自然数的无穷序列中，它们处于自己的位置上，和其他所有的数字一样，被前后两个数字挤着，但它们彼此间的距离却比其他数字更远一步。……‘孪生质数’是离得很近的一对质数，几乎是彼此相邻。但它们之间有一个偶数阻隔它们真正的亲密接触。”

确实，马蒂亚和爱丽斯之间的关系再没有比“孪生质数”更为贴切和耐人寻味的代码了——孤独而失落，虽然接近，虽然默契，虽然懂得彼此，却不能真正触到对方。一旦真的触到了，他们就都无法继续做自己。

质数因而注定是孤独的。

但是如果能够真正相触就不孤独了吗?

不。相拥着的人，可能是寂寞的，而孤独的人，却可能拥有着别样的幸福。

有哲人曾言，孤独和寂寞不同，寂寞会恐慌，而孤独却是饱满的，甚至是完美人生的开始。

马蒂亚和爱丽斯显然深谙孤独对他们的重要，于是他们彼此接近，分开，再接近，再分开。别人固然无法懂得他们，但是他二人之间的若即若离却蕴藉着最深的相知相许。爱着并且孤独着——他们看似荒诞却真实的爱情，却击中了那些能够体味孤独意味的人们，于是，这本保罗·乔尔达诺的处女作一经出版，就获得了意大利最高文学奖斯特雷加奖，并迅速成为欧美超级畅销书，同名电影也在2010年的威尼斯电影节上首映。

孤独是一种境界，如果这个世上有一个人能懂得沾染着你的气息、属于你的孤独，就是人生最大的幸事。两个被劈开的“半边”身躯，也许能够彼此相遇，却往往不能够再被拼在一起了。

因为孤独，所以完满，可叹这种因为孤独而获得的完满竟往往可望不可即。

安妮的不凡与平凡
——锡德·雅各布森、厄尼·科隆《安妮·弗兰克》画传

在通常的印象里，人物画传是一种特殊的传记体，轻松直白但同时贴合人生的样态——生命历程本就是染有各人指纹的图景。只是当看到这本为《安妮日记》的作者所著的《安妮·弗兰克》画传时，还是禁不住一阵茫然。《安妮日记》太过著名，以至于一旦念及，那种沉痛的气息和阴郁的影子总挥之不去。画传轻松的格调和安妮悲剧的人生，实在无法产生协调的关联。但《纽约时报》的畅销作者锡德·雅各布森和厄尼·科隆却似乎并不畏难。

《安妮日记》之所以如此广为流传，不仅因为其中记录的纳粹暴行铭刻下人类历史上惨痛的一页，更因为其中隐现出来的安妮的明媚和智慧，让人不忍直视罪与美如此残酷的并置。如果说《安妮日记》如一面内视镜，它的第一人称的叙事视角让我们从安妮的眼中亲历了这一段历史，那么这本《安妮·弗兰

克》的画传引领着人们从安妮的内心世界里退出来，客观地追溯在写作这本日记之前和之后，安妮的人生命途。

薄薄的小书从安妮父母的故事说起，安妮早年在法兰克福的幸福生活、纳粹的得势、战争的愈演愈烈、安妮在密室中那段虽然憋闷却依然美好的家庭生活、安妮一家遭出卖后被捕、在集中营里的非人经历和悲惨死亡，直到安妮死后日记被出版后所引发的极大关注，在这百余页的篇幅中，安妮的人生全景倏忽之间被呈现了出来。但这种简明的俯瞰却并不意味着概略和粗糙。事实上，看起来简单却能打动人的表述，背后往往潜藏着深情和事实。

作者雅各布森和科隆多次深入位于阿姆斯特丹的王子运河街263号。这个狭小的地方就是安妮一家为了逃避纳粹逮捕而藏身的密室，《安妮日记》记录的就是安妮在这密室中的岁月。如今，它已经作为博物馆向公众开放，名为"安妮·弗兰克之家"。他们在这里寻觅安妮及其家人当年的足迹和气息，并仔细研究了"安妮弗兰克之家"所建的虚拟博物馆的一部分——"在线密室"（一个三维的在线程序，可供访问者探索这栋建筑，并提供各种房间、实物以及在这里发生过的往事的说明）。所以，尽管厄尼·科隆的画风介于卡通和写实之间，我们还是感受到其中坚实的历史依据。两位作者还特别在书中登载了大量罕见的安妮及其家人的图片，并在许多个描述安妮生活的生动情境中插入严肃的历史背景交代，这些都让这本书有着一种奇特的张力，在严肃和活泼、历史和虚幻中交错。

这种矛盾和张力正是这本书的底色。在我原先的臆想中，这样一本画传会选择一种更为逼真的画风，或者如大多数人能想到的，会将色调设置成黑白。然而，扼要的文字讲述配以的却是风格相对明朗的彩画，尽管在讲述安妮在集中营的生活时，画面的冷色调渐浓，但依然不会改变这本书的格局。我想，这并非只是因为作者考虑到绘本会是许多孩子了解这段历史的重要资料。他们赋予这个绘本的基调，让我们隐约体味到作者内心深处的情怀，即使这也许是无意识的——战争是残酷的，但生命依然是美好的。

托马斯·曼曾说："在我们的时代，人的命运是以政治方式来表述其意义的。"这仿佛预言的论断，却渗透在人类的各个历史阶段，也成了安妮人生的谶语。尽管安妮原来那么活泼开朗，那么独立而有个性，但最终，她死于非人的暴行，命运与这场令人发指的暴行交织纠缠。这本画传用一种易于让人接受和进入的方式，将安妮的人生推到了前景，而不再隐没在历史的宏大叙事中。于是从个体的角度，我们更深切地触摸到那段历史，体味到法西斯暴行的惨绝人寰——没有什么比目睹一个鲜活明媚的花季少女在战争中的消殒，让人更为悲愤和感慨的了。在这个层面上，这本画传与《安妮日记》引发的效应和产生的影响一脉相承。

作者选择这样特别而简明的方式来表述这样的悲惨事件，并不是出于偶然。雅各布森和科隆曾经合作撰写《图绘9/11报告》《9/11之后：美国对恐怖主义的战争（2001—）》等著述。他们似乎倾向并善于以绘本的体例来聚焦战争或是与战争相关的事件，这无疑可以让更多人（包括成年人）捧读起这些残酷题材的读物，更易于这些现实版故事的流传。但这一表达方式本身就深有意味——普通平易的绘本，描摹着看似离我们遥远的战争和暴行，这种充满悖论的并置让人隐约意识到，命运的无常和脆弱正是我们每个人都要面对的宿命。就像，安妮在日记中所显现出来的她对生活的热爱和渴望，对于自己人生的定位和抱负，突然间就被无情地掐断；而那些在“9·11”事件中丧生的人们，一定也有着美好和乐的人生梦想，却如此轻易地被卷入了毫不相干的灾难中。从这个角度而言，安妮是不凡的，但也是平凡的。

在书的扉页，撰写者雅各布森写道：“我想把这本书献给我的孩子塞思和凯西，如若不是幸运地生活在另一个时间与空间，他们也许也将遭遇你们即将看到的这对年轻姐妹的悲剧命运。”而绘者科隆则写道：“看着我的儿女们长大成人，我深深感到安妮·弗兰克和她的姐姐失去了什么，亦更加清楚地懂得，对我们所有人而言，这是一种多大的损失。”他们将这种对人类命途的感慨和悲悯、对人生的珍惜和反省以及许许多多复杂的情绪，都化在了他们的文字和配画中。或许正是因为太过复杂，他们才会选择这样一种看似简单的表述方式吧，如理查德·艾尔曼所说：“任何强烈情感的欲望，都应由其相反的情感来发泄。”

中国艺术的“手绘地图”
——福开森《中国艺术演讲录》

要在极其有限的篇幅里统摄庞大问题，诸如一个民族的艺术情状的著述，往往最后只能在浅尝辄止的境地止步。《中国艺术演讲录》的尝试却让人欣喜。

集子汇集了近代赫赫有名的中国文物收藏家和鉴定家福开森于1918年在芝加哥艺术学院所做的六次关于中国艺术的演讲。今天的我们对于福开森并不熟悉，但在当年的中国艺术文化界他却是不二的风云人物。他出生于加拿大、自幼移居美国，却与中国有着极深厚的情缘——他的一生中有五十一年的光阴是在中国度过的：他主持沪上《新闻报》三十年，是南京大学和上海交通大学的创校元老，而现在上海市中心的武康路，旧名就是“福开森路”。

文化的传承具有根植性和排他性，所以如果要了解异域的艺术文化，“蜻蜓点水”并不难，难的是深入传统的内核、融入当地的文化群体。福开森做到了。他与当时的中国士绅和文人阶层交往甚密，并由此得观大量的艺术珍品，掌握着翔实的一手艺术资料，中国文化的精神内蕴和气息潜移默化地沉潜入他的内心。福开森七十岁时，画家李育灵为其画像。画中的福开森虽有着洋人的容貌，但其衣着、身形、气韵已与中国文人并无二致，而整幅画的留白、款式也都是典型的中国式。这幅造像就像是福开森与中国艺术关系的隐喻：尽管“和而不同”，却尽受浸染，深得其味。

这本演讲录的题材属于介绍中国艺术的入门读物。初翻它的谋篇，确也泛泛：依据的是大家在初识中国艺术时常会依附的支脉：“青铜器”“玉器”“石刻”“陶瓷”“书画”和“绘画”。但是平淡的不一定无奇。福开森的睿智暗藏在他浅近的语言之下，散发着内敛的光芒。对于中国文化和艺术的精神主脉的独立拿捏令福开森虽然依循着“骨感”而大而化之的框架，但论说却是“丰满”的——他可以旁征博引许多历史故事，也可以列举出被我们忽略的故宫博物院的某一件藏品来作为其论点的例证。他就像是在用自己的笔墨描摹一幅中国艺术的地图。地图上的每一个“标注点”，都不再只是冰冷的符号，而是多面多义、浸染着历史的风霜。所以，福开森的描摹，除了精准、切中肯綮，还有着鲜明的个性色彩，而“手绘”就成了这幅地图最为耐人寻味之处。

手绘，因而即使福开森选取的“标注点”并非全新，“标注方式”却常新鲜别致——譬如，“中国画立足于记忆性复现和想象性重构，而不是对模型或模特做精确的摹写”的观点，许多大家比如贡布里希都曾论及。但福开森通过构想《仿真图》和《宋人虎图》的成画过程来试图还原中国文人作画的过程，生动可感又余味悠长。

当然，“个性鲜明”的潜在弊端是“主观”以及因此可能导致的偏见，特别是对于具有着天然且深厚的西学背景的福开森而言。好在他的西学背景不仅没有成为他研读中国艺术的屏障，反而令他越发领悟到中国艺术的本质所在——在他的视阈里，中国艺术精神的代代相承是中国人的天赋，所以中国的艺术深植于中国的土壤。于是，西方艺术的种种标准和情状，不是评判中国艺术的标尺，相反，是作为一种“视觉经验”而更显现出中西方艺术的“区别性特征”。

所以，在这本著述里，他会质疑西方学者对于中国艺术的评判——他驳斥布谢尔认为的中国青铜器大多粗鄙笨重，提出虽然这说法不错，但这是因为古代统治者和世族对于青铜器的需求庞大，而我们依然可以发现不少足以媲美希腊铜器的青铜器，因而“古代中国人确实具有出色的造型感”。但他并非只是偏向中国艺术和中国专家的阵营，深厚的中西方学术根基令他不会盲从和迷信任何一方的既有观点——他只信赖自己的眼光。即使面对的是已经盖棺定论的观点，他还是要经由自己的独立思考延展伸发：他同意中国专家们对于夏商周青铜器特点的概括，但同时认为“这只是当时社会风俗和习惯的一般特征，而不是由此产生的青铜器之艺术品质的一般特征”，因而，“公元前255年（东周亡）之前的青铜器没有进一步分期的必要”。这种在观点论争和考辨上的独立精神弥漫在整部著述中，令这本“入门读物”蕴藉丰厚。

尽管福开森对中国艺术的理解几乎深潜入其神髓，但在字里行间依然掩盖不住这本著述的“异域气质”。事实上，福开森也并无意于“掩盖”，这也正是“手绘”地图的笔墨意趣所在——他用济慈的诗来注解中国山水画，用斯宾塞和丁尼生的名言来体悟关仝的山水杰作。这些灵光乍现的“荡开一笔”，让我们对于中国艺术在人类艺术史中的格局有了亲近而切实的感受。一时觉得，艺术的国界如此模糊，因为人类的心灵如此相近。

当然，手绘地图注定无法拥有“全知全能”的视角，但艺术需要的，正是这样一种自信而独到的触碰。或者说，这部集子本身就昭示出艺术是在论争中获得永生的。那些碎片化却带有体温的“标注”，吸引着我们停住脚步，重新注视这古老的艺术胜境。

“小人物”们的芳华
——严歌苓《芳华》

严歌苓的新作《芳华》讲述了一段发生在部队文工团的青春往事，却击中了许多未曾有过军旅生活的人的内心——她的小说总是善于戳中人心的要害，这就是为何她虽不是顶尖的小说家，作品却极易流传。

这个发生在部队文工团的故事，讲述了20世纪70年代，一群正值芳华的少男少女如何在那个特殊的年代中一起成长。但此处的“成长”并非单向度的褒义词，而是包裹着懵懂、激情、自私、嫉妒甚至腹黑等等的复杂特质。这复杂与人性的真实等量，而在军营里，这种真实显得尤为耐人寻味。

将文工团作为预设背景，自然少不了会牵扯起一众女兵的人生，但严歌苓最终的笔墨要义却是落在一个外号“雷又锋”的男兵刘峰身上。他那样热情而谦逊，善良而淳朴，永远及时地尽一己之力帮助他人。女兵们一边需要着他，一边却暗自不愿相信他的人格真的如此完美。当刘峰向爱慕已久的女兵林丁丁示爱并试图“触摸”她的“丑事”败露后，大家开始了一场“狂欢”式的批判。但义正词严、冠冕堂皇的背后是众人在寻求心理上的平衡：原来刘峰也有龌龊的一面，也不过如此。就这样，原本荣誉满满的刘峰一夕之间堕入深渊，人生从此反转：被下放，在战场上失去右臂，下海做盗版书的生意，孤独潦倒……

这样的故事，在严歌苓的笔下让人读起来一时不知如何拿捏爱憎。对刘峰同情、敬佩？好像那些幸灾乐祸的心态也曾经在你我心间以某种方式留存过。对那些“忘恩负义”者唾弃、怨憎？又觉自己太过凛然和虚伪。或许正因如此，《芳华》才显得动人。

文学批评家迈克尔·伍德曾经写道：“小说是自由主义的，是非指导性和暧昧模棱的，它专注的是人类的行为和动机的复杂性。”我曾暗自揣摩，也许作者下笔时有着自己分明的爱憎，但也明白终究无法左右读者。因为她虽然依托了一个特定的情境，几个具体的人物，要探究的却是最隐秘也最普遍的人性。于是，虽然绝大多数读者与小说中人的经历并无交集，但这种疏离却提供了更合适的距离，引得每个人都主动去发觉内心那些有意无意被掩埋起来的角落。这正是文学的魅力——忧伤而慷慨，“是呈现个体存在的完美中介，反过来也是描绘群体经验的近乎完美的中介”。（托马斯·福斯特语）

除了刘峰，小说里还有另一个与之构成呼应的人物何小曼。这个人设，初读时几乎觉不出作者的有意着重，然而越往后，她的命运就越和刘峰盘根交错，以至于最后，会惊觉到她跟刘峰有着最要紧的相同特质——被侮辱与被损害。或者说，何小曼的灰暗人生更决绝地显露出一种无望的悲哀，这种悲哀其实暗藏在包括刘峰在内的许多人的生命历程中，甚至那些曾经不可一世地伤害过刘峰和何小曼的人，也终难逃脱。于是，严歌苓笔下的人物，无论是出于私利的互相揭发，还是对于弱者的嫌弃，似都有着可以被谅解的理由。作者的笔端，带着温情，不仅是对刘峰和何小曼。这明白无误地显现出作者对于人性的理解，尽管温情之下，难免有着理想化的弊端。

刘峰和何小曼的结局，忧伤，但是平静。而那些当年并不义气，甚至欺侮过他们的人们，终于慢慢认知到人性中的可贵和可恶。用伍德的话来说："小说或许描绘的是黑暗的世界，但让读者留在光亮之中。"

在军营中度过青春岁月的严歌苓，虽然之前写过多部与这段经历相关的小说，却是第一次从第一人称"我"的角度来叙述。这分明带有更浓重的自传性质。但常常就在我们陷落在故事情境中时，严歌苓会出戏地说些诸如"我不止一次地写何小曼这个人物，但从来没有写好过"之类的话。这让人在小说的虚构度和真实性之间来回摇摆，乃至迷失。严歌苓有意让人无限贴近她笔下的故事，又适时让人葆有反省的距离——我们或许是她笔下的某一个人物，但又不都是。布罗茨基说过，我们都小于"一"个，是的，但"小人物"们的芳华，却有着刻骨的真实，因而生机勃勃。

“真理从不简单，也并不清白”
——萨拉·沃特斯《指匠》

衡量一部小说是否成功的标准有许多，但最根底和最朴素的一条就在于它是否诱人，是否能让读者迅速坠入作者笔下的虚拟世界。《指匠》无疑是让人一上手就要提气读完的小说，尽管它长达四十五万字。

“指匠”一词，在小说中是第一女主人公的化名，通常这样的化名必定语带双关——开篇不久，作者就借小说中人之口言明：“指匠，在我们波镇就是小偷的暗称。”这部关于骗子和骗局的小说，却是让我们从一开始就“悬置了怀疑”（柯勒律治语），心照不宣又心甘情愿地沦陷在这个发生在维多利亚时代的故事中。

故事以第一人称“我”的口吻展开。在伦敦波镇的一个贼窝里，“我”，一个女绞刑犯的女儿苏珊，与外号“绅士”的骗子，密谋去一户有钱人家骗婚骗财。“我”的角色是充当那户小姐莫德的贴身女仆，任务是帮助“绅士”骗取莫德的爱情。当

“我们”快要得手时，剧情却开始惊天逆转，“我”才是被骗的对象，“绅士”与莫德竟联手将“我”送入疯人院，继而双宿双飞。当“我”历尽波折，逃出疯人院，重返波镇的贼窝，却发现阴谋背后更大的阴谋……

评论家托马斯·福斯特曾言：“在谜一般的小说中，主要人物总是真正的高手。”充满悬念的故事，一旦由涉事主人公亲自讲述，往往就意味着这位主人公的高明和重要，否则，他/她凭什么向读者发出邀约一起去探险解密？当然，这并无法消解第一人称叙述视角的受限，但正是因为这天然的限制，才让整部故事的悬念得以步步深入地存在，而最后的云开雾散也就更加令人期待和激动。

然而，作者萨拉·沃特斯不愧是当今最会讲故事的作家之一，她竟在故事中设置了两个“我”——除了苏珊，还有莫德。这样消除客观性和准确性的手法，在现代小说中并非独一无二的创新，在悬疑故事中却是极为少见。这样一部靠情节来推动的小说，并没有以丧失文学性为代价。

依靠另一个“我”——莫德之口，苏珊视角的盲点被赤裸裸地展露出来。而第一人称的叙述角度，最为容易让人产生幻觉进而自动“代入”，在不知不觉中，读者会追随着“我”历经一切。所以一开始我们就自然地附着在苏珊身上，与“绅士”一起密谋骗局，并且毫不怀疑骗局的进展顺利，直到小说第一部的最后，在惊恐中发现原来与“绅士”更早联盟行骗的是莫德。

当我们还未及在苏珊的茫然惶恐中回过神来，又忙不迭地开始追随起另一个“我”——莫德，重新经历前面的那场骗局，只是角度和规划全然相反。从一开始对苏珊讲述的绝对信任，到此刻的怀疑一切，我们惊讶地发现，在苏珊眼里所看到的那自以为进展顺利的一切——莫德与绅士间的“情感”发展，莫德举止上的种种细节，以及与“绅士”共同计划的步骤，在莫德和“绅士”这里全然是另一派的节奏和景象。那个原本自以为运筹帷幄的苏珊最后反被算计。此刻，我们对苏珊的不解内情抱有同情，但有时又觉得她罪有应得。而对于莫德，就更是复杂——同情和悲悯，理解与嗟叹，渗透在一起，但很快这一切随着莫德发现自己身陷另一个更大的骗局而戛然而止——站在“绅士”背后的更大谋划者居然是苏珊视作母亲，并且拼死逃出疯人院要投靠的萨克斯比大娘！反转又反转的剧情，将我们抛入无所适从的境地——我们再一次被痛击，意识到“我”的视角原来竟如此不可靠，它却分明又对读者有着如此强势的引导和迷惑。在信任与怀疑之间，我们不断游移。

当然，这一切的谜底最终都要被解开。小说的第三部中，“我”的视角又重被移植到了苏珊身上——当莫德的叙述也被置入可疑的境地，苏珊成了最适合揭晓终极谜底的人选。只是尽管最后的结局看起来善恶终有报，真正的骗子和谋划者都以死谢罪，苏珊和莫德的身世也大白于天下，但为何我们并没有感到长舒一口气的畅然和恶有恶报的淋漓快感？

拥有利落的结局是维多利亚时代小说的特质，《指匠》的结局似有此倾向，但区别在于，它并不意图教我们爱憎分明。当我们变换视角，追随不同的“我”经历过这一切的跌宕起伏，会惊觉善恶的边界早就开始模糊。除了一心谋财的“绅士”，对于小说中的人物，我们很难毫不迟疑地盖上“好人”或是“坏人”的封印。每个人似乎都有自己的情有可原，每个人身上都有着“原罪”。这教人想起王尔德的话：“真理并不简单，也从不清白。”而小说中的许多细节，诸如莫德的舅舅逼迫莫德长期为他朗读和抄写情色藏书、莫德与苏珊之间的磨镜之癖，作者都处理得不动声色，但正是在这不动声色之间，禁欲又放荡的维多利亚时代的气息扑面而来，在小说的角角落落氤氲成压抑的氛围。

这赋予了这部小说以哥特式气质——如果要用一种色调来形容阅读感受，黑色是毫无疑问的。从苏珊在伦敦的贼窝，到莫德的布莱尔庄园，充满阴森可怖的气息。但吊诡的是，在这压抑和暗黑之间，我们又隐约看到了一抹温情的亮色——萨克斯比大娘对于苏珊的，苏珊与莫德之间的。当深入这错综复杂的线团，苏珊和莫德的身世之谜大白后，我们更是被两人地位悬殊的母亲对自己女儿至死不渝的爱所震撼——这无关于道德，只关乎本能。

作者对于整部小说的张弛和节奏掌控得当，因而那些精心营造的压抑气氛并没有被封闭起来，而是透进了人性的亮光和空气。因而，爱与罪恶纠结在一起，构建出一种混合又浑然的气息。借用詹姆斯·伍德的话来说：那是“委婉地激烈的、深沉的当代哥特风格”。而作者动用不同的“我”进行的往复叙述，在更深远的层面上，暗示出人之宿命的交错与无妄。

《指匠》在情节构思上的精妙，让读者在阅读过程中充满饥渴，但更难得的是，它的终极目的并非揭晓谜底，而是呈现命运的无奈和人性的丰满。

或许我们谁都无法避免对自身命途乃至世事的片面认知，但本来，再没有什么会比现实人性更为真实感人。即便人性之中会遍布罪恶和私欲，但所幸，爱会救赎一切。

时间的抵制者
——普里莫·莱维作品集

普里莫·莱维是公认的“奥斯维辛最重要的记录者和见证者”。但在我们为他贴上这一标签时，意味着会在一定程度上忽略了令他的“证词”卓尔不群的身份——他首先是一位作家与化学家。

《被淹没与被拯救的》《这就是奥斯维辛：1945—1986年的证据》《扳手》和《他人的行当》，摆在我们面前的这四本集子，触及了文学的多个类型：从思辨性的论文到精准周到的实录，直至小说和散文。这让人意识到，如果只囿于一个切入角度去阅读莱维，势必剪裁掉这位天才太多的丰富性。

阅读一旦不再被预设性的标签束缚，就会变得自在畅然，尽管必然会伴有含混和茫然——这么多的题材和体裁，洋洋洒洒，一头栽进去，像入了藤蔓丛生的密林。好在属于莱维的这片密林的出口并不难觅。这四部集子的内容，虽然表面看起来千头万绪，却被内在的肌理和架构牵制着——作家的敏锐感性和化学家的冷静理智，沉潜在莱维的文字里，它们彼此对立，又彼此扶持，成就了莱维特殊的文体格调。

当然，写作系统的多样，并不代表莱维是一位写作全才。他显然更倾向于非虚构类的写作，那里是最能显露他的文字特点的天地——冷静节制，又热烈感性。面对记忆和现实，他始终在情感与理智间寻找支点和平衡。

这让莱维的小说更显得神秘。小说这个以虚构为地基的世界，并非莱维最擅长出入的界域，但他在其中的载沉载浮正显露出他秘不示人的心理和关注点。《扳手》里的十四个故事情节各异，主人公却一以贯之。这意味着这些故事拥有一致的叙述角度：装配工福索内向“我”讲述自己的生活经历和体验。这些故事大多与他对工作的痴迷和对生活的困惑有关。“我”的人设则是一位作家与化学家，在整部集子里，“我”的位置是一个倾听者。这让人轻易地联想到“我”就是莱维本人的化身。

《伦敦书评》的菲利普·罗斯在对话普里莫·莱维后写道：“莱维会倾听，这位受人尊敬的先生脸上充满难以抑制的好奇。对于福森（即现在译本中的福索内）早在《猴子的扳手》（现译为《扳手》）中对莱维说的话，我十分信服：‘你真是个厉害的人，让我讲出这些故事，除了你之外，我没给任何人讲过。’难怪人们总是告诉他各种事情，而且还没等到落笔，一切就已记录得分毫不差：在倾听的时候，莱维全神贯注，一丝不苟，就像石头墙上的花栗鼠，盯上了什么未知的东西。”

《扳手》中，“我”就是这样倾听着福索内在工作和生活中的种种际遇。福索内的絮絮叨叨犹如独白，“我”的出现则目的明确——回答福索内的提问，或是用自己的知识和经验解答他的难题——“我”仿佛是福索内的捧哏，要让他的故事尽量按照他的轨道向前推进。

与一位姑娘无疾而终的恋情，在他乡工作时与一只猴子交朋友，工人与老板的对抗最后落得戏谑的结局……这些故事本身拥有笑点，叙述却异常冷静，用文中的“我”的话来说：“福索内从来不讲笑话，若是他讲了，那也会是跟冷血动物一样冷的冷笑话。而他也不喜欢别人跟他开玩笑。”

冷笑话，确实是这部诙谐而淡定的小说集的关键词。诙谐，是因为作为旁观者的我们会觉察到其中蕴藉着世事的无常和无奈，从而对之抱有充满喜感的同情；而淡定，是因为福索内的讲述很认真——作为普通人的他，生活确实就是这样。他只是将一些被我们忽略的平常时刻搬上了桌面，仔细回忆和检视。

在莱维的散文集《他人的行当》中，他倾听者的位置更进一步转向了“窥看者”。用他自己的话来说，是他“作为一名好奇的业余爱好者在十余年间的徘徊中所酿出的果实……是对他人行当的侵犯，对动物学、天文学和语言学等无边际的疆土的突袭”。这部集子，语言节制精当，视野却呈现出辐射性，以至于看得到开头，猜不到结尾。集子里的《一瓶阳光》谈论的是各式各样的容器，莱维却将其引向了对于人类特质的思考：能够预见事物发展的才能，是属于人类的特质，“若是要紧扣着容器这个主题的话，也就是说，我们知道如何预见容器，以及内容物‘将会如何’，就在它们互相接触的那个瞬间，我们就会知道它们对彼此会做何反应”。细想，莱维的文学世界也是一个容器，用来安放他的灵魂和思想的容器。当然，这可以引申到任何一个作家、艺术家身上。只是莱维这个容器比较特别，有着文理并重的底色。以这样的底色遭遇人生的种种，必然会诱发其作品特有的气息。

而莱维显然对自己拥有的特殊底色自知且自持。他在集子的开头写道：“如此悠长的化学家生涯，让我很难把自己看作一个真正舞文弄墨的人，然而要是做一个彻头彻尾的化学家，我又太容易为多姿多彩、悲惨或是奇异的景致分神”，于是“我钟情于以不同的、反向的角度去观察世界”，“以人文的眼光检视技术，而以技师的眼光检视文学”。科技与人文间的较量，构成了莱维写作世界的坐标。这更让人肯定，小说集《扳手》里身为化学家和作家的“我”是莱维本人的影子。

当然，比起小说，莱维的散文更淋漓自如地显现出他对于细节的感知力和对日常际遇的关注度。他的目光敏锐，内心灼热，所以常常将我们的注意力引向那些人们已经习焉不察的角落和瞬间。面对平凡，莱维的真挚和对自由的向往，让人动容。而这所有的特质和气息，都在他记录和探究奥斯维辛的问题时以一种爆发的态势集中显露。

在莱维关于奥斯维辛的著述中，《这就是奥斯维辛——

1945—1986年的证据》以及《被淹没与被拯救的》虽非最著名的，却很具有代表性。前者是暴行的集中记录，后者是对大屠杀提出的道德问题的思辩和讨论。

《这就是奥斯维辛》让我们见识了什么叫作“不遗余力”。这本由莱维及其狱友、外科医生德·贝内代蒂共同整理撰写的证词合集，有二人的亲身经历，也有搜集到的其他受迫害者、其家属甚至施暴者家属的资料和说法。并且，材料的体裁各异，从通信、调查问卷乃至后来囚室内部展厅的解说词草稿。莱维有意要凸显证据体裁的纷杂，这种纷杂是对于暴行原生态的还原和尊重。莱维与他的狱友医生竭尽所能地搜集一切证据，心心念念甚至苛求资料的准确度，他理性的一面此刻尽现。

然而，资料无法穷尽，真相也只能接近而无法被决定性地呈现。搜集到的证据越是丰富，对当年暴行的反思就越是多面。莱维将这些反思集中收录在了《被淹没与被拯救的》里。在这部被学者徐贲认为是“莱维写得最沉重的一本书”里，莱维的立足点不再只是还原真相，而是直面人性的复杂。暴行本身的罪恶不容置疑，但是在那些特定又特殊的环境和时刻，人性的深不见底才是最难却最值得探究的。作为奥斯维辛曾经的囚犯和幸存者，莱维的心灵受到异乎寻常的冲击。他目睹施暴者的心灵如何扭曲，也亲身经历过囚犯对囚犯的侵犯和伤害，他甚至对自己的幸存有着一种特殊的“罪恶感”。他将许多伦理问题置于那个特殊的境地，纳粹施暴的手段、人格和道德的困境、语言和文化的价值……在特殊的情境下，这些惯常的伦理问题开始变形，变得让人惊讶和恍然。受害者与加害者的界限于是不再那样决然清晰，因为人性的缺陷并不会因为人所处的位置而有所改变。

回头看，以认识人性为目的的莱维所搜集的证据，不再只是冷冰冰的数据和资料堆砌。他的灵魂和思想在其中穿梭，用菲利普·罗斯的话来说，“本该充满悼念情绪和无尽的绝望，反而充满活力”。莱维的见证不只是为了批判，因为一味批判只会掩埋掉暴行暴露出来的本质问题，而将真相推得更远。他一面尽全力搜罗证据，一面情愿将证据留在歧义和质疑中，而非将它们置于审判的高光之下。所以，越是多读莱维关于奥斯维辛的著述，就越能感受到其中所展现出来的“探索的蓄意落空和谜团的永不可解”（詹姆斯·伍德语）。

含混和矛盾，正是莱维的文学世界让人迷恋的地方，尽管他的文字风格简洁利落。我们就这样被带进重重的悖论和迷雾中，随后渐渐习惯于他忽然的节制或是放纵。莱维的创作是一个整体，他在小说与散文中显露的对于细节的敏感和关注，延续在他对于奥斯维辛的见证和记录中，而他兼具的化学家和作家身份，则赋予了他特殊的观察角度和研究方法，让那一切记忆变得触手生温。是的，记忆，才是莱维面临的终极难题。

在《被淹没与被拯救的》一书的开篇，莱维写道：“人的记忆是一种奇妙却靠不住的工具。”所以，莱维不断变换题材与体裁，为的是“抵制住时间的傲慢，让我们成为习惯长廊里的失眠症患者，并主动从死亡那里挽救事物的生命”（詹姆斯·伍德语）。他的生活，他的工作，乃至被囚于奥斯维辛的特殊岁月，都在这样的抵制中慢慢醒来。

真画者

“眼睛”的蜕变

眼睛常常是一幅人物肖像画至关重要的画面元素之一。常说“画龙点睛”，的确，一双传神动容的眼眸确实可以令整个人物和画面气韵生动。蒙娜·丽莎的微笑如此动人，很大程度上是因为她的那双令人神迷的明眸；拉斐尔笔下的圣母沐浴着圣洁的光辉，因为她的目光如此的安详宁静；伦勃朗的老人像布满了沧桑的痕迹，因为他深邃苍凉的眼神在向观者诉说着曾经的往事……面对着这些在艺术史上久负盛名的作品，我们常常会通过了解背景来理解作品，即想要通过了解这些画中人物和作者背后的故事——画中人的性格、阅历，或是作者企图表现什么样的思绪和情感来阐释这些作品。而这很大程度上取决于在画中人的眼睛中你读到了些什么，读懂了多少。于是，仔细描摹人像的眼睛，便成了绘者赋予其作品深度和情感的重要一步。

然而，从19世纪以来，或者说现代主义初露端倪以来，人像眼睛的作用以及绘者对其的看法逐渐发生了蜕变。这不是一条传承明晰的转变之路，但正是在这各派争鸣的风云际会中，绘画艺术的别样意义慢慢地呈现在我们面前。

首先值得探讨的是那位被誉为第一位在绘画中表达了现代主义美学思想的艺术家——马奈。细观马奈的肖像画，会明显地发现他所绘的人物大多有着凝练的姿态和僵硬的表情。会有这样的观感，若再仔细追寻，便会发现这与他对人物眼睛的处理有很大关联。他不再通过阴影过渡的方式来描摹人物的眼睛，因而对眼睛的处理上屏弃了由来已久的立体感的塑造。他的经典之作《奥林匹亚》常常令人联想起提香的《乌比诺的维纳斯》。但是很明显，提香作品中的那种纵深的雕塑性立体空间被马奈的平面化和缩小深度所取代了。“画面的调子处理十分简略，很少有中间过渡色。看起来像有一种用闪光灯拍摄那刺目和令人惊异的直接效果。”[1]而奥林匹亚的目光显然与马奈对空间的全新理解浑然一体。“奥林匹亚以一种冷漠而大胆的表情，坦然地凝视着观者，这种表情，以令人吃惊的方式，搭起了现实世界与绘画世界之间的桥梁，并且有效地消除了在裸体人物的表现中，多情善感的理想主义幻觉。”[2]僵硬的表情并不代表人物

---

[1] ［美］保罗·韦茨、阿诺德·格里姆奇尔：《现代艺术与现代科学》，选自［美］鲁道夫·阿恩海姆：《艺术的心理世界》，周宪译，中国人民大学出版社，2003，第125页。

[2] ［美］H.H.阿纳森：《西方现代艺术史》，邹德依等译，天津人民美术出版社，1999，第18页。

的眼睛呆滞而不再有光芒，只是将对眼睛的理解从单纯地表达人物内心世界而引向了对一种画面的空间感的全新发掘。

对肖像画人物眼睛的全新认识和阐释在另一位现代艺术先驱——塞尚的手里又有了进一步的发展。塞尚的画往往给人一种说不清的怪异感。这使得很多人在一开始对塞尚的作品怀疑而且抵触。然而，不久人们发现塞尚营造的可能是一个全新的绘画谱系。他的画仿佛是一张绷得很紧的网，在保持人、物基本结构的基础上，对空间进行了一次重构。他试图将无穷深的空间压缩在画面的四边之内，于是三维的问题被转化为了二维平面的分割——让酒瓶偏出垂直线，错动桌布下桌子边缘的方向，或是弄歪景物的透视。在他的肖像画中，对人物眼睛的诠释更可以看出他的这种意图。在他的一些肖像画作品中，人物往往两眼发呆地直视着，观众感到的不再是人物的性格、阅历，也不是作者的思绪和心理，他企图昭示的是一个人存在着或是发生着的印迹，这“既是一种深刻的空间体验，又是一种纯粹的绘画基本语言的全新提炼”[1]。而在他更多的尤其是后期的人物画作品中，人像的眼睛常常被简略和淡化。因为眼睛对一幅人物画而言，实在是太重要了，太容易“有神”了，这就会使得观者自主地去注意和想象人物的性格、心理等画外的因素而忽视整个画面的各个角落和细节，从而造成画面重心的失

[1] 王天兵:《西方现代艺术批判》，中国人民大学出版社，2003，第57页。

衡。这种对画外故事的关注和想象曾经一直是西方人物肖像画所期实现的目标，但是在一种对绘画的全新认识和对空间的重新整合中，它反而成为了一种障碍，使人忽略画的结构。而通过淡化对眼睛和目光的描摹，就可能重新实现绘画的其他成分。总之，“淡化目光，没有情节，空间的结构就从幕后走出来了”[1]。

现代主义的魔幻大师毕加索对于空间结构的看法已经不仅仅是限于将立体的三维压成二维的平面，而是使用各种控制深度幻觉的手段来促成一种三度幻觉的立体和两度绘画平面之间的均衡。所以，他不同于塞尚，要通过刻意地淡化人物的眼睛和目光来凸显整个画面的空间结构，相反，他对眼睛的诠释和整个画面浑然一体。所以，在面对毕加索的人物画作品时，我们会为他所描摹的眼睛所震慑，但同时又被置于画面其他部分和整个头部之间的实际张力之中。

毕加索曾说：“我不画我所看见的，我画我所知道的。”这句话可以作为他对人像眼睛理解的最佳脚注。在早期的创作生涯中，毕加索就已经开始摆脱写实、依凭自己的独到的观察和体悟来描绘人像的眼睛。在《塞莱丝提娜》中，他描绘了一个内心矛盾的妇人，右眼流露出狡猾的自信，左眼则是遭受遗弃的忧郁。这种左右眼明显不一的画法取代了传统绘画中对眼睛

[1] 王天兵：《西方现代艺术批判》，第99页。

在头部的位置固定而对称的手法，预示了毕加索日后在眼睛的对比和构图方式上所做出的创举。比如在《朵拉・玛尔像》中，女主人公的眼睛一边是蓝色，一边却是绿色；在《女人头像》中，人物的一只眼睛注视着我们，而另一只却为一把深插面颊的匕首所代替。

在著名的《亚威农的少女》中，画中人的眼睛被线条简单地勾勒，从中却透出莫名甚至惊恐的神情，这与画中几何形体化了的人体和背景构成了一种既融合又背离的特殊效果。由此之后，眼睛在毕加索看来就更充满了寓意的装饰特质，在他早期作品中闪烁着瞬间光芒的眼睛便不复存在了。于是在毕加索的画中，眼睛可以是一个点，一个圈或是螺旋的圆形，而在他的立体主义时期的作品中，我们最常见到的是眼睛在脸部位置的游移。而鼻子、嘴巴、耳朵等器官便也受此波及，自在游走于任何想得到的地方。比如，《哭泣的女子》，挑衅的牙齿取代了柔软的睫毛，而耳朵在眼睛的下方，这些都让人不由感到那简单勾勒的眼中发出的贪婪的目光。而更多的作品中，眼睛是在脸的同一侧的。会这样描摹眼睛，全是基于毕加索对视觉和空间的全新理解。“观者的视觉扩大到了包括好些不同的视图，好像正在从一个点移到另一个点，时而朝上看，时而又朝下看，现代对于知觉的研究已经证明，这就是我们实际上看东西的方式——不是位置固定的，包罗万象的一瞥，而是无数个瞬间的一瞥，在观者的脑子里又把瞥见的东西做成程序并加以整理。

于是，立体主义带进绘画里的不仅仅是一个新的空间，而甚至是一个新的量度——时间。”[1]

毕加索画里的眼睛“不再是写实或翻版的眼睛，它们因本身的独一无二及控制力的特质而存在”[2]。他对人像眼睛的特别关注不仅没有使整个画面的结构被忽略，反而更提升了画面的空间结构的整一性。因为他不再试图采取马奈或是塞尚的做法，将三维的空间压扁在二维的平面上。虽然不可否认，毕加索吸收了他们的一些思想趋向，比如抛开光源直接用色块来塑造体积，但更重要的，他通过对视觉方式的理解企图在平面上解构和重建我们周围物体的内部以及隐藏的结构。于是，对眼睛的描摹方式也融入其间。立体主义的角度节奏掌控了整个构图。

克莱门特·格林伯格曾经说:“在欣赏古典派大师的作品时，看到的首先是画的内容，其次才是一幅画；而在欣赏现代派作品时,看到的首先是一幅画。”[3]上述几位大师对于眼睛画法的几多转变或许可以给我们提供一面小小的透镜来理解这个从欣赏“内容”到欣赏“画”的过程。

在15世纪到19世纪初的欧洲，客观还原的绘画范式几乎是

---

[1] ［美］H.H.阿纳森:《西方现代艺术史》，邹德侬等译，第117页。

[2] 何政广主编:《毕加索：现代艺术魔术师》，河北教育出版社，1998，第180页。

[3] ［美］克莱门特·格林伯格:《现代派绘画》，选自［英］弗兰西斯·弗兰契娜、查尔斯·哈里森编:《现代艺术和现代主义》，张坚、王晓文译，上海人民美术出版社，1988，第5页。

一脉相承的。从达·芬奇把艺术理解为“镜子”甚至更早，欧洲艺术就一直在追求对物象客观情态的精确反映，绘画几乎成了“艺术即摹仿”观点的最佳佐证。所以，传统的人物肖像画总是特别注重客观描摹人像，包括手势、姿态，尤其是面容。虽然很多时候，画者依凭自己的理解揣度画中人的性格和思想，这不可避免地会将画者本身的性格和思想融入画中。但是，画者所考虑的中心依然是自己对画中人思想和性格的理解正确与否。这便使得观者也需从画中人和画家的背景出发，从画面本身之外的因素出发来感受和理解作品。

所以，在传统的西方绘画中，画者的情思虽然可以在一定程度上左右他对画面的处理，但自由度是有限的，因为仍然不会脱离客观物象。将客观物象作为表达自己思想和情感的符号，这或许也是由过去时代的大背景造成的。其时处在前技术时代，天地神人合一的宇宙整一性思想赋予了人的心灵以现实的合理性，即心灵和实在物和谐相处，心灵总是能够在实在物中找到响应和影射。这种相信内在的精神和外在的物质存在着可以信赖的同一的观念，形成了“物质世界是精神的表象或者视物质世界为精神世界的来源”[1]的大气候。于是，精神主体便侧重于如何准确再现客体，而艺术家自然而然地将描摹客观世界作为自己深微幽细的内心世界的表征。正如有学者所说：“传统整一

[1] 冯黎明：《技术文明语境中的现代主义艺术》，中国社会科学出版社，2003，第63页。

性思想在审视艺术时，总是将艺术品分为‘前件’和‘背景’。前件只是形式，它的意义来自背景，背景像本质决定现象一样制约着前件”[1],“整一性的宇宙观使艺术家们坚信自己的心态内容可以在物的出场方式中得到表现”[2]。

然而到了19世纪，形而上的传统整一性思想在现代化进程中逐步失去了阵地。“当人类不再自发地转向上帝或超验世界而生活的时候，或者用叶芝的话说，当人们借以登上更高现实的梯子被抽去时，艺术家也必须直面一个平面的、无法解释的世界。”[3]技术文明的进程打破了人类混沌而纯美的整一性观念。当启蒙和理性使人类的世界脱魅，当高高在上的超验世界不复存在，人的精神便开始零散化。个体自我的出场，使得物象不再足以充当心灵的符号，于是人们开始希望超越物的自在状态去重新寻找安身立命的精神家园，力图脱离现实的语境为个人立法。所以，艺术的形式结构在现代发生激变。从马奈到塞尚再到毕加索，对人像眼睛的处理可以明显地感受到他们对物象还原范式的动摇。这首先体现在他们消除画面三维立体感的倾向上。尤其是塞尚，在他试图忽略和简化眼睛的思想中，包含了平面化的更重要的一点——高潮的平面化。

---

[1] 冯黎明:《技术文明语境中的现代主义艺术》，第44页。

[2] 同上，第63页。

[3] ［美］威廉·巴雷特:《非理性的人——存在主义哲学研究》，杨照明译，商务印书馆，1995，第49页。

综观传统的西方绘画，除了营造画面的纵深和三维空间感之外，总会有一个中心主题，位于画面的中心附近，而画面的其他部分，无论是空间结构还是内容对象都要从属于这个中心主题。而在人物画中，画面的中心是人物，而人物的中心常常便是眼睛了。这样阶梯性的谋划，常使得传统的西方绘画突出的是画面之外的故事，即前文所述的“前件”背后的意义，却使得画面的整体结构处在了次略的位置上。所以，格林伯格才会说：“在欣赏古典派大师的作品时，看到的首先是画的内容，其次才是一幅画。”于是，塞尚才会通过淡化目光来消除画面的高潮，使得画面的空间结构重新处于首要的位置。

在毕加索的世界中，他没有采取淡化眼睛的方式，而是采取了提升画面其他部分的重要性来达到消除画面高潮的目的。具体而言，就是使得消极空间（没有物体的地方）和积极空间（物体的外形）都处在同样的节奏之中。就这个意义而言，对人像进行分割，或是不再对双眼进行对称同一的描摹，而是在形式或位置上分离双眼，这些表现手法的要旨就是平面化。

对眼睛的描摹，从传统的还原客观物象经历马奈、塞尚等的阐释，到毕加索手中的充满装饰性，不仅可以归纳出现代绘画的平面性趋向，更进一步的，这体现的是一种从具象到抽象的演变。从客观还原、细腻写实到焦点透视，这些曾经的绘画要旨，在一个人们要求认识自己内心的时代里，陷入了合法性的危机。因为外在的切实已经掩藏不住内在的荒芜和空白。沃林格说："人类凭借其理性认识到对外物了解以及与外物的联系越少，人类赖以谋求那种最高的抽象之美的可能性也就越大。"[1]在一个充满问号的世界，人与外物的整一性受到了前所未有的动摇。于是，人不再依据已有的万物来表达内心的世界，或者说人对这个世界充满了怀疑，以致不再相信这些"前件"能够表明背后的"意义"。他们需要的是一种全新的符号来为自己的世界立法。

毕加索笔下的眼睛就是他自己建立的一种全新符号。在立体主义中，不仅仅是眼睛，画家所描绘的万物都脱离了客观的物象，用几何图案来构造人体姿态本身就是这一流派的一大标志。这也使得日后无物象的绘画成为可能。

当画家不再信任这个世界并转而怀疑起自己作为人的本质时，他们的笔墨功夫追求的便不再是怎样把"物"表现得更为真实，而是在创造"非物化"的世界中寻找和寄托自己的生命内涵。毕加索将眼睛表现得充满装饰意味便有着这一倾向。将眼睛描绘成点、盘子或是螺旋形，在那个时代里是危险的，因为会造成全然的失真，然而不得不承认的是，毕加索的眼睛，毕加索的人像，毕加索的作品表现出的是一种令人不安的真实。所以，变了形的眼睛背后也寄托了画家的情感，也会激起观者强烈的体验，比如上述的作品中，当牙齿代替了睫毛，我们感

[1] ［德］W.沃林格：《抽象与移情——对艺术风格的心理学研究》，王才勇译，辽宁人民出版社，1987，第18页。

受到的是女子贪婪的目光。那么问题是，这和那些传统绘画中所蕴藉的情感有什么不同呢？

在传统的人物肖像画中，观者常常要通过人物的目光、表情来揣度画中人或是作者的阅历、心理和情感，以求得对作品的理解。而这些都是画外的故事，或者说文学性的因素。而毕加索的人物画带给人的情绪和感受主要是观者从这些独到的描摹形式中直接感受到的。比如，螺旋圆形的眼睛会让人立即感到一种黝黑阴凉，似乎从其底部可以映出眼睛的内部深处。但这些仅仅是对毕加索所选择的描摹形式的直接感觉。在带有抽象倾向的作品中被宣泄出来的情绪常常是一种超越情境的直观体验，它不再需要有前因后果，不需要有出场的合法性，它表现的是一种生命体最基础最本真的节奏和力度。色彩、线条、造型，这些都不再是传达某种观念的手段或材料，而是绘画本身的目的。人们所获得的体验不再与画外的故事有关，而只是受制于画面的符号。“现代主义艺术把一切社会历史的因素赶出艺术，进行形式或符号层面上的创新性实验，或者让生命本能化的激情自由宣泄。”[1]

需要进一步指出的是，现代艺术的抽象化并不是一种归纳法。换言之，每个人都可以对眼睛有自己的表现方式，即使毕加索所创的眼睛成了一种经典，它的有效性也只是在于它是毕

---

[1] 冯黎明:《技术文明语境中的现代主义艺术》，第21页。

加索笔下的眼睛。因为现代艺术家的抽象追求的不是一种事物的“共相”。抽象的由来不是简化具象事物的细枝末节，而是主观的幻象。在这个自我主观的世界里，每个人寻找着各自的本源和支点。传统整一性思想中的超验本体在现代主义艺术中成为了个人体验的本体。这本身也是现代艺术无法解开的矛盾：个体经验的个别性和不确定性与抽象倾向的普适性无法整合为一。

威廉·巴雷特认为，原始的平面绘画转入立体的三维空间体现了人对实际外在世界的探索和征服精神，标志了人在经历了中世纪长期的内省之后转向外界，进入空间。那么，现代艺术的平面化是否也标志着在对外界的关注到达一定程度后，人又转向了对自我的内省了呢？在平面化的大趋势下，抽象的倾向也势不可挡。这些都是艺术中主观性的成分渐渐压倒了客观的体现，观念对物态的影响步步深入。这可以大略地概括为从物象还原到物象变形，再到物象被个人创立的代码（抽象图案）取代的艺术变途。这种激变可以说是“对现代社会生活中巨大的外向性的心理上的补偿”和“对其激烈的反抗”。[1]而对人像眼睛的观念和绘法的蜕变是这一变途的一面小小透镜。

画里的眼睛，不再是写实或是翻版的眼睛，却提供了一条通往现实的新途径。

[1] ［美］威廉·巴雷特：《非理性的人——存在主义哲学研究》，杨照明译，第49页。

以黑暗绘光明

美术之务，在描写人生之苦痛与其解脱之道，而使吾侪冯生之徒，于此桎梏之世界中，离此生活之欲之争斗，而得其暂时之平和，此一切美术之目的也。

——王国维

当你面对着一幅画的时候，你是正被画者引领着去面对自己的心。

平面的画纸上却可以营造三维的空间，因为有着光影和明暗。这空间类似于这样一种视觉世界：光和影是空间认知的基础，阴影和高光令观者看清前景的同时暗示着物体的体积。

所以，光影和明暗是绘画中最重要的艺术语言之一。犹如摄影一样。

但与摄影不同的是，画者对绘画中光影明暗的运用严格说来是一种明暗配置。它取决于画家的想象：画家在构思对象时，可以按照在画中的打算安排它们接受这样的明暗。而这样的打算是有大意存焉的。

欧洲艺术史上对绘画中光线运用的重视始于文艺复兴时期。其时，由于对光线的运用，画面的表现空间由有原来线描和平涂的二维走向了立体的三维。但是如果走近那位17世纪曾经在阿姆斯特丹城享有盛誉的画家——伦勃朗的艺术世界，你就会不由心生这样的疑问：这第三维真的只是为了更逼真地描摹现实吗？

提及荷兰的绘画，谁也无法忽略伦勃朗的影响。就像谁也不能否认莎士比亚对戏剧的影响一样。即便是那位孤高的大师梵·高面对着伦勃朗的作品也不禁深情地说："你知道吗，我只要啃着硬面包在这幅画的前面坐上两个星期，那么即使少活十年也甘心。"

我曾经在几年前亲眼得见伦勃朗的手稿，虽然所见的不是他最杰出的作品，虽然其时我还无法体味鉴赏其中真意，但是我依然有一种被它打动的直觉。年岁有时而尽，但真正的艺术却是可以超越时空摄人心魄的。如今细细想来，这完全是伦勃朗画中那令人沉郁却神秘的氛围所致。

虽然伦勃朗的时代处于巴洛克时期，但是荷兰的艺术风格却与欧洲南部诸国大相径庭。由于荷兰的历史环境和文化传统，当时荷兰的"市民艺术"繁荣，恬静、安宁、朴素，亲切的世俗趣味较之豪华宏丽的巴洛克风格洋溢着浓郁的生活气息和生命热情。而伦勃朗的画便是其时之风的杰出代表。而谓之杰出是因为他不仅仅体现了当时的绘风，更凭借自身的天才将之升华和拓展。而造成伦勃朗伟大面目的，是表现他的特殊心魂的一种特殊技术：光暗。

确实，如果综观伦勃朗的作品，对光线运用的深刻理解和开拓是显而易见的。他对光线的依赖已经不是为了精细地描摹实物，相反大片的明暗常令他所绘的对象模糊隐匿。但正是这大片的明暗给画面留下了安静的玄想空间去耐心地接纳观众，令他的画色调暗沉阴郁却不令人窒息。诚如丹纳在《艺术哲学》中所述："他的视觉的尖锐与精微，高出一切画家之上，所以他懂得这样一个事实：就是对眼睛来说，有形的物体主要是一块块的斑点；最简单的颜色也复杂万分；……他画出本乡的日色，微弱的，似黄非黄的，像地窖中的灯光。他体会到日光与阴暗苦苦挣扎，越来越少的光线快要消灭，颤巍巍的反光硬要逗留在发亮的护壁上而不可能；他感觉到一大批半明半暗，模模糊糊，肉眼看不见的东西，在他的油画和版画上像从深水中望出去的海底世界。"

伦勃朗的画中充满了一种神秘的氛围，不可言说却又可以触摸，这都是因为他懂得明暗色块在画中的恰如其分可以揭示出人的内心最最阴暗的角落里的光辉。他的画中的光线往往充满了力度和层次感，这光线像是照在你我身边又像是射向天国。

画家手法的炉火纯青使得我们从现世的地表升入了充满幻觉却真实的天际世界。这种技艺几乎贯穿了画家一生的作品：从早期的《酒店里的浪子》（又名《画家和他的妻子》）中运用大面积的暗色调将许多次要的部分吞噬从而凝现出神秘的氛围；直至后期的《帕丝虚帕在浴室》中对“黑影强光”手法的拓展和运用，使得人物自然地从黑色背景中浮出，令主体形象的细腻心理历现观者心中，生动而感人。

而伦勃朗作品中对光暗的运用却绝非一种技巧上的特点，而是其为达到一种超出光暗作用本身的更崇高的目标的强有力的方法。伦勃朗是凭借光暗使他的画幅沐浴在一种神秘的气氛中，使观者随着一起远离尘世，飞升往艺术的境域。无论是他的表现世俗生活的作品如《木匠之家》，还是描绘宗教故事的作品如《基督下十字架》，这种氛围和境界可谓一以贯之。

《木匠之家》中，画家使阳光从一扇很小的窗子中透入，因此烛光所照见的也只是室内极小的一部分。这束光线射在主要人物身上，而其他一切都隐埋在黑暗里了。正是因为明暗的强烈对照使观者的注意高度聚焦，而在这幕充满亲密情调的家庭自然景色中，这光明的照射使全景呈现出神明显灵般的奇妙境界。画中的景物虽然有很多都隐埋在了黑暗中，但我们似乎依然可以察觉出这黑暗中的蕴藉。而较之全景画出不同的，这种由观者自己发掘的黑暗里的景物使得整幅作品都包裹在了神秘的气氛里。这倒很像中国传统文化中的“虚实相生”的理念。

虚室生白，因为黑暗，所以给了人无尽的空间去玄想，于是难写之情如在眼前，不尽之意见于言外。因为画中捉摸不定的境界的刺激，我们就更乐于唤起各自不同的强调和理解。诚如罗丹所说:“运用阴暗即是使你的思想活跃。”

《基督下十字架》取材于宗教故事。伦勃朗大胆地向那正被抱下十字架的基督投下了强光。这光由画的一端照入，散布在了基督无力和苍白的肉体上，众生则大半被隐没在基督周围的黑暗中。这样大胆强烈的明暗对比之下，唤起的是一种摄人心魄的悲怆和静穆。这光的安排不同于《木匠之家》的合情合理，而分明是出乎意料的超自然的光。但也因为超自然，让人觉得似乎身处尘世却又好像身在世外。由于明暗对比而被勾勒出的众生的剪影，被置于了最前景，中景的区域由于光的照射而显得具有了令人信服的空间感。这样的空间感无形中又增添了观画人对画中情形的亲近，于是基督好像就是你我身边受尽折磨的凡人但又神圣而光辉。而我们则被这超自然的光所震慑，自看画的第一眼起，一切心绪为之纠结，仿佛也在静观基督的苦难，而不只是置身画外的观察者了。

所以伦勃朗的光暗不仅是一种技巧的游戏。它的更深层的功能在于使我们立刻远离现实而沉入艺术，而艺术中的一切即便是幻象也比现实具有更丰富的真实。所以，光暗不仅是伦勃朗绘画作品的主调，更是其作品的主要性格。以黑暗衬托出光明，而这黑暗所创设的神秘境界常令人产生幻想将之扩大至无穷。这是一种基于现实却又不仅属于世俗的艺术品格，它的深层是伦勃朗内心的宗教热情和人生阅历。在黑暗中，伦勃朗向世人袒露着自己的痛苦、郁闷、凄怆，虽然我们无法指明每一幅作品的黑暗中究竟埋藏了哪些具体的意韵，但是，我们沉默的同时却可以靠近伦勃朗内心的一角。即使无法完全读懂他的心绪，但是我们体味到的是他对人间苦难的悲悯和对宗教的虔诚，他的作品充满了人情味。这是伦勃朗带给我们的情绪，但要凭借我们自己体味。在他的明暗世界中，我们处于平静的顺从和萦绕的心绪之中了。正如傅雷曾言："这种变形取悦我们的眼目，同时取悦我们的精神与我们的心。"

法国19世纪画家弗罗芒对伦勃朗的"夜光虫"的称呼看来是一个贴切的比喻。

然若我们把眼光放开去，便会即刻发觉，光的运用不仅在伦勃朗的画中，而且在整个西方绘画中都处于举足轻重的地位。因为西方绘画脱胎于古希腊的雕塑和建筑，而其重明暗光影的韵调便是来源于立体雕刻上的阴影和光的氛围。

综观西方绘画史，光影的运用如上所述大概可以溯源到古希腊罗马的雕塑与建筑。虽然那时的绘画所剩几无，但我们依然可以从这些形体艺术的凹凸明暗中推知那时的"光"只是一种被动的接受，它被消解在阴影和明暗中来描摹物象。而之后的文艺复兴直至18、19世纪，"光"的运用则越来越受到重视。

它不再仅仅是为了造成塑造形体的明暗，更多的是为了画幅的氛围和意境，更深的，是表达画家的内心思绪。当然，这也是有一个不断发展的过程的。以我的现有知识来看，我以为有几个代表是可以作为光的运用发展过程中的里程碑的。之初，是达·芬奇的“渐隐法”。他的《蒙娜丽莎》等名作让人在幽雅的光暗渐变中体味到了神秘和恬静的心境。而之后的卡拉瓦乔则一反达·芬奇的那种细腻柔和的明暗过渡法，创造出一种强烈对比的明暗法，突出重点渲染气氛。这也使他的画虽然仍为宗教题材，却将那些神圣的场面和人物描绘得犹如现实生活中的真人实景。而这在伦勃朗的画中得到了更为深刻和巨大的发展。所以也有人将卡拉瓦乔的画风称为“酒窖光线法”，而将伦勃朗的技法直截地称为“明暗法”。另外，其他也有不少的画家在整体趋势下独创了自己对光与影的独特见解。比如，路易·勒南虽然也很喜欢描绘很少有照明的昏暗室内图景，却将卡拉瓦乔画中抽象神秘的光线变成了火炉中放射出的静静的红光。而拉图尔则惯于自然主义的写实画风，善于描绘黑暗之中的烛光。以烛光的氤氲烘托作品的重点和神秘寂静的气氛，是拉图尔独特的艺术风格。

一言以蔽之，光线的运用对西方绘画艺术的影响是基础性和内核性的。因为有了光，便有了形体，有了色彩，现实世界于是得以呈现，而西方绘画正是起源于对现实世界的把握和认识。西方绘画史在某种程度上可以说是不断探索真实性的历史。

写实的再现、真实的描绘一直是一个最基本的准则，而这都离不开对光的表达，唯有光才是“真实性”的来源，因此画家只有在对光的运用中才能实现对“真实性”的表达，对光的运用也体现了画家的“真实性”的观念。但光的运用却不仅仅是为了再现现实世界，因为光的运用和对明暗的把握，是可以构造一个空间意识和精神世界的。人类的空间意识，按照康德的说法是直观的先验格式，用以罗列万象。然而我们心理上的空间意识的构成，是靠着感官经验的媒介。而光的运用，让观者把视点落在了不堪把握的黑暗里，于是，彷徨追寻的心灵驰向无穷，空间的情绪寄托在了光影明暗之中，深微幽细，是通往画家心灵的曲径，更是营造启迪观者心绪神思的三棱镜。

而光的运用对于现实和虚幻的契合在伦勃朗的画中可说是发挥到了极致。在伦勃朗注重光影交替的技法中，一种光影构成的明暗闪动引我们探向“茫昧深远的空间”（宗白华语）。这空间里交织着伦勃朗的深刻本性和生活阅历，这是属于伦勃朗的艺术性格，独特而撼人，因为“希腊人和意大利人只看到人和人生的最高最挺拔的枝条，在阳光中开放的健全的花朵；伦勃朗看到底下的根株，一切在阴暗中蔓延与发霉的东西，不是畸形就是病弱或流产的东西”（丹纳语）。正因为如此，伦勃朗的光与暗就不再仅仅是画幅的形式层了。画中物象只是一种不动的形象，绘画的真正摄人处却在于依托这不动的形象来显现画家灵动的心和深刻的灵魂。而伦勃朗正可说是之前西方绘画中光暗运用的集大成者，赋予了光暗形式与意义双层的内涵而又将二者相融。他的光暗所营造的无穷空间乃是绘画真正的对象和境界。

细观西方绘画的发展，从伦勃朗的时代起始，光线在画幅中就不单是为了表现出形象，而更传达出一种形而上的思想。伦勃朗以及之前和同时的众多艺术家对光影的运用可说影响深远，尤其是对以后的“印象主义”画派。因为到“印象派”时，对光的运用已经完全剥离了写实主义时期描摹物象的目的，而是着重表现光线本身，可说是把伦勃朗的假以光暗来表现作品内涵和主题的手法和精神发挥到极致。

所以，若从宏观的角度看，古希腊罗马到文艺复兴时期，光只是作为描摹物象之工具，而从文艺复兴到18世纪，对光暗的理解则不断加深，光不再仅作为一种描绘形象的工具，更作为一种体现心境、刻画灵魂的工具，其中尤以伦勃朗为杰出代表。这种对光的意义层的追求在后世得以传承和发展。光从物象附属物中的解放过程，以我之见正可窥见西方艺术从“古典”向“现代”的转变。因为，对光的解放在某种程度上意味着对写实性绘画的消解，即对西方绘画传统的颠覆。而以伦勃朗为代表的时期正是其中不可忽略的过渡。这样的消解和颠覆在现代派画家手中走到了另一极端，即将画面的三维空间又压缩为了二维，为的是避免知觉数据的膨胀去“重新寻找表达方式的纯净”（马蒂斯语）。但无论如何，自伦勃朗起，光暗就明显地由绘画技巧走向了情感的表达方式。他所要复制的不再是自然而是自我的情感。这样的气质正为现代派绘画所吸收。

伦勃朗对光暗运用的独到使他的作品成为自然主义与抒情成分的混合体，成为客观的素描与主观的传达的融合物。光暗依然为我们所见，却已溶入万物内部，明暗虚实的交相，构成氤氲的氛围，所以，他的作品描绘的是现实但却不再是可以走进的实景，而是一派神韵的境界。宗白华在《美学散步》中曾说："形式之最后与最深的作用就是它能化实为空灵，引人精神飞越。"光暗只是一种形式，却可以变得超越形式。在伦勃朗的画中，我们似可体味。而这样的体味告诉我们，我们尊重的其实不是什么艺术，而是凭借艺术表达出来的本能和灵感。

光线的运用在伦勃朗的作品上，在古典到现代几乎任何一个时期，在整个西方绘画史上的意义由此当可见一斑。它在各个时期技法的不同和关注点的差异也正可折射出西方精神的转变，从写实的描摹直至灵魂的拷问。

《圣经》中说："在黑暗中开黎明。"光可以照见的，我们可以用眼看见，那么因为光而存在的黑暗呢？我们可以用心感知。因为有光明所以有黑暗，因为有黑暗，所以我们的心灵丰富。

从马蒂斯的剪纸谈起

马蒂斯的名字总是和“野兽派”紧紧相连。但是，马蒂斯从来就没有接受过这一称呼:“它不过是批评家们使用的一个标签而已。”[1]事实上，面对他的作品，你想起的不是野兽，而是会感受到一种纯然畅快的宁静之美。这种宁静，不是产生于素雅的色彩或是淡泊的氛围中，而是在一种绚烂中造就的。几乎每一幅马蒂斯的作品，都跃动着明畅鲜艳的色彩，散发着甜美而明快的气息。这种奇怪的张力使他的作品有一种独特的魅力。

人们在谈到马蒂斯的艺术风格时，聚焦点常常是那几幅集中体现其艺术理念的绘画作品，然而马蒂斯不仅仅是一个画者。除了油画，他同时涉及了壁画、雕塑、版画等等艺术样式。尤其在晚年，他对剪纸表现出了极大的兴趣。

事实上，在漫长的艺术生涯中，每一个艺术家都可能或者

---

[1] 李黎阳编著:《马蒂斯论艺》，人民美术出版社，2002，第35页。

是必然会尝试不同的艺术样式，会有不同的艺术风格。就像毕加索的一生会被冠以许多个“时期”。但是，这种种的不同背后必然蕴藉着这个画家对生活一以贯之的理解和追求。而选择一种新的艺术样式，常常也是他重新认识自身追求的一面透镜。

那么，马蒂斯何以会选择剪纸这一艺术样式，而且创作了大量剪纸作品呢？这恐怕就不是一句“他多才多艺”可以概括的。

有不少人认为，马蒂斯在晚年创作剪纸作品，很大部分的原因是体力不支。这无从否认，但称其为主因却不当。因为若果真如此，他为何要选择剪纸而非其他轻便的创作方式呢？

就像在经历过生活的磨砺后，人往往会知道自己要的是怎样的生活，同样在艺术的历程中摸索多年的艺术家，往往会比以往更明白自己想要表达的是怎样的艺术理念，以及怎样将这种理念更完美地表达出来。而马蒂斯可以说正是在自己的艺术达到炉火纯青的阶段，选择了剪纸。

马蒂斯的艺术生涯是从临摹大师的作品开始的。但是，他在一生都在致力于寻找他自己。尽管印象主义的方法在当时已属另类，但马蒂斯觉得“印象主义者的方法不适合我，我想超越他们精微的色调变化和不断的实验去理解事物。简而言之，我想认识我自己”[1]。慢慢的，他发现他所认识的艺术，关键在于

[1] ［美］杰克·德·弗拉姆编：《马蒂斯论艺术》，欧阳英译，山东画报出版社，2004，第89页。

“和谐”二字。而何以达到和谐呢？就是要“回到创造人类语言的根本原则”，这构成了野兽主义的出发点：回归艺术表现手段的纯化。

事实上，对纯净的艺术表现手段的追求和倾向与马蒂斯的艺术年龄是成正比呈现的。纵观他各个时期的作品，会明显地感受到他的艺术语言日益纯粹。他的艺术历程印证了他的老师莫罗对他的预言：“亨利，你是为简化绘画而生的。”

如此，他对剪纸的钟爱便有迹可寻。

“剪刀是一副美妙的工具，我用来做剪刀的纸张也很美丽。摸摸看它吧！经过一段长时间的摸索和试验，我终于找到了它……我深深地体验到，我们能够以最简单的剪纸艺术，来表达我们作为画家或者绘图家所想要表达的东西。”[1]

如果要探究马蒂斯与剪纸的渊源，可以溯源到他早年的创作中。早在修改巴恩斯基金会壁画的设计稿时，他就开始用彩纸剪出他试验性的形状，然后将之在墙壁上随意移动，以寻求他所需要的“和谐秩序”。就是这样一种独特的创作方法，令马蒂斯慢慢地意识到自己原本当作辅助和附加的手段其实正是自己一直想要追寻的。剪纸对他而言，并非一种全新的需要重新探索的艺术样式，而是暗合了他心中的追求，是一种水到渠成的选择。这在1952年，他同维尔德的谈话中可以明显地看到。

---

[1] 李黎阳编著：《马蒂斯论艺》，第142页。

“维尔德：剪纸反映了您需要出人意料吗？马蒂斯：不，最好是说，纸这种材料还有可以研究、讨论，并被赋予生命力的地方。……比起铅笔或炭条来，剪刀能使线条更富于感情。”[1]

严格地说，马蒂斯的剪纸作品是一种彩色剪纸拼贴画。他在纸上涂上颜色，剪出各种形状后再拼贴出完整的画面。于是，画面中物象不再有轮廓边线，只是依凭不同的色调区分。这样，色彩的意义就被推向了极致。

确实，细述起来，马蒂斯选择剪纸，很重要的原因是剪纸这一艺术样式符合了他对色彩的认识。他认为色彩是因为自身而存在的，因而色彩具有自身的美。这种和谐的色彩之美不是存在于之前的印象派作品纷繁复杂的色调中，而应该是蕴涵在单纯明净的色彩中，这种纯粹的色彩才能构成绘画音乐的和弦。只是这纯净的色彩在马蒂斯的眼中，有着极为丰富的内涵，一如东方人笔下的黑色：“东方人把黑色作为一种彩色使用，这在日本人的版画中就相当突出。”[2]

当然，剪纸对马蒂斯而言还不仅仅意味着色彩的纯化：“用剪刀在事先涂上颜色的纸片上画画，一个动作就能联结着线和色、轮廓和表面。”[3]可想而知，剪刀比起画笔，要受到更多的局限。可是，这局限正是马蒂斯想要的。这迫使他寻求更简洁更

---

[1] ［美］杰克·德·弗拉姆编：《马蒂斯论艺术》，欧阳英译，第243页。

[2] 同上，第159页。

[3] 李黎阳编著：《马蒂斯论艺》，第146页。

单纯的造型。“我过去的作品和我的剪纸艺术之间并没有隔阂，只不过，我的剪纸艺术有着更多的绝对性及抽象性，我达到一种经过思虑后澄清的形式，而且我保留了物体中足够也需要使得它存在于自己纯粹的形式，及我所理解的整体的符号，然而过去我却将它表现在复杂的空间里。”[1]

总之，在各个方面，剪纸对于马蒂斯而言，都是一种表现他艺术理想的最佳方式。

记得荣格曾经说过，不是歌德创作了《浮士德》，而是《浮士德》创造了歌德。如果可以不论荣格当日说此话的意图，那么我想它也同样适用于马蒂斯：不是马蒂斯创造了剪纸，而是剪纸创造了马蒂斯。剪纸因其本身单纯、简约的特质，为马蒂斯展开了一方新的创作天空，成为他一生在色彩的单纯化、画面的平面感等方面探索的极致体现。

马蒂斯选择了剪纸，剪纸也因其本身的特质而成就了马蒂斯。就好像是找到了一个情投意合的老友，马蒂斯的艺术追求在剪纸中得以淋漓尽致地展现。

而提及剪纸，会很自然地联想到中国的民间剪纸。说实话，在一般的语境中，“剪纸”二字甚至无需加上定语，就会被默认为中国的民间剪纸。

---

[1] 李黎阳编著:《马蒂斯论艺》，第143页。

当然，马蒂斯的剪纸与中国民间艺人的剪纸是大相径庭的。从表面看来，除了运用了相似的工具，他们之间的差异就不言而喻：比如，马蒂斯的是彩色拼贴画，用他本人的话说，就是在彩色纸上用剪刀画画，而后在拼贴中寻求和谐平衡的构图，而中国剪纸艺人则讲究一剪定乾坤；马蒂斯剪刀下的造型简洁抽象，一反西方传统绘画的范式，而中国民间剪纸则讲求精致圆满，有着诸如对称、透叠等众多的传统造型技法……

但是，这些相异点是在一种形式与功能脱离的状态下列出的。对于分析实例来说，它们是很重要，“但作为比较研究的基础来讲却是十分薄弱的。一旦用于比较而非简单的背景分析时，它们就陷入一种对异同点做表面罗列的状态中”[1]。

所以我们要注意的是“背景分析”。所谓“背景分析”，小而言之，是马蒂斯和民间艺人在什么状态下创作剪纸，或者他们是为什么拿起了刀剪。大而言之，则是马蒂斯与中国民间艺人作为创作主体处在什么样的群体和阶层之中。

上文的论述已经充分展现了马蒂斯拿起刀剪的情境——这是他个人有意识的选择。而中国民间剪纸是一门世代传承的手艺。剪纸对于马蒂斯，是承载他艺术理念的全新载体，但对于中国民间艺人，是世代传承的物承文化的形象，是对民间群体生存心理的满足和慰藉。在那些民间剪纸艺人的心里，从来不

[1] ［英］罗伯特·莱顿：《艺术人类学》，靳大成等译，文化艺术出版社，1992，第52页。

会有着诸如马蒂斯一样成形的艺术追求，剪纸是祖上传下来的手艺。面对彩纸和剪刀，他们的想法仅仅是怎么好看怎么剪。真挚而无法付诸言语的情感，使得民间的剪纸充满着古朴、醇厚的气息。所以，对于剪纸的分析多少有些为难，因为总难避免“学院化”的气息。

总之，如果硬要划分阵营的话，这是个体的精英艺术与群体的民间艺术的差别。所以，这两者比较的合法性就成了问题。

这问题具体而言即：创作情境和背景如此不同，指出相异点有意义吗？而且，把群体和个体的创作行为放在同一平台上可行吗？

正如上文所述，抛开“背景”论异同是毫无意义的，“将一个寻常的符号从它惯常的背景关系中移开，这样就剥去了它的功能性意义”。但同时“从与其他物体的相互关系中梳理出去之后，每样东西都获得了一种新的意义”[1]。所以，在关照背景的前提下，将剪纸作为一种自由的形式接受下来，就如康定斯基企图将线条从表示什么东西的愿望中解放出来一样，“它的内在回声就不会被任何附属的角色所削弱，且会获得充足的内在活力”[2]。而这种活力对于中国民间剪纸的发展而言，是至关重

[1] ［德］沃纳·霍夫曼：《现代艺术的激变》，薛华译，广西师范大学出版社，2002，第137页。

[2] 同上。

要的。

事实上，关注了马蒂斯与民间艺人拿起刀剪的情境，我们才能理解马蒂斯何以会更多地看到剪纸作为一种独到的艺术手段本身的形式之美。这其间并不存在二元对立，不是说民间艺人就无视剪纸的特色。但，有意识的选择无疑会使马蒂斯对剪纸本身有着更加敏锐的感知，所以，比起世代的传承来，会激活剪纸本身更多的要素和特质。这些要素和特质在民间艺人的眼中，常常更多地被一种实用的观念所掩盖。

例如，“和谐”一词会同样高频率地出现在马蒂斯与民间艺人的创作自述中，但是，马蒂斯要求的是画面本身的平衡与节奏感，而民间剪纸艺人考虑到“和谐”的时候，会首先将之与被刻画对象的整体完整性、对称性等方面联系起来：即使是侧面的人物，如果没有将双耳双眼都刻画出来，那么就不吉利，不和谐，不圆满了，当然也就“剪得不好看了。”所以，很多人会认为，民间剪纸乃至民间美术首先是一种观念性的艺术。这有个明显的表现：民间剪纸的名称常常取自所刻画物象名称的谐音。莲花上坐个孩子，那是“莲生贵子”，枝头立着喜鹊，那是“喜上梅梢”……

当然这与民间艺术本身是作为民俗文化的载体有关。先考虑民俗的功用，后才考虑剪纸的形式之美。所以，列出马蒂斯的剪纸与中国民间剪纸的相异之处本身并没有多大的意义。但是，这些相异处却磨砺了我们的知觉，提醒我们注重民间剪纸本身的形式之美，在民俗意义之外找到新的认知基点。就像詹明信在北大讲学时指出的："为研究某一种文化，我们必须具有一种超越了这种文化本身的观点。"[1]从这个意义而言，虽然被暂时地并置，但个人的创作与群体性的民间剪纸不是简单地被视作两个实体来比较异同，因为找到相异之处不是终极的目的。所以，在这个层面上，比较具有一定的可行性。

用一种全新的眼光去审视剪纸这一古老的艺术样式，这对于民间艺术的"现代之旅"意义重大。

由于文化转型的原因，在当代要完全停留在民间剪纸艺人的情境中已经越来越不可能。2004年召开的"民间剪纸国际学术研讨会"明确指出，今天中国传统的农耕文明的急剧变化作为一种"内驱性"的变化超出了一般意义上的民俗流变。要保存民间艺术的关键是重新审视和把握其中的文化基因。我以为，所谓的"重新"应该包括对民间剪纸的形式之美的关注。如此，很多脱离民间艺术生产土壤的人，才不会因为有着民间艺术是民俗观念的载体这一思想，而把目光更多地停留在"喜庆吉祥"等概念化的层面上，才不会因为剪纸的简洁而将之简单化。

有趣的是，马蒂斯对于剪纸的很多认识，在中国民间剪纸中一直都存在，只是没有进行系统理论的描述而已。而这些在

---

[1] ［美］弗雷德里克·杰姆逊：《后现代主义与文化理论》，唐小兵译，陕西师范大学出版社，1987，第11页。

中国现代剪纸中却得到了全新的拓展。

举例为证。在马蒂斯眼中，剪纸的空白部分具有非同一般的意义："剪下彩纸的阿拉伯式图形决定了中间的白色，它赋予这白色氛围一种稀有的难于捉摸的特征，这种特征有对比产生。每一组特殊的色彩有一种特殊的氛围，我想称之为有表现力的氛围。"[1]在他看来，空白部分不是彩纸的附属品，而是另一种颜色——白色。所以，它具有和剪下的彩纸一样的魅力。这形成了他的作品中正形和负形在同一平面上造成了装饰感极强的效果。如果说整个画面的效果是一种音乐，那么，空白部分也有着自己独特的音质。

这看似是马蒂斯对于剪纸艺术的独特发现，但是，中国民间剪纸在生成之时就已经包含了这样的认识。民间剪纸最基本的就分为两类——一种剪纸的画面由剪下的彩纸构成，称为"阳刻"，另一种是在彩纸上镂空而成，称为"阴刻"。看，对于"图—底"的关注与马蒂斯的"正负形"不是异曲同工吗？只是这种认识已经如此深入人心，以至于变得自然而然，结果，只是将之作为普通的技法看待。

在中国现代剪纸的发展中，这种技法中所蕴涵的审美因素被重新发掘并放大延伸。

比如著名的现代艺术家吕胜中。他意识到了传统民间剪纸

[1] ［美］杰克·德·弗拉姆编：《马蒂斯论艺术》，欧阳英译，第243页。

中所隐含的这一特质，所以他没有停留在“阴刻”“阳刻”的技法上，而是运用这一观念形成了作品的正负影像对立共生的显著艺术特色。被剪下部分的起死回生，使得剪纸被尘封已久的基点被重新开启。

当然，这样的现代艺术家绝对不止一个。潘天寿、乔晓光等一批具有敏锐眼光的现代艺术家，都明显地发掘了剪纸的这一基点。

但让我感慨的是本土的评论家们对于这批艺术家的评述：大都认为他们的价值在于“原创意义”，更有甚者索性将之看作与马蒂斯风格的融合。但其实这个艺术特色的基因本来就包孕在民间剪纸之中，只是没有受到充分的关注而已。

一旦对民间剪纸换一种角度看，我们会惊讶地发现其本身有多少被忽略的审美层面的因素呢？文化“视阈”决定了作者的“不见”与“发现”，面对剪纸，马蒂斯与中国民间艺人有着完全不同的理解。我们不需要用马蒂斯的眼睛来看待剪纸，但需要以一种新的姿态来审视这一古老的艺术形式。

上文那个关于“图—底”观念的个例也让我们意识到，也许，在马蒂斯与中国民间剪纸迥异的背后，隐约有着某些共通之处。确实如此。

最直观的，马蒂斯和中国民间艺人的剪纸作品都有着一种非常“纯粹”的空间，有着一种纯净感。虽然，马蒂斯是通过不断的尝试来探究寻找一种属于他个人的“具体的精神空间”[1]：运用纯色来暗示光的效果，运用简约的造型来营造一种形式上的愉悦；而民间艺人则是用传承已久的技艺来构画属于自己的特定情境：他们“将所要表现的事物‘推压’到一个层面上，或以鸟瞰或以移动视点的思维方式来表达对客观事物的理解和认识，并将自我的理解融贯于刀剪之中，经营着传统结构布局法则”[2]。但二者都形成了各自不同于真实自然的“空间”，且二者的艺术语言都是纯净而简单的。

只是，“纯粹”也有差别。马蒂斯和民间剪纸的风格有着明显的差异。民间剪纸是以刻画具体实在的物象为基础。但面对纷杂的大千世界，艺人们要明确表现自己的某种具体观念，必须进行独特的概括。只是这种概括是一种“去粗取精”的概括。所以，细腻化与工艺化也就成了其重要特征。

而马蒂斯的剪纸无疑更加抽象。而且，可以明显地发现，随着时间的推移他的作品越发地简洁：在他早年的剪纸或是剪贴作品中，马车、人形等具体的形象仍然是作品的主体。而到了晚年，他对“单纯”的追求使得他的作品已经完全摆脱了客观物象。看看他去世之前完成的他一生中最大的剪贴作品《游泳池》，整个作品只有蓝、黄、白三色，马蒂斯用蓝色贴纸剪出的图样点缀在黄白相间的底色上，看似飞溅的浪花，又恍若游

---

[1] 吕澎：《现代绘画：新的形象语言》，山东文艺出版社，1987，第68页。

[2] 易心、肖翱子编著：《中国民间美术》，湖南大学出版社，2004，第52页。

动的人形。也许根本不需要辨认“这是什么”，但整幅作品流动着明朗、和谐的气息。据说，这是他对一生的主题进行的概括。这更可以印证上文的观点：对于剪纸的钟爱是马蒂斯一生艺术追求的极致表现。

所以，很自然的，我们会觉得民间剪纸比起马蒂斯的作品，要更具体，关注客观世界。但果真如此吗？

马蒂斯在谈到“符号”这个问题时说：“剪纸使我能够在色彩中绘图，对我来说，这色彩更有节制而不能转换。这种简化保证了两种方式结合成一体后的精确性。我绝对不推荐这种表达形式为一种研究的方式。这不是一个开端，而是结尾。它严格要求纤细感及长时间的努力和研究，不可一蹴而就。以符号起头的人，很快就会走入死胡同，我呢？我则是从物体走向符号。”[1]

“从物体走向符号”，这样的指导理念使得马蒂斯与中国民间艺人开始有了具体可感的契合点。都从生动实在的生活出发，与生活血肉相连，使得马蒂斯和民间剪纸在迥然的风格之下充满着相同的生活气息和活力。而在马蒂斯看来，对于现实的关注和对艺术的追求，全都源于“爱”：“通过富于创造性的作者把生命力灌注于艺术品之中来模仿自然。这么一来，艺术品就会显得那么丰富，具有那么令人震颤的力量和那么光辉灿烂的

[1] 李黎阳编著：《马蒂斯论艺》，第144页。

美……为了实现这种效果，需要伟大的爱，需要一种能够激起并保持对真理不懈追求的爱，一种能够激起并保持对伴随一件艺术品诞生的强烈热情和深刻分析的爱。而爱难道不是一切创造的本源吗？”[1]

不同的时空情境，“爱”有着不同的内涵和外延，但正如马蒂斯所说的这“是一切创造的本源”。当我们历数马蒂斯和民间艺人作品的差异时，却会被同一种感动震颤着，那是源于人类最本真最深层的对生活对美的质朴情愫。风格可以迥然，时空可以差异，但是，只要怀着同样挚真的“爱”，就定然会对生命的本质有着相通的意识，对生活抱有相似的热情和追求。这样的追求在马蒂斯看来是终其一生的目标，在民间艺人看来，是与习俗相连的自然而然。在许多其他人看来，可能还会是另外的情形，但这些都不再重要。因为人类情感的共通使得人类的艺术有着可以互相理解的基点。

故而，对民间剪纸的形式之美的真正关注不只是单向度的。完整的形式除却视觉形象，不可或缺的是与之相伴相生的一种与实在的生活和内心感受血肉相连的品格，这种品格不只存活于民俗情境中，而是可与当下契合的交集。“让内心的道德回到大地、回到生活的世界中，因为生活世界永远是开放的‘多重

[1] 李黎阳编著：《马蒂斯论艺》，第254页。

实在'的活力现实。"[1]只有抓住这点,对于民间剪纸形式之美的关注和拓展才是有底气的。

除却直观的感觉，仔细留意细微之处，马蒂斯在创作剪纸时的许多论述都与中国民间艺术乃至整个艺术理念十分相似。中国艺术写意，西方艺术写实，中国艺术讲求物我融一，西方艺术要求客我两分……这些似乎都已成了定论。但，正像林风眠说的，画不分东西。这些截然的区分在真正的艺术创作者眼中变得毫无意义。

马蒂斯用纯色块来区分形体、取消边界线，以此力求作品的浑厚和谐。而中国民间剪纸乃至其他的民间美术都依靠"以色扶形"的重要手法来追求画面的浑然和浓重。

再看看马蒂斯在创作剪纸时的感受:"当我们深入物体的时候，同时也深入了它的本质。我曾用彩色纸做了一只小鹦鹉，就这样我也变成了小鹦鹉，我在作品中找到自己，中国人说要与树齐长，我认为再没有比这句话更真确的了。"[2]

真的是感叹，当用一双质朴却满怀情感的眼睛去面对外在于自身的世界时，创作者国别、阶层的差别都显得如此苍白。

探究这一些，必然会引出另一个问题，既然马蒂斯的思想

[1] 乔晓光:《中国非物质文化遗产·民间剪纸国际学术研讨会综述》，载《艺术研究》2004年第3期。

[2] 李黎阳编著:《马蒂斯论艺》，第143页。

与中国艺术的创作理念如此相似，是否就应该考证马蒂斯与中国剪纸有直接的联系了呢?

这是通常在进行比较的时候，最容易牵涉到的问题。所谓的直接，就是需要证明马蒂斯会有这样的艺术理念，会形成“纯化”的艺术手法，会不同于他身边其他的艺术家，是因为看到了中国的剪纸并受其影响所致。但是很遗憾，没有任何的证据可以表明，马蒂斯曾经看到过中国的民间剪纸。

这正是有意思的地方。

大凡论到马蒂斯对简单纯粹的艺术手法的追求，都会归因为东方艺术尤其是日本版画、波斯装饰艺术对他的影响。因为他曾经亲眼看到，并被打动，感叹“这正是我所要的”。但在他的个人语录里，丝毫没有提到自己直接被哪种中国艺术所影响，更别提剪纸了。但是，正因为这样，更印证了上文的观点，面对剪纸艺术，马蒂斯拥有着一双独特而敏锐的眼睛。对于民间剪纸而言，马蒂斯的作品是在“郢书燕说”。但是，这种“燕说”却是有意义的。因为他为剪纸注入了新的品格，使我们重新认识了民间剪纸拥有或可以拥有的形式之美。就像是毕加索对于非洲木雕之美的发现，永远地影响了我们看待非洲木雕的方式一样。

阿尔帕托夫曾指出:“主张进行年表进行划分的人嘲笑这种‘超越障碍’式的连接。他们只承认那种存在于流派与艺术家实际接触之中的联系，或是一个流派对另一个流派的实际影响。”

实际上呢？“不同时间、不同地点创造的艺术品的许多基本特征通过一种惊人的方式联系在一起：有时候，它们之间比同属于某一个流派或某一时期的作品更为相似。”[1]

很明显，马蒂斯与民间剪纸没有直接的接触，后者的存在也先于前者，但马蒂斯对于剪纸纯审美的眼光却提供了新的视野。在艺术人类学中，比较分析是必须的手段，但是，比较的终极目的不是找出异同，而是激发彼此被忽略的因素，加深对自身的理解。“事实上，对任何艺术作品的敏锐思索——从荷马史诗到毕加索绘画，都能扩展我们的人性观念，并加深我们对自己的理解。”[2]

突破一对一的比较，或是直接影响的局限，我们可以获得的是更广阔的对话背景。所以，现代与传统、民间与精英、本土与外国之间的边界不再是一条鸿沟，而是可以进行交流的“中性地带”。

还记得前文提到的那位现代艺术家吕胜中吗？2003年，他在中央电视台接受栏目采访时描述了这样一个意味深长的例子：“1985年冬天的时候，有六个西北地区的老太太到北京来了，我请她们到我的画室来。当时我做了一些尝试性的作品，是学习民间艺术用剪纸形式表现生命的主题。但是在中央美院，很多

---

[1] 转引自丁宁：《论艺术史的超学科格局》，载《文艺研究》1996年4月号。

[2] 叶舒宪：《文化对话与文学人类学的可能性》，载《北京大学学报》1996年第3期。

学生看了以后都觉得看不懂呀，很能震动人呀，甚至还觉得很‘现代’呀，但老太太们进来以后，一点都不惊异。她们很平静地看着作品，而且一看就懂，就知道着表现的什么。”[1]

所有的艺术都是低的、平常的东西。我们真正尊重的根本不是什么艺术，而是凭借艺术表达出来的本能和灵感。

[1] 吕胜中:《再见传统(1)》，生活·读书·新知三联书店，2003，第8页。

清晰与模糊之间
——从印象派看绘画艺术中的笔触问题

奥古斯丁曾经在《论文化的起源》中写道："我认为现在自己有充足的理由提出这样一个观点，即在我们身上肯定存在着某种精神本质，在这种精神本质中形成了有形物的相似性。"他的这种认为精神本质是感性和理性的中间媒介、能产生事物的图像的想法受到了之后文艺复兴思潮的极力批判。人们无法容忍将理性付诸不可捉摸的感知能力的做法，在他们的眼中，一切都可以凭借测量而把握。甚至，达·芬奇等名家将绘画与科学牢牢捆绑在了一起。然而，自从印象主义的旗帜开始在欧洲大地上飘扬，这种客观实体即是真实的直接象征，而艺术家不过是一个再现真实的工具的艺术观念开始瓦解和动摇。

这是一场史无前例的观念革命，影响绵延至今。但是如果仔细观摩，会发现这样轰轰烈烈的艺术转变，可以从绘画艺术的一个符号因素——笔触的变化中窥见。

一、印象派与笔触的历史

从表面上看，印象主义的作品与之前的画派最明显的区别在于笔触的明显。印象派的作品，如果站在近处看，满眼都是纵横杂乱的笔触，虽然还能依靠大致的框架知道所画的对象，却很难明白画家试图表现的是怎样的氛围和效果。必定是要站在一定距离之外，或是半闭上眼，眼前才会惊现出画家所要描绘的情境。这情境中不仅包含了情景，更重要的是呈现了一种意境。

雷诺阿有一幅名画——《阳光下的裸女》，很恰然地体现了印象派对笔触的重视。画中的模特身上印着由周围的树枝投下的斑斑点点。那斑点近看只是一些如此零碎的笔触，但是一旦远观，立刻会觉得眼前光影晃动，于是会想模特身边的树叶在午后的微风中一定是婆娑摇曳的吧。那种阳光明媚的感觉立刻将人带入了一种初夏午后慵懒闲适的氛围中。

在印象派的作品中，这样的例子比比皆是。通过不同的笔触来描绘光影下的景物，画面于是显得气韵生动。零碎的笔触不仅被用来表现婆娑的树影，还常被用来体现阳光下波光粼粼的水面。而更加粗糙凌乱甚至粗犷的笔触，则常用来体现一派朦胧的情景。莫奈的《日光下的鲁昂大教堂》，所绘的教堂甚至都寻不到明晰的边界，只见大把粗糙的笔触，堆砌成一片朦胧。

是在清晨的迷雾中吗？还是因为黎明的阳光还不曾完全地洒遍大地呢？不需要定论吧。

只是有一点是印象主义共同的特点——注重对笔触的重新发掘。

必须提出的是，笔触并非在印象派画家的手里才存在。它一直都存在。

自然界中是不存在纯粹几何概念的线条的，线条是人为的产物，是一种想象性的抽取。但是，我们已经习惯依靠线条来观察描摹世界。线条从绘画诞生之日起，就一直存在。而广义的笔触，就是使用线条的笔法。从这个意义上而言，笔触是从来都有的。所以，有学者划分有笔触绘画和无笔触绘画，这根本上不合理。我们只能说，在某一个时期，笔触还没有成为受关注的独立存在。而这个时期的最集中代表是古典主义。

古典主义的作品给人的感觉是中正、肃穆、清晰、匀称。所以，笔触必须从属于造型和色块，在层层的平涂中，原初意义上的笔触被隐藏了起来，我们看不到笔触的痕迹，只看到精致圆润的人体或是景物。然而，艺术的发展有赖于每一次的实践。早在文艺复兴时期，虽然其时的绘画技法和艺术真实观依然停留在古典主义阶段，但现代油画渐趋成熟。而笔触也是从那时起，一步步地引人注目起来。这在很大程度上要归功于油画的作画材料和方式。早期欧洲绘画主要采用以墙壁和木板为底，以透明色平涂为主的透明画法，在层层的平涂后，作画时的笔触当然无从分辨。但其后，粗糙结实的麻布也开始作为画布。画家用深色打底，然后用油画刷在底色上涂写，由于麻布粗糙的质地，就常常会产生断裂和飞白，笔触就这样开始浮出水面。尽管当时的画家常常会等这些笔触干后接着画，但效果已然不同于原先那样的精致和细腻，而作画时用笔的速度、轻重等因素也得以显现出来。乔尔乔内（15世纪意大利画家）的作品就是其中的典型。

甚至可以认为乔尔乔内的身上带有着现代艺术的初始气息。因为“从此，绘画就不只是对对象的科学理智的复制性描摹，它还是作者连续积累的笔触的记录板，而对象也更强烈地、更轻而易举地感染上画家作画时，即时的情绪波动和心理骚乱。层层平涂、完美机械的传统画法所掩盖的作画过程被凝固住，情感也被更直接、更生动地保存下来”。[1]

乔尔乔内之后的众多画家，譬如提香、埃尔·格列柯、伦勃朗等，都对笔触有着全新的认识。而笔触也渐渐地从塑造局部的质感、光感发展成为画面结构的支架，整个画面笔触互相支撑、联系，形成了画面统一的氛围。

从浪漫主义开始，笔触的非凡之处愈加地凸显。德拉克洛瓦（19世纪法国画家）画上的每一笔都仿佛有着自己的特点，富于动感又充满激情。他的笔触将色彩与情感融合在一起，透

[1] 王天兵:《西方现代艺术批判》，中国人民大学出版社，2003，第62页。

露出强烈的艺术气息。而透纳（19世纪英国画家）在他的风景画里动用的笔触，很容易让人联想起印象主义。在《瓦莱达赛斯塔的暴风雪》(1818年）中，肆意而粗犷的笔触淋漓尽致地呈现出盘旋飞扬的风雪。屏弃了康斯坦布尔式的一丝不苟的正确性，粗糙的画面却更准确地透露出一种对自然的敬畏和赞叹。

而在之后的现实主义画派中，笔触也成了描绘客观真实的一个重要因素。在杜米埃（19世纪法国画家）的《洗衣妇》中，有序但明显的笔触体现了一种雕版印刷的效果，也营造出了一种昏黄的气息，于是在尘世中操劳而琐屑的人物也就呼之欲出。笔触的运用使得现实主义画家笔下的现实不同于以往意大利或是荷兰的风格，而是包孕着画家主体对现实人事的看法和印象。这一切也说明人们对真实的理解正在潜移默化地改变，人们开始意识到心灵的真实才是真正的真实，画家内心的呼唤依傍着作画时的笔触找到了一个宣泄口。而这还要依凭绝对的视觉对象，于是催生了印象主义。

二、印象派的笔触

印象派对色彩的注重是史无前例的。在他们的手中，色彩不再是素描的奴仆，而是一种独立的情感表现手段。更重要的是物体的色彩不再具有恒常性，而是根据光线来决定。所以，在印象派画家的眼中，真实已不再是占据空间的实体，而是一时一刻所感知的视觉成像。而意大利式的雕塑绘画语言也在此彻底瓦解。这其中很大一部分是依靠笔触的凸显来实现的。

与浪漫主义和现实主义画派对自然光的关注相比，印象主义最大的特点是所画的对象——即光与色彩是在观众眼中完成统一。这就是贡布里希所谓的“观看者的本分。”而这是缘于对笔触的运用。因为，画家呈现在观众眼前的不再是准确精致的实体，或零碎或粗犷的笔触使得观众不仅要在远处，更需要动用自身的视觉经验和内心体验才能明白画面上的物质形体。这也说明，印象主义对客观极端地重视，但不仅限于此。画家笔下摇曳的光影带给我们的不仅是所画的对象形体，更是带给我们一种本能的生命体验。所以，有人认为印象主义其实是理性主义的极致体现，是有失偏颇的。印象主义要求观众的参与，在观众的眼中完成作品，这本身就体现了对画者和观者的感知能力的注重。绘画走到印象主义的阶段，客观和主观已经开始不再对立，精神现实与物质现实的界线也不再截然。

让我们仔细观摩一下莫奈的《睡莲》。开始，即便是离作品很远，依然很难明白画家所观察的对象是什么。但是，别急，仔细地停留和玩味，回忆一下夏天池塘的情形，你甚至会顿悟，那种情形和气息和画中的多么相似。印象中，倒映在河塘上的斑驳树影多像那些由随意的笔触堆砌成的暗色色块，一池的鳞波大概就是那些横排而零碎的笔触吧，如此生动简直无可言喻，而睡莲呢，大概就是那寥寥的几笔吧。是啊，在树影的掩映下，睡莲也不再是想当然的粉色和青翠，而只是那一些暗暗的影子。这一定是夏日的黄昏吧。有一种落寞但是华贵的感觉，甚至都可以闻到夏天青草的气息，听到岸边夏虫的聒噪。仔细想来，观画的过程实在有趣。你无法说画面的内容像现实中的哪一个实体，相反，倒是观画的时候回忆起在现实中碰到的某一情境与画中的似曾相识。因为画面带给观众的不单是具体的实体对象，更是一种氛围和感觉。绘画不再是以现实为标本的描摹，而是本身成为了一个内涵丰富的资源，太多的现实感受反而要从画中寻找。

马蒂斯在谈看画的感受时说道："一件艺术品本身必须带有它完整的意味。甚至在观众尚未能识辨其中的主题实质时便能影响他们。当我看到乔托画在帕多瓦的壁画时，我不厌其烦地去识别我面前的图画是基督生平的哪一幕。但是，我马上感觉到一种情感，它发自于图画，弥漫于作品的每一根线，每一块颜色，那个标题不过加深了我的印象。" [1]

确实如此。就像在观看莫奈的《睡莲》时，获得的不仅是睡莲这一主题实质，还有从笔触、从色块中直接感受到的夏天的气息和情感。只是在印象派的画中，笔触是构成特有情感的重要载体。因为，印象主义对光的崇拜，导致了客观物质的牺牲，没有明晰的边线，没有明暗的对比，而是代之以纯色，需

[1] ［美］苏珊·朗格：《情感与形式》，刘大基、傅志强译，中国社会科学出版社，1986，第98页。

要观众在现场用自己的眼睛做视觉的调和。所以，笔触就是色块得以成形的载体，更是构成画面效果的基本要素。为了给眼睛以调和纯色和创作视觉形象的空间，笔触的凸显至关重要。比起先前的浪漫主义或是现实主义中的笔触，它不再是填充色块或是表现物体质感的附属和添加。观看者依赖笔触而尽的这种“本分”，与热衷于描绘明晰准确的物质对象的画作相比，显然更富有生机和真实感。

三、真实与瞬间

贡布里希曾说："任何对艺术家的图象所作的描述，如果忽视了波德莱尔所谓的‘各种官能的皇后’，即想象的官能，便是残缺不全的。……画家模仿的视觉信息永远也不可能与我们从身边的固体物中得到的信息完全一致。……不过画布上恰当的刺激也许能激发一种类似于我们在面对自然时所经验到的反应。”[1]他在这里所说的“想象”，并非是完全靠头脑中的记忆合成，更要依托在面对画作时视觉上的感应。而将笔触作为画面的构成基底，便为人提供了视觉想象的空间。“我从大师的笔画之中和笔画之后寻求意义的努力使我在画面上织起了一种丰富的组构（fabric），……我顺着艺术家的提示，逐渐忘记了色彩

[1] ［英］E.H.贡布里希：《艺术与错觉》，林夕等译，湖南科学技术出版社，1999，第213页。

缤纷的画面。……我的视觉系统在寻找线索、享受追寻的快乐时几乎不需要什么东西，只需要一点点有用的东西。”[1]

所谓的“印象”，不仅仅是视觉现象，更是这种现象在画者和观者心中唤起的情感。“艺术家不同于科学家，他分析的不是现象的本身，而是现象的外表和现象所给他的印象。”[2]所以，“对所见物的摹写，同样需要最初的感觉所要求的非视觉材料的补充。……空间经验中代替非视觉因素的视觉替代物，造成了照相式显现与创造性显现的极大差异”[3]。而印象派显然已经开始尝试创造性的显现。它脱离开直接的摹仿，运用笔触将色彩构成空间的实体结构——其实，这是绘画的本质，只是先前人们并未正视绘画在将三度世界转化成平面形象时的鸿沟。

从印象派开始，现代油画有了新的发展，现代艺术也有了新的前景。艺术渐渐地从再现现实走向了解释现实，而在印象派的手中，艺术与现实的关系有了融合。它没有脱离现实，同时又给观看者以恰当的自由感知的空间。如此，才真的将绘画从机械地描摹现实中解脱出来。“越是蹩脚的艺术家，就越容易让这种酷似实物性把视觉能够理解的意义从绘画中完全排除出

[1] ［英］E.H.贡布里希：《图象与眼睛》，范景中等译，浙江摄影出版社，1989，第213页。

[2] 同上，第297页。

[3] ［美］苏珊·朗格：《情感与形式》，刘大基、傅志强译，第87页。

去。”[1]一种可以理解的真实性正在悄然滋长。这是观者在印象派画作前，所被赋予的真实感受。其实在印象派运用纯色的主旨背后，包含了印象派画家自身的真实观——真实只存在于一瞬中。

在莫奈等人的眼中，前人的色彩太过黑暗，再加上传统的调和，更不能表现印象派所理解的真实——那是以瞬间的视觉感应为基础的。所以，为了表现实在的视觉印象，作画时只采用诸如黄、橙、朱红、深红、紫、蓝、绿等纯色，并将许多补色不加调和地并置。这样作画的结果就是需要借助观众的眼睛加以调和。而使得这种调和得以完成的重要因素便是笔触的运用——印象派的笔触在莫奈等代表画家的手中，每一笔都不与前一笔调和，没有过渡，于是物体消失在光色之中，但是，满目的五彩斑斓在观者的眼中氤氲和跃动，充满着运动和生气。

真实的东西没有恒常性，可以把握的只有瞬间的感触。从印象派的画作中传达出一种流动的时间感。

印象主义可以被视作19世纪自然主义倾向的巅峰，也可以看作现代艺术的起点。这一切都可以从笔触在艺术史上的身份和作用的转化中窥见。

所谓的现代主义，它的基础便在于“个人的、主观的、想

[1] ［美］鲁道夫·阿恩海姆:《艺术与视知觉》，滕守尧译，四川人民出版社，1998，第157页。

象性的绵延,亦即‘自我’的展开所创造的私人时间”[1]。将时间与自我等同的观点，也构成了现代主义艺术的特点之一。细观印象主义与之前的艺术流派，一个重大的差别便是对于瞬间才是真实的认识和对心理世界的重视。在运用笔触表现运动和时间的过程中，从视觉真实转向心灵真实的变革开始了。

其实，笔触作为记录作画时刻的重要痕迹，在一开始就是时间感的体现。尤其是在西方的油画中 :“油画原作是静谧而冷凝的，但信息是活跃跳脱的……在原作中，静谧冷凝直透画背（作画的实际材料、颜料），人们可以从中追溯画家当时挥笔作画的情景。它具有这样的效果 : 及时地缩短画家作画和我们看画之间的距离。从这一特殊意义上来说，所有油画都是当代的作品。作画时的历史时刻，可以毫不夸张地说，历历在目。”[2]确然，作画瞬间的情形因为笔触而得以展现，只是，那只可以说是一种无意识的保留。这是因为西方油画的画布或是颜料等的客观因素而造成的，在很长一段时期里，这甚至被视作一种局限性。所以，很多画家会采用多次打磨、反复描绘的技巧来消除可见的笔触痕迹（比如鲁本斯），而追求一种洗练、细腻的风格。但是，随着现代油画的不断发展，人们越来越发现画家作画的即时情感和心绪波动完全可以依赖笔触而得以记录。直至

[1] ［美］马泰·卡林内斯库:《现代性的五副面孔》，顾爱彬等译，商务印书馆，2002，第11页。

[2] ［英］约翰·伯杰:《视觉艺术鉴赏》，戴行钺译，商务印书馆，1994，第35页。

莫奈等人的发掘，笔触对于画面就像光线对于物体一样，作用和意义得到了全新的认识。

四、作为符号的笔触

对笔触的重视在印象派之后得到了极大的发展。比如塞尚、高更等人，而在梵·高的手中，笔触更是发展成为了一种特殊的词汇和语法系统。那扭曲的笔触已经不只是对瞬间视觉感知的把握，而成了破译其复杂内心世界的密码。所以，笔触远不是一种绘画的形式和技巧。它是一种独立的艺术符号。“艺术符号与我们通常考虑作为形式的东西相比，是远为复杂的，……它具有一种非常特殊的内容，即它的意义。在逻辑上，它是表达性的或具有意味的形式。它是明确表达情感的符号，并传达难以捉摸却又为人熟悉的感觉。”[1]笔触正是这样一种艺术符号。在印象派运用笔触打碎物象的过程中，心理现实渐渐地开始支配物质的现实，笔触的背后蕴藉着画者的深微幽细的情感起伏，自然对象被改动，不再是机械的复制，变得更加真切。

对笔触有意识地表现和保留，也是现代艺术萌芽的体现。它甚至还会产生画者自己都不曾预料的效果：“它们向作者提示了自身规律所指向的可能，绘画也不再是建筑施工那样按计划

[1] ［美］苏珊·朗格：《情感与形式》，刘大基、傅志强译，第63页。

的按图索骥。”[1]

对笔触本身的重视，也促成了艺术家与自然现实的融离，这在一定程度上也与后世的表现主义、抽象主义或是极少主义的形成休戚相关。当然这已经完全走到了印象主义的对面：一切笔触都自由完整地成为画家感情的表现，不再受到外界的任何羁绊，与物体没有联系的形式与色彩成为心理活动的直接体现。

笔触的蜕变，是艺术史走上现代主义路途的必然结果。从依附于物质实体，到打破实体以表现一种对自然独到的感觉，直至只是为了造成视觉冲击力的符号，笔触的凸显伴随的是西方艺术主题的淡化。它是一面透镜，折射出的是人们对于真实的认识和对世界的看法。正如里德所说：“整个艺术史是一部关于视觉方式的历史。关于人类观看世界所采用的各种不同方法的历史。”[2]

---

[1] 王天兵：《西方现代艺术批判》，第62页。

[2] 吕澎：《现代绘画：新的形象语言》，山东文艺出版社，1987，第12页。

“他者”眼中的中国艺术
——苏立文的中国艺术研究

牛津大学荣誉退休院士迈克尔·苏立文倾其一生致力于中国艺术的研究和传播。他的跋涉历程呈现出一种体贴而开放的态势，令人想起贡布里希在《艺术与人文科学》一书的导言中的话：“所谓‘研究’（Research）其实就是‘寻求’（Search）”。

1940年代，苏立文以国际红十字会志愿者的身份来到了中国。在四川成都，他结识了后来成为自己妻子的吴环，并开始接触中国艺术和艺术家。与黄宾虹、张大千、林风眠、庞薰琹、丁聪等人的亲身交往，令他沉潜入中国艺术的真实语境，于是中国艺术于他不再只是一个遥远的符号。中国抗战结束后，苏立文回到英国，在牛津大学学习艺术史。此后数十年，他从未间断对中国艺术的兴趣和研究。2013年夏天，因为《20世纪中国艺术与中国艺术家》在中国的出版，苏立文到访上海。可叹的是，回国不久，苏立文便离世。他对于中国艺术的热忱和投入至死方休。

《20世纪中国艺术与艺术家》《中国艺术史》和《东西方艺术的交会》是苏立文的代表作。细读之下不禁叹服，“艺术界的马可·波罗”“向西方介绍中国现代艺术的国际权威和引领者”的光环于他确非浪得。

有着不同文化背景的人在面对和研究异域的艺术文化时，通常会被界定为“他者”。这一身份暗示了“不可避免主观性”的隐患，在人类学研究中，对这一身份导致的表述危机的焦虑由来已久。

萨义德的《东方学》常被认为集中地体现了这一危机所引发的偏颇和弊端，尽管如此，他还是意识到了“他者”的描述常常会陷入“云山雾罩的命名”和“稀薄空洞的概念”的泥淖。而苏立文的过人之处在于，尽管他无法抛却自己的“他者”身份，却最大程度地避免踏入这些泥淖。他走自己的路，如果要概括他的征途方向，“关注细节”和“还原情境”是不可或缺的关键词。

《20世纪中国艺术与艺术家》是最能体现他的这一研究特质的著述。这本著述的主旨虽然宏大——要对20世纪的中国艺术进行一番全景式的考察，却悖论式地远离了单纯的概括式描述，而是紧扣住在那个年代中鲜活的艺术家个体。显然，这与1940年代他在中国的亲身经历有关。但苏立文的这一著述方式并非只是对贡布里希所说的“实际上没有艺术这种东西，只有艺术家而已”的践行，更是他深入风云际会的历史线团的一种策略——他希望用艺术家的个体经历和各不相同的精神内蕴观照历史的丰富性。从近现代的齐白石、任伯年、刘海粟、徐悲鸿、潘玉良、傅抱石，到当代的赵无极、罗尔纯、朱德群乃至艾未未、王广义……这每一个艺术个体，都与中国现代艺术发展的历程紧密交织。用苏立文的话来说，他是要体现“艺术家在危机和动荡年代中的经验以及他或她在历史剧中所扮演的拒绝、结合和自我发现的角色”。通过对这些角色的成功刻画，苏立文构建起自己眼中的中国现代艺术发展史。“自己眼中”这一定语在此处尤为耐人寻味——因为一手资料的丰富详尽，苏立文的“他者”身份和视角不仅没有成为遮蔽掉历史细节和差异的障碍物，反而促使他为这段历史梳理出了“属己”的脉络——他甚至以“毛泽东时代”和“毛泽东时代之后”为题撰写最后两章，对于政治和文化关系的敏锐感知力将读者深深裹挟入他独特的思想脉络。

相比起考察20世纪的中国艺术情状，要对中国艺术的整体历史进行一番巡视显然更具有挑战性。尽管苏立文的《中国艺术史》的最初定位是为西方读者介绍中国艺术的普及读物，但最终，它吸引的不只是西方读者的目光。这类读物历来层出不穷，水平也参差不齐。但是苏立文的出彩在于他能足够“细”又足够“大”。扎实的知识和值得信赖的鉴赏力令这部被牛津、耶鲁、普林斯顿沿用四十年的中国艺术史读本抛却了教科书的枯燥和干瘪，尽管它的框架结构毫无新意地以中国的朝代为界。

而他对于历代艺术潮流的更迭和不同艺术门类特点的把握，在条分缕析之外更兼有着老辣的洞察力和盎然的趣味。当然，这种知识性的“细”与《20世纪中国艺术与艺术家》聚焦于艺术家个体的“细”有着明显差异——篇幅之短和所要关照的史实之繁间的矛盾，令苏立文调整了自己的笔墨——以更为简练的笔调在更宏观的层面看取中国的艺术发展。有意思的是，“他者”的身份和视野此时又显露了出来——他深谙东西方艺术的知识和主题，于是他善于从人类历史整体进程的基点出发，视域不仅宽广，而且浑融——譬如，他可以从中华民族起源传说的特点来论述“和谐感是中国思想的基础”，同时将西方和印度艺术的特点并置，看似随意的三言两语，却约而尽地“抚四海于一瞬”。

这种“他者”身份所赋予的宽广视野和气度在《东西方艺术的交会》中得以更为尽致的显现。这本信息量巨大的著述，自由穿梭在东西方艺术体系之间，却大有“片叶不沾身”的果敢和伶俐——苏立文对于自己的研究方向和脉络十分明确而且坚定，是要“关注艺术在更高层面的创造性影响”，而不再仅仅研究“题材选择和技法的问题”。所以，尽管他的某些观点依稀可见其他艺术大家的影子（比如贡布里希在他那本著名的《艺术的故事》中对于中国艺术的体悟），但苏立文重新梳理并“擦拭”这些在东西方对话的四百多年历程中被冲散的珍珠，使之闪耀出别样的光芒。他是在讲一个东西方艺术发生碰撞继而彼此影响、嬗变的故事。只是这个故事有开端——始于西方的文艺复兴；有高潮——20世纪50年代在纽约画派取得突破性进展之后，中国和日本的画家在本土的艺术传统中发现了抽象表现主义艺术的元素，由此东西方的画家发现彼此“似乎都在讲同一种语言或者至少相互倾听”；却没有结局。苏立文将东西方的对话定位在了一种动态的基调上，因而这种对话的影响力始终是属于现时和当下的——“在这本书中我不曾使用‘结合’一词，因为结合暗示了最终的，因而是静止的状态。……我们应该将东西方的交互作用看作伟大文明之间相互激励并丰富对方，同时又保留自身特点的过程”（苏立文语）。此刻，“他者”的眼光则让这出没有结局的大戏充满了“发现”的乐趣和惊喜，在那些本土的人们习焉不察之处显现出独到和敏锐。譬如，苏立文发现尽管中国对18世纪的欧洲艺术影响甚微，但在园林设计方面还是间接而微妙地影响了欧洲风景画，而中国园林的无规则之美之下体现的自然韵律，与当时欧洲盛行的洛可可品位遥相呼应。

读苏立文的著作，直感觉跌宕起伏。忽而沉潜入细节，忽而跳脱上云端。他始终游走在鉴赏艺术品本身与探究影响其发展的政治、社会和经济势力等外部因素的两极。尽管他的眼光并不可能总是切中肯綮，但在这条探究异域艺术的道路上，他的睿智在于始终明白自己处于“在路上”的未完成状态，“这是一条要被走的路，而不是一个要被命名的目的地”（迈克尔·伍德语），所以他成功地吸引了众人跟随的脚步。

后记

多年前，我还在上海美术馆工作时，一有闲就会跑去展厅，在各色各样的作品前转悠。它们有的让我很快就移开了脚步，有的让我一再流连。我曾向圈内人表达我的困惑："怎么分别作品的好坏呢?""没有定论，得靠眼力，那是一种'视觉'教养。"再问，就一句，"看多了，就会知道，有的作品不'高级'，即使作者再有名。"

多年后，我来到杂志社工作，每天要面对林林总总的文学稿件，这样的疑惑完全移植了过来。这"高级"二字太见仁见智了。特别当我试图用文字形容我眼里的"高级"时，力有不逮的感觉更是四处弥散。但踉踉跄跄中，我发现维特根斯坦没有胡说，语言真的是思想的边界。

这本集子是这一路踉踉跄跄的见证。"如是观"部分，是近年所写的作家作品论；"横截面"收录的是多年来阅读各类书籍（大多是外国小说）后写的评介；"真画者"之名，取自《庄子》"解衣般礴蠃，是真画者也”，是自大学时起所写的与绘画相关的文字。

文章长长短短，犹如镶嵌画里的小方格，尽管有的黯淡，有的粗糙，但呈现出我在步入文学艺术之林时所见的沿途风景。而越往深处走，越明白，要表明自己的心意，用“好”或“坏”，包括“高级”那样的判词，几乎是没有意义的，它们似乎说了什么，但又什么都没有说。自己的感受和手里的笔，会被某种深涉的力量所左右，那力量足以让你找到合适的、天然的表达，前提是对于艺术，有着敏感和爱。

太阳底下并无新事。当读到普鲁斯特的那句“在一个世界里感受，在另一个世界里命名”时，我才发现自己一路上的焦虑原来早已被言尽。

詹姆斯·伍德曾言奈保尔拥有萨克斯和双簧管两种声音，一个强硬一个温柔。这也是我在表达“感受”时的愿景——前者用来直面，后者用来宽宥。而这些“表达”的最终出路是将自己也视作文学艺术作品，与作品和作者并排起立行走，而非对立相望的两个阵营；它跟所有的艺术一样，归根结底，依靠的是本能和灵感。

或许，集子里的文字有别于传统意义上“批评”的姿态，记录的只是生命中的某一刻我被某些人、某些作品触动的心事。让我转身或是流连，都不妨碍它们的生机勃勃。

感谢一路上陪我一起度过的伙伴们。因为你们，踉跄和跌宕都变得令人期待。

文
景

Horizon

社 科 新 知　文 艺 新 潮

感受即命名

来颖燕 著

出 品 人：姚映然
责任编辑：卢　茗
营销编辑：杨　朗 陈　茜
装帧设计：肖晋兴
版式设计：安克晨

出　　品：北京世纪文景文化传播有限责任公司
（北京朝阳区东土城路8号林达大厦A座4A　100013）
出版发行：上海人民出版社
印　　刷：山东临沂新华印刷物流集团有限责任公司
制　　版：南京展望文化发展有限公司

开 本：890 mm × 1240 mm　1/32
印 张：10.75　　字 数：200,000　　插 页：2
2018年8月第1版　　2018年8月第1次印刷
定 价：45.00元
ISBN：978-7-208-15310-3 / I · 1753

图书在版编目（CIP）数据

感受即命名/来颖燕著. —上海：上海人民出版社，2018
（述而批评丛书）
ISBN 978-7-208-15310-3

Ⅰ. ①感… Ⅱ. ①来… Ⅲ. ①中国文学—当代文学—文学评论—文集 Ⅳ. ①I206.7-53

中国版本图书馆CIP数据核字（2018）第152718号